毛姆短篇小说全集

RAIN

雨

〔英〕毛姆 著

薄振杰 主编

薄振杰 等 译

人民文学出版社

PEOPLE'S LITERATURE PUBLISHING HOUSE

William Somerset Maugham
Rain

图书在版编目(CIP)数据

雨/(英)毛姆著;薄振杰等译. —北京:人民
文学出版社,2020(2023.1重印)
(毛姆短篇小说全集)
ISBN 978-7-02-015636-8

Ⅰ.①雨…　Ⅱ.①毛…②薄…　Ⅲ.①短篇小说-小
说集-英国-现代　Ⅳ.①I561.45

中国版本图书馆 CIP 数据核字(2019)第 180057 号

责任编辑　朱卫净　邱小群
封面设计　钱　珺

出版发行　人民文学出版社
社　　址　北京市朝内大街 166 号
邮政编码　100705

印　　制　山东新华印务有限公司
经　　销　全国新华书店等

开　　本　890 毫米×1240 毫米　1/32
印　　张　9.625
字　　数　241 千字
版　　次　2020 年 6 月北京第 1 版
印　　次　2023 年 1 月第 3 次印刷

书　　号　978-7-02-015636-8
定　　价　55.00 元

如有印装质量问题,请与本社图书销售中心调换。电话:010-65233595

"一花一世界"

——《毛姆短篇小说全集》总序

一 引言

在现代英国文学史上，毛姆（William Somerset Maugham，1874—1965）是一位多才多艺、成就斐然的重要作家。他的社会阅历之广博，创作生涯之漫长，几乎无人堪比。毛姆一生著有二十一部长篇小说、一百五十多篇短篇小说、三十一部戏剧、两部文学评论集、三部游记、四部散文集和两部回忆录，是二十世纪上半叶英国文坛极负盛名的一位能工巧匠。尽管评论家们历来对他褒贬不一，毛姆本人也曾戏称自己为"二流作家中的佼佼者"，但他却是同时代的英国作家群体中寥若晨星的几位雅俗共赏的经典作家之一。他在读者中所享有的声誉远胜于文艺批评界对他的认可度。他的作品，尤其是短篇小说，一直深受读者的喜爱，不仅在欧美反复再版，而且被翻译成多种文字，并改编为戏剧或拍摄成电影，在世界各地广为流传，甚至走进了各类教材。人们对他作品的阅读和研究兴趣至今方兴未艾。

文学向来是生活和时代的审美反映。文学创作的对象是人的社会生活，或者说是社会生活中的人，而社会生活则是文学创作的唯一源泉。作家靠着充实的生活，才可能写出真正的作品。毛姆丰赡的文学成就与他纷繁复杂的生活经历以及独特的审美经验密不可分。他所描写的生活是一个现象与本质、偶然性与规律性、具体性与概括性相融合的不可分割的整体，表现了他对生活和时代整体的透视和评价。他笔下的每一个故事都不啻为一个完整的"自我世界"，一个具体场景的展现即可烛照出一个时代和一代人生活的整体面貌。

毛姆很会讲故事。他在创作中常常刻意追寻人生的曲折离奇，布下疑局，巧设悬念，描述各种山穷水尽的困境和柳暗花明的意外结局。他的作品对上流社会的揭露和批判入木三分，对人的本性的刻画尤为深刻，而且故事性强，情节跌宕多变又不落窠臼。他的故事融思想性和娱乐性于一体，在艺术表现手法上常有神来之笔，隽语警句俯拾即是，幽默的揶揄或辛辣的讽刺随处可见，达到了内容与形式的完美结合。

二 毛姆小传

毛姆出身于律师世家，祖父是英国声名显赫的律师，父亲是英国派驻法国大使馆的律师，其长兄也是闻名遐迩的律师，曾担任过英国大法官兼上议院议长，另外两个哥哥也都是著名律师。毛姆于一八七四年一月二十五日出生在巴黎，他的第一语言是法语，自幼便接受了法国文化的熏陶。他八岁时母亲死于肺结核，十岁时父亲死于癌症，双亲的早逝给他留下了难以磨灭的心灵创伤。一八八四年，他被伯父接回英国，送入坎特伯雷一所贵族寄宿制学校就读。由于英语不好，且身材矮小，常常被同学耻笑，加之伯父生性严峻高冷，缺少沟通，致使毛姆落下了终身间隙性口吃的缺陷。幸运的是，童年的种种不幸遭遇竟然变成了一种伟大而珍贵的馈赠，不仅激发了他的语言和文学天赋，也造就了他善于精妙讥诮、辛辣讽刺的本领，这种本领在他以后的文学创作中随处可见。

毛姆十六岁中学毕业。在伯父的支持下，他于一八九〇年赴德国海德堡大学修习文学、哲学和德语。在此期间，他编写了一部描写歌剧作曲家生平的传记作品《贾科莫·梅耶贝尔传》（*A Biography of Giacomo Meyerbeer*，1890），并与一个年长他十岁的英国青年相恋。次年他返回英国，被伯父安排在一家会计事务所工作，但一个月后他便辞去了这份工作。伯父希望他继承家族传统当律师，但他不感兴趣；伯父继而又劝说他在教会担任牧师，他又因为口吃无法胜任；他想在政府任职，但伯父认为这不是一个高尚的绅士应当从事的职业。最后，在朋友劝说下，伯父勉强同意他进入伦敦圣托马斯医学院学医，同时以实习医生的身份在贫民区兰贝斯为穷苦人接生、治病。五年后，他取得外科医师资格，但并未正式开业行医，因为他从十五岁起就开始练笔写作，渴望成为一名职业作家。他的第一部长篇小说《兰贝斯的丽莎》（*Liza of Lambeth*，1897），就是根据他当见习医生在贫民区为产妇接生的经历，用自然主义手法写成的。他在作品中以冷静、客观甚至挑剔的目光审视人生，笔锋凌厉、超逸，富有强烈的嘲讽意味。这部小说大获成功，首版几周之后便告售罄，这促使他立即放弃了医生职业，从此开启了长达六十五年的文学生涯。为积累创作素材，他在西班牙、法国等欧洲各国游历了近十年，创作了十部长篇小说、大量散文、文学评论、新闻报道和短篇故事。一九〇七年，他的剧作《弗里德里克夫人》（*Lady Frederic*，1903）首次在伦敦公演，好评如潮。第二年，伦敦西区有四家剧院同时上演他的四部剧本，盛况空前，他成了英国名噪一时的剧作家，从而也使他创作舞台剧的热情一发不可收。一九〇三至一九三三年间，他编写了近三十部剧本，深受观众的欢迎。

第一次世界大战爆发时，毛姆因已超过服兵役年龄，便自告奋勇地加入了英国红十字会组织的"文艺界战地救护车队"（Literary Ambulance Drivers），在欧洲前线救治伤员。这支救护车队的二十四名成员里有美国作家约翰·多斯·帕索斯、E. E. 卡明斯、欧内斯特·海明威等人。一九一四年十一月初，毛姆结识了同在这支救护车队中、来自美国旧金山的文学青年弗里德里克·哈克斯顿（Frederic Gerald Haxton，1892—1944），两人遂成为好友并发展成同性恋人，这种关系一直存续了三十一年，直至哈克斯顿于五十二岁时在纽约死于肺癌。在此期间，毛姆始终孜孜不倦地坚持创作，并在敦刻尔克附近的军营里校对了他的长篇巨作《人生的枷锁》（*Of Human Bondage*，1915）。这是一部具有自传性质的小说，描写了医科大学生菲利普·凯里受到不合理的教育制度的摧残和宗教思想的束缚，在爱情上屡遭打击的人生经历，表现了作者对新思想和新的人生道路的向往与追求，是毛姆最重要、流传最广的作品之一。小说出版之初曾受到英美两国一些评论家的抨击，但是美国小说家兼文学评论家西奥多·德莱塞却对它赞誉有加，称它为"天才之作"、"堪与贝多芬的交响曲相媲美"，将这部小说高举到了经典之作的地位。

一九一五年九月，毛姆加入英国情报机构，负责在瑞士搜集情报，监视和记录参战各国派驻日内瓦的使节们的外交活动。一九一六年，他辞去间谍工作，与哈克斯顿结伴而行，首次前往南太平洋诸岛，为他的长篇小说《月亮和六便士》（*The Moon and Sixpence*，1919）收集素材。这部小说以法国印象派画家保罗·高更的经历为原型，描写一位画家来到南太平洋中的塔希提岛，与当地土著人共同过着原始的生活，创作了不少名画。小说表现了这位天才画家对社会的逃避和对艺术的执著追求，这是毛姆又一部广为流传的重要作品。一九一七年六月，他再次受聘为英国"秘密情报局"（后简称"MI6"）的军官，被秘密派往俄国，肩负劝阻俄国退出战争的特殊使命，并与临时政府的首脑克伦斯基有过接触。两个半月后他回国述职时，俄国爆发了"十月革命"。毛姆自认为继承了父亲的律师天赋，具有沉着冷静、多谋善断、慧眼识人的本领，不会被表象所迷惑，是适合做间谍的人才。后来，他以这段当间谍和密使的经历为素材，写出了脍炙人口的《英国特工》（*Ashenden: Or the British Agent*, 1928）。他在该系列故事中，塑造了一位风度翩翩、精明强干、特立独行的特工阿申登。这部小说对英国小说家伊恩·弗莱明（Ian Lancaster Fleming, 1908—1964）影响颇深，在他后来创作的长篇系列小说《詹姆斯·邦德》（*James Bond*）中的那位风靡全球的主人公邦德，可谓与阿申登一脉相承。

在一九一五至一九一六年间，毛姆与英国著名药业巨擘亨利·卫尔康姆（Henry Wellcome, 1853—1936）风姿绰约的妻子赛瑞（Syrie Wellcome, 1879—1955）有过一段婚外情，并与她生下女儿丽莎。他们于一九一七年五月正式结婚，遂将女儿改名为玛丽·毛姆（Mary Elizabeth Maugham, 1915—1998）。然而这段婚姻并不幸福，两人终于在一九二七年宣告离婚。毛姆于一九二八年迁居法国，在海滨度假胜地里维埃拉的卡普费拉镇买下了占地面积达九英亩的莫雷斯克别墅。此后他的大部分岁月都在这里度过。这座豪华别墅也是当时英法文人和上流社会名流常相聚的文艺沙龙之地。

一战结束后，毛姆曾多次前往远东和南太平洋地区旅行，足迹遍布东南亚各国、南太平洋诸岛、中国和印度等地。毛姆历来喜欢将沿途的所见所闻、风土人情和自己的真实感受详细记录下来。正因如此，他的许多游记、随笔、散文、戏剧和长短篇小说都写得栩栩如生，具有鲜活的生活气息和时代的可感性。一九二〇年，他来到中国的大陆和香港，写下游记《在中国的屏风上》（*On A Chinese Screen*, 1922），并以中国为背景，创作了长篇小说《面纱》（*The Painted Veil*, 1925）和若干短篇小说。此后他又游历了拉丁美洲。毛姆的作品之所以能够引起不同国家、不同时代和不同阶层读者的兴趣，都与他作品中富有浓郁的异国情调和他丰富的阅历息息相关。

二十世纪二十至三十年代，毛姆依然保持着旺盛、高产的创作势头，各类作品层出不穷。长篇小说《寻欢作乐》(*Cakes and Ale*，1930)堪称他艺术上最圆熟的作品。这部小说以漫画式的笔调描绘一战后英国文艺圈内各种可笑和可鄙的人与事，锋芒毕露地鞭笞和嘲讽西方社会种种光怪陆离、尔虞我诈的丑陋现象。迷人的酒吧侍女罗西，是毛姆笔下最为丰满的女性形象，而故事里的另外两位作家则是毛姆在影射英国作家托马斯·哈代和休·华尔浦尔。短篇故事《相约萨马拉》(*An Appointment in Samarra*，1933)以巴比伦的古老神话为题材，表现"叙事者和主人公的最终归属都是死亡"的主题。美国小说家约翰·奥哈拉(John O'Hara，1905—1970)曾宣称，他的同名长篇小说《相约萨马拉》(*Appointment in Samarra*，1934)的创作灵感即得益于毛姆。《总结》(*The Summing Up*，1938)则是一部文字优美、可读性极强的作家自传，毛姆以直白、坦诚的语言描述了自己的创作生涯和心路历程。

二战爆发后，由于法国沦陷，毛姆在一九四〇年逃离了里维埃拉，旅居美国。在此期间，他应英国政府的要求发表过数次爱国演讲，号召美国政府支持英国联合抗击纳粹法西斯。在洛杉矶时，他改编了不少电影脚本，是当年稿酬最高的作家之一。之后他相继在南卡罗来纳、纽约、罗德岛等地居住，潜心于文学创作。长篇小说《刀锋》(*The Razor's Edge*，1944)即是他旅美期间的作品。《刀锋》是毛姆的重要代表作，描写一名年轻的美国复员军人如何丢掉幻想、探索人生终极意义和存在价值的艰苦历程，富有哲学和美学意蕴。故事的场景大多在欧洲和印度，但主要人物均为美国人，主人公拉里·达雷尔以著名哲学家维特根斯坦为原型。作品中表现的东方神秘主义和厌战情绪，激起了正身处二战硝烟烽火中读者的心灵共鸣，那些引人入胜的故事情节和通俗易懂的艺术表达形式，也深得历代读者的喜爱。

一九四四年毛姆回到英国，两年后再度返回他在法国的别墅。此后，除外出采风，他常年居住在此，尽管已年逾七十，却仍笔耕不辍，主要撰写回忆录、文学评论和整理旧作。一九四七年，他设立了"萨默塞特·毛姆文学奖"（Somerset Maugham Award），用于奖励优秀作品和资助三十五岁以下杰出文学青年。英国著名作家 V. S. 奈保尔、金斯利·艾米斯、马丁·艾米斯、汤姆·冈恩等，都曾获此奖项。一九四八年，他出版了以十六世纪西班牙为背景的长篇小说《卡塔丽娜》（Catalina: A Romance），并陆续发表了《作家笔记》（A Writer's Notebook，1948）、《随性而至》（The Vagrant Mood，1952）、《观点》（Points of View，1958）、《回望》（Looking Back，1962）等著作。毛姆曾收藏了大量戏剧油画，数量仅次于英国嘉里克文艺俱乐部的藏品。从一九五一年起，这些油画在英、法各地巡回展出达十四年之久，一九九四年被收藏在英国戏剧博物馆。为表彰毛姆卓越的文学成就，牛津大学在一九五二年授予他荣誉博士学位，英国女王在一九五四年授予他"荣誉爵士"称号，并吸纳他为英国"皇家文学会"成员。一九五九年，毛姆完成了最后一次远东之行。一九六五年十二月十六日，毛姆在法国与世长辞，享年九十一岁。去世前夕，他将自己的全部版税捐赠给了英国皇家文学基金会。

三　毛姆短篇小说的艺术特色

毛姆享有"故事圣手""英国的莫泊桑""二十世纪最伟大的短篇小说家"之盛誉。在跨越两个世纪的文学生涯中，毛姆曾数度将他的短篇小说汇编成册出版，如《方向集》（Orientations，1899）、《叶之震颤》（The Trembling of A Leaf，1921）、《木麻黄树》（The Casuarina Tree，

1926）、《阿金》(*Ah King*，1933)、《四海为家的人们》(*Cosmopolitans*，1936)、《杂如从前》(*The Mixture As Before*，1940)、《环境的产物》(*Creatures of Circumstance*，1947) 等。一九五一年，他从中甄选出九十一篇精品佳作，汇编为洋洋三大卷《短篇小说全集》。一九六三年，英国企鹅出版公司将其改为四卷本重新刊印。此后，该版本被多次再版，并被翻译成各种文字，在世界各地广为流传至今。这套《毛姆短篇小说全集》(7卷) 即据此译出，以飨我国读者。

毛姆的创作始终坚持把读者放在首位，力求"投读者所好"，创作"具体、充实、戏剧性强的故事"。他的短篇小说有伏笔、有悬念、有高潮、有余音，结构紧凑、情节曲折，强调故事的完整、连贯和生动。他的短篇小说大体可分为三大类：以欧美为背景的"西方故事"；以南太平洋、东南亚、中国和印度等为背景的"东方故事"；以及"阿申登间谍故事"系列。

叙事视角与叙事声音 毛姆的短篇小说大多采用第一人称视角讲述，故事中的"我"几乎就是毛姆本人的形象：温厚、友善，喜欢读书和打桥牌，对世事和人生的千变万化充满好奇。故事常常用一种漫不经意的口吻开头，然后娓娓道来发生在普通人身上的那些富有传奇色彩的经历，犹如在向朋友闲聊他道听途说来的轶事趣闻，因而能快速地拉近作品与读者间的距离。即便在以第三人称讲述的故事中，叙事者通常也是个置身局外的旁观者，只是用其敏锐的目光观察事件的发展，偶尔加以评判，与毛姆的"我"如出一辙。在聆听那些或身陷囹圄、或心怀鬼胎、或历经磨难，往往也是可笑之人的主人公诉说衷肠时，这位"旁观者"至多只是点点头，或宽慰地附和几声。换言之，故事里"重中之重"的叙述者常常扮演着一个次要的角色，但他始终是一位饱经世故、处事不惊、温文尔雅的人。

他的叙事声音富有通感，文情并茂，言近旨远，斐然成章，即使是讽刺挖苦也不乏幽默感，而且总是那么超然而儒雅。在很多故事中，叙事声音通常出自一个见多识广的作家，他周围的大都是上层社会的名流，如作家、歌手、演员、政要，或他所熟悉的绅士，而作为作者的毛姆与他笔下的叙事者间的界线却被有意混淆了。采用这种若是若非的叙事声音，无疑增添了故事的可信度，然而这种将真实生活中的人与事作为创作原型的手法，难免会使心虚者"对号入座"，招来非议。我们不难看出，在他创造的这个首尾呼应的文学世界里，既有令人着迷的社会各阶层人物的百态脸谱，也有出人意表的启示和顿悟。

人物塑造 一个多世纪以来，受弗洛伊德和拉康理论的影响，文学创作和文艺批评越来越重视"意识流"和"心理现实主义"，试图通过心理分析来解读人的内心世界，解构人脑的思维机理和对客观世界的认知。但毛姆既没有像詹姆斯·乔伊斯和弗吉尼亚·伍尔夫那样采用"意识流"手法，通过心理描写"由内向外"地塑造人物，也没有像 E. M. 福斯特和 D. H. 劳伦斯那样去深入探究两性关系相和谐或相对抗的深层原因，而是在他创作中始终坚持现实主义和自然主义传统。尽管他在一些作品里对人物的心理活动和情感变化也描绘得细致入微，富有艺术张力，但这不是他关注的焦点。他的大部分故事主要涉及的是社会生活中人的世态百相，叙事者似乎也只关心眼前人物的外表形象。正因为如此，他的故事能最大程度地贴近读者的现实生活。

毛姆笔下的人物大多是肖像式的，常"以貌取人"，通过对人物直观、具体的描绘来揭示其内在的心理和性格特征，寥寥数笔就将人物从外表到灵魂刻画得活灵活现，有时甚至连故事情节也因此而外化地显现出来。毛姆不仅采用人物的对话和各种错综复杂的矛盾冲突来铺设和展开情节，而且常常以人物的仪表容貌为线索，着重描写他们在面对一系列事件、场景和紧要关头时做出的反应，细腻地刻画他们在表情、姿势、言行举止、生存方式甚至穿着打扮等方面出于本能或习惯性的细节变化，以此突显人物的本质特征，由表及里、有血有肉地塑造人物形象。即使在那些描写惊心动魄的谋杀或惨不忍睹的自杀事件的故事中，人物的心理活动往往也是通过其外表形象及其微妙的变化表现出来，而叙事者则不露声色，保持着冷峻、超然的态度。读者看到的往往是表象，并保持着一定的审美距离，很少能走进这些各具特色人物的内心世界，因为叙事者讲述的大多是他"事后"听来的，或通过"第三者的叙述"得来的故事。这种由"物理境"向"心理场"渗透的写法使人物形象显得更加丰满，也更容易使读者有身临其境的感觉，诚如奥斯卡·王尔德的那句绝妙的遁词所言："只有浅薄的人才不以貌取人。"①

艺术真实　艺术真实是文学的基本品格，文学作品所反映的善与美必须以真为伴。毛姆短篇小说的成功秘诀就在于其源于生活又高于生活。他的很多故事，究其本质而言，是经过他自出机杼的拔高，已经升华为艺术真实的"街谈巷议"。除了利用第一人称或第三人称的叙事者在故事中夹叙夹议、推波助澜之外，毛姆还时常别出心裁地呼唤读者的"群体意识"，因为他笔下的人物及其非凡的人生故事，往往正是人们在日常生活中耳熟能详或津津乐道的人与事。这些源自生活、为大众所喜闻乐见的"民间杂谈"、"桌边闲话"和"内幕新闻"，经过作者融会贯通的再创造之后，往往被赋予了崭新的艺术魅力，既能满足读者的猎奇心理，也能激发人们的心灵共鸣。尤其在以南太平洋诸岛和远东各地为背景的故事中，毛姆不但以精湛的笔触如实记述了英属末代殖民地的社会风貌、生活习惯和旖旎的自然风光，还刻意使用当地的土语和词汇来描写富有东方神秘色彩的宗教礼俗、田园房舍，以及人们的服饰装束、菜肴饮品、交往方式等，栩栩如生地展现

---

① 语出《道林·格雷的画像》第二章。

了当地原生态的生活。这些富有原始质朴的乡土气息的故事，使人百读不厌。

毛姆一生走南闯北，交游广阔，结识了大量禀赋各异的人，从高官贵族，到平民百姓，从欧洲白人到土著居民，三教九流无所不有。如同他在很多故事中所说，作为深谙人情世故的作家，人们愿意向他敞开心扉，吐露衷肠，使他获得了大量真实的创作素材。经过艺术提炼后，这些或凄婉动人、或骇人听闻的奇人逸事都被他绘声绘色地融化在作品里。毛姆喜欢搜集和讲述来自现实生活中的人们千姿百态的人生故事，他笔下的主人公们也喜欢讲故事和听故事，而不少故事本身也会交待或评判故事的来龙去脉（即所谓"环环相扣"的"故事套故事"）。这些具有艺术品质的真实故事，既使读者真实地认识和了解历史的原貌，感悟人生，也使作品拥有了持久的生命力。

反讽　在人类思想史和文学批评史上，反讽是理论家们争论已久、各执己见的话题。长期以来，研究者们从哲学、语言学、修辞学、叙事学、跨文化研究等领域对其进行阐发，使反讽得到了较为全面的诠释。

反讽源于古希腊语 *eironeia*，意为"装傻"，原指苏格拉底式的谈话方式：即在智者面前装作一无所知地请教问题，结果却推演出与之相反的命题。反讽的基本特征是"言非所指"或"言此而意反"的二元对立。言语反讽又称反语（verbal irony），是一种修辞手段，与讽刺和比喻相近，其意义产生于话语的字面意思与真实内涵的不符甚至悖反，并能不动声色地传递某种情感诉诸，听者/读者可从这种"表象与事实"相互矛盾的对比反观中解读出具有幽默或讽刺意味的"韵外之韵"。戏剧性反讽则是一种文学表现方法，具体可分为悲剧性反讽、结构性反讽、情境反讽和随机反讽等，其意义蕴涵在作品的整体结构之中，通过故事的语境和情节铺展来实现：读者对故事里的事件、场景、个人命运的了解会先于或高于"身在其中"的人物，因此，故事中的人物的言行举止、动机和目的往往与读者的理解和审美体验相冲突，呈现出截然不同甚至完全相反的意义。在文学叙事中，作者不仅通过话语层面的反讽，更通过现象与本质、期望与现实、主观意志与现存伦理等方面的相互矛盾、相互排斥、相互消解来表现人的认识能力和价值取向的相对性、多重性和心智活动的复杂性，藉以形成强烈的反讽意味，从而增强故事的戏剧性效果和艺术张力。

如同欧·亨利、契诃夫、莫泊桑，毛姆也是善于使用戏剧性反讽的行家里手。我们可以看到，在悲剧故事中，他常常直截了当地采用悲剧性反讽，故事的主人公大多是"被命运之神捉弄的傻瓜"——满怀希望、孜孜以求地想实现某个既定目标，经过百般努力和抗争后却发现，结果总是事与愿违、适得其反。在言情故事、间谍故事和寓言故事中，毛姆常巧妙运用随机反讽、情境反讽和结构性反讽，由低到高、张弛有度地构建不同层级的反讽意义，使故事情节峰回路转，并逐步将故事推向高潮。在叙事进程中，毛姆常将叙述的焦点集中在读者、叙事者与主人公之间在伦理判断和心理期待等方面的审美差距上，通过多角度的交替变换和对比关照，形成多层次、多维度的反讽。故事戛然而止的零度结尾或出人意表的结局往往蕴含着幽默而又深刻的道德意义，耐人反复回味。这是他的短篇故事常使人掩卷之余久久难以忘怀的另一个原因。

中年视阈 毛姆在短篇小说创作上取得卓越成就的另一重要原因或许与他的年龄有关。早在一八九九年毛姆就有短篇小说集问世，但他自认为这些故事不够成熟。晚年他在选编这套《短篇小说全集》时，便没有将那些早期作品纳入其中。毛姆真正开始热衷于创作短篇小说是在一战结束之后。一九二一年出版的《叶之震颤》标志着他在这一领域的新高度。这时他已人到中年，具有宽广的视野、丰富的经验和敏锐独到的见解。他创作的优秀、精湛的短篇小说，大都是他年届五十之后写成的。

　　毛姆已臻成熟的创作观和审美取向使他讲述的故事都带有意味深长的人生哲理和岁月的厚重感。毛姆经历过爱德华时代的歌舞升平和维多利亚时代的空前繁荣，纵情参与过英国上流社会声色犬马的时尚生活和法国名人荟萃、灯红酒绿的社交聚会，但他并没有像司各特·菲茨杰拉德那样去描绘朝气蓬勃、怀揣理想的年轻一代在面对令人眼花缭乱的现实世界和"美国梦想"时的惊奇不已以及他们在理想幻灭之后的失望、彷徨与悲哀，也没有像海明威那样浓笔重墨地记叙"迷惘的一代"在巴黎天马行空、纸醉金迷、放浪不羁的生活景象。他描写的常常是年长的一代人稳练达观、富有雅趣的行事作风和虚怀若谷的境界。作为一个饱经沧桑、老成持重的作家，他的激情已经渐渐淡去，能够以冷静、超脱的姿态看待世态炎凉和生死人生。他笔下的主人公们也常以疑惑、忧戚、嘲讽的眼光看世界，尽管偶有迷离困窘、错愕惶恐，但终究还是表现得温厚、儒雅、理性、风趣。无论风云变幻，他都处之泰然，始终保持着他那份闲情逸致和文质彬彬的良好修养。

　　同样，毛姆笔下的女主人公大多也是与他本人年龄相仿、已身为人母甚或祖母的女人。故事中虽不乏清纯美丽的少女和风骚冶艳的美妇，但他着重描写的并不是她们年轻貌美的姿容或离经叛道的表现，而是长辈对她们的担忧和管束。值得一提的是，毛姆的同性恋倾向使他描绘的女性形象与众不同。他对女性的态度向来礼貌得体，既没有把她们塑造成供男人去勾引和发泄的对象，也没有墨守成规地谴责和批判她们不守妇道的堕落行为，而是客观中肯、准确传神地描摹她们本来的面貌，把她们从外表到心灵刻画得惟妙惟肖。为了创造喜剧效果，他的故事中有时会出现饱经风霜、邋遢干瘪、面目丑陋，却浓妆艳抹、搔首弄姿的老妇人，但作者同样也对她们寄予了深厚的同情。这是毛姆不同于新生代年轻作家、常被读者和评论家们所称道的一大特点。

剖析人性 毛姆对人性的深切理解和锐敏透彻的洞察力与他的家庭背景、童年经历和他后来在坎坷的职业生涯中逐渐形成的人生观密不可分。毛姆一生见证了整整三代人的盛衰变迁。他亲历了两次世界大战的浩劫，切身体验过英国宦海沉浮和文坛争衡的滋味，亲眼目睹了各色人物的悲欢离合和命途多舛的凄凉境遇，而他的个人生活中也多有艰辛和变故，因此，对人生的态度他总体上是消极、悲观的。在他看来，人的命运是由各种充满变数、个人无力左右的外界因素和偶然事件决定的。他是个无神论者，认为基督教信仰纯属一派胡言。他蔑视"普渡众生"之说，不相信上苍能拯救芸芸众生。他也不相信善良和美德是人类与生俱来的本性，甚至对人的聪明才智也持怀疑态度。这些尖锐的观点和他对人的本质的深刻认识，使他的作品具有一种愤世嫉俗、悲天悯人的基调，再用他所特有的寓庄于谐、意在言外的讽喻形式和戏谑幽默、引人发噱的精妙笔调表现出来，非常迎合普通读者的心理诉求和审美品位。

对人性鞭辟入里的剖析应该是毛姆的作品最震撼人心的显著特色，也是他的每一篇短篇小说几乎必不可少的重要内容和主题。作为当过医生和间谍的作家，毛姆无疑会将这些经历糅合到他的创作中去。他常常会别开生面地以医生的眼光审视和剖析人的本性和良知，或从间谍和侦探的视角去探究和破解现实生活中各色人物的日常活动、行为方式、爱恋与婚姻、希望与失望、道德与罪孽等的成因和导致他们最终结局的奥秘，将人性中可憎可悲的阴暗面，诸如怯懦、嫉妒、傲慢、虚荣、愚妄、歧视、偏见、自私、自负、贪婪、色欲、势利、骄横、残忍等缺陷，毫无保留地展示在读者面前，并对其根源加以深入细致的剖析，做出恰如其分的评判。在这些故事里，我们可以清楚地看到，他对盛行于西方上流社会的因循守旧、浮华炫鬻、腐败堕落之风深恶痛绝，对欧洲中上阶层的绅士贵妇、神甫和传教士、政界要人、商界大贾、文艺圈名流，以及英国派驻在南太平洋和东南亚等殖民地的总督和各类官员充满了鄙夷和嫌恶之情，经常站在道德的制高点上，以犀利、辛辣的笔锋揭露和抨击他们欺世盗名、尔虞我诈、恃强凌弱、伤天害理、草菅人命、肆意践踏法律和人的尊严，以及嫖妓、通奸、乱伦等道德缺失的恶劣行径，毫不留情地讽刺和痛斥他们表面上道貌岸然、实为男盗女娼的虚伪本质。对于生活在社会底层的穷苦人和殖民地的土著居民，他却有一颗仁厚友善、宽宥大度、以礼相待的心。尽管他在作品中也常常会善意地取笑他们的愚昧无知和缺少教养，幽默地调侃他们刁顽古怪的性格和某些滑稽可笑的恶习和癖好，揶揄和嘲讽他们的自私自利、目光短浅等缺点，但他喜欢这些淳朴、善良、耿直的民众，对他们怀有真挚的同情、怜悯和关爱之心。

毛姆对人性细腻、透彻的剖析和拷问使他刻画的形形色色的人物，还有那些刺穿人心的故事，不仅富有不可抗拒、令人着迷的艺术魅力，而且具有极强的说服力和可信度，因为那些讽刺和鄙夷、怜悯和感伤，是经历过苦难和创伤，见识过世道悲凉的人才能有的感悟。这样的文学作品无疑具有强大的感染力，可改变人们对人性的根本认识，甚至刷新人们的世界观。

鲜活明畅的语言　毛姆虽说成名已久，但他并没有像同时期的其他现代主义作家那样勇于革故鼎新。就文体艺术而言，他没有多少实验性或"先锋派"的创举，而且对文辞奥博、用典繁芜的文风也不以为然。毛姆的语言以清新流畅、简洁朴实、诙谐幽默、通俗易懂见长，尤其注重让人"看着悦目、听着悦耳"。他的叙述鲜有生涩冷僻或华美矫饰的辞藻堆砌，几乎没有诘屈聱牙、艰涩难懂的句法结构，更罕用深奥玄妙的心理描写，而是采用贴近生活、直白易懂的语句和扣人心弦的情节来讲述故事。我们常可以看到，他一个段落就能将一个人物的容貌特征勾勒得纤毫毕见，然后便执手牵引着你缓缓走进他布下的迷宫，在张弛有度的节奏中一步步走向令人意想不到的情景和地域，循序渐进地发现始料不及的惊天秘密，最终到达快意恩仇的结局，或走向假作悲哀、实则富有喜剧色彩的故事高潮。

毛姆向来喜欢从现实生活中去捕捉和采撷鲜活、生动的语言。那些自然、人人皆知的语句经过他的打磨之后，被赋予了新的含义，一经问世便广为流传，成为人们常挂嘴边的时尚用语甚至金科玉律，尤其为普通读者所喜爱。在他的作品中，无论借景抒情、或阐发议论、或人物对话，毛姆一般采用口语化的语言，以一种体恤人意、推心置腹、犹如在酒吧与朋友交谈的口吻娓娓道来，仿佛他就在你的眼前，在不露声色地运用他的睿智和冷幽默与你侃侃而谈，并煞有介事地向你讲述"蜚短流长"、令人称奇的坊间传闻。这些故事会令你时而忍俊不禁，时而目瞪口呆，时而又不寒而栗。他善于运用富有活力的意象比喻，善于借助特定的细节来渲染和烘托气氛，那些精湛的象征和比拟常含有多种层次的意义和情感，能诱发丰富的联想，使读者进入如梦如画的意境。此外，毛姆设譬的智慧和他特有的暗含讥讽的幽默格调也无处不在。即使在主题非常严肃或描写血腥凶杀案的故事里，他也照样妙语如珠，精辟、凝练、发人深省的隽语警句和至理名言俯拾即是，运用得恰到好处。这些特点使他的故事不仅具有极高的可读性，而且具有极高的欣赏性和美学意义。毛姆鲜活明畅、幽默风趣的语言是他能拥有无数读者的一个重要法宝。

四　毛姆短篇小说的迷人魅力

这套《毛姆短篇小说全集》(7卷)题材广泛，风格多样，几乎囊括了短篇小说这一文学样式的所有类别：爱情故事、间谍故事、悬疑故事、恐怖故事、童话故事，历险小说、惊悚小说、艳情小说，赌场见闻、幽默小品等应有尽有，而且长短相宜，各具特色，中篇短篇辉映成趣，可谓名篇荟萃，异彩纷呈。这些作品如实反映了社会生活中各个层面的世情风貌和各种矛盾与冲突，触及到人类灵魂最深处的隐秘，力透纸背地揭示了人的本性中的善恶是非及其可悲、可恨、可怜、可笑之处，同时寄托了作者深藏若虚的忧患意识和人文情怀。这些风格各异、富有奇趣的故事的共同点是：主题明确，结构严谨，情节引人入胜，语言幽默晓畅，寓意深刻隽永。每一篇都堪称经典之作。

文学作品的功用之一就是给人带来阅读的快感。毛姆的短篇小说不仅内容丰富多彩，艺术表现形式也不拘一格：有言重九鼎的社会伦理小说，有感人至深的悲情故事，有令人唏嘘的人生无常，有令人毛骨悚然的惨案，也有皆大欢喜的喜剧和令人捧腹的闹剧，更有美轮美奂、令人心驰神往的异域风情的描写，凡此种种，不一而足。这些各有千秋的故事有供娱乐消遣的，有令人扼腕感慨的，也有让人会心一笑的，故事的结尾一般都含有振聋发聩的反讽意义或耐人寻味的弦外之音。读者倘若看厌了那些揭露和批评社会丑恶现象和人性阴暗面的故事，不妨转而去浏览那些滑天下之大稽的历险故事，或者去翻阅那些篇幅短小、却笑话迭出的轶事趣闻之作。无论是为了欣赏名作、陶冶情操，还是为了猎奇解颐、消磨时光，读者都能从这部全集中找到适合自己当下心情的故事。尽管有评论家认为，其中一篇很短的故事《一位绅士的画像》是例外，但这个短篇也写得妙趣横生，值得玩味。毛姆短篇小说的迷人魅力就在于其老少皆宜、雅俗共赏。

五　无法终结的结语

毛姆是一位视野广阔、博闻强识的文学家和旅行家。他一生探奇览胜，足迹几乎遍及欧亚美三大洲。这些故事大都以他自己在英国和世界各地的切身经历为原型和素材创作而成的。让人匪夷所思的是，毛姆本人的身影何以会毫不避讳地时时出现在故事里，而且常以第一人称来讲述那些奇人奇事，我猜想，这也许正是他屡遭英国上流社会的嫉恨，却让普通读者倍感亲切的原因所致吧。

毛姆笔下的版图幅员辽阔，从欧洲到南美洲，从南太平洋到亚洲，这些地域都是他的故事的生发地。值得注意的是，这些故事里的人物虽然来自不同国度，操各种语言，穿不同服饰，肤色和形象迥然有别，但本质上却如此惊人地相近——他们的所思所想，他们的爱与恨，甚至连欺骗和撒谎的招数都大同小异。我们不可否认，世界各地的人们确有诸多相通之处，但也存在千差万别。毛姆以不同的故事向我们展现的正是这个千奇百怪的世界里同时并存、互为映衬的同质性和异质性的相互交融和碰撞，以及由此而产生的无穷魅力，正所谓"一花一世界"。

至于毛姆是不是"二流作家"，还是由读者来评说为好。

吴建国

2020 年 3 月 5 日

目录

雨

上床时间就要到了。明天一睁开眼睛，就能看到陆地了。麦克菲尔医生点燃烟斗，背靠栏杆，抬头望着夜空，仔细搜寻着南十字星座①。他在前线奋战了两年，身负重伤，而且至今没有痊愈，故现在坐船前往阿皮亚②休养，估计至少要在那里待上一年左右。旅途中，他感觉伤势好多了。明天早晨，部分乘客要在帕果帕果③下船，所以今晚大伙儿载歌载舞，好好庆祝了一番。然而，机械钢琴④的声音非常刺耳，震得麦克菲尔医生耳朵嗡嗡直响。好在甲板上已经完全安静了下来。不远处，妻子坐在长椅上，正和戴维德森夫妇聊天。他走过去，坐在灯下，摘下帽子，露出一头红发。他的脑袋已经秃顶，

---

① 南十字星座（Southern Cross），一个小而亮的星座，主要由4颗星组成，构成十字架形状，其长臂指向南极。在北半球，水手往往依靠北斗星及北极星来判断正北方向，而在南半球，则需要依靠南十字星座来判断正南方向。

② 阿皮亚（Apia），萨摩亚独立国首府及主要港口，位于太平洋中南部。原为独立王国。19世纪中叶美、英、德相继侵入进行殖民争夺，1899年沦为德国殖民地，1914年被新西兰占领，1962年独立，1997年改为现国名。

③ 帕果帕果（Pago Pago），美属萨摩亚的首府和主要港口，位于太平洋中南部。自1899年起，根据美、英、德三国协定，划归美国。美属萨摩亚与萨摩亚独立国同位于南太平洋萨摩亚群岛，以西径171°线分界。

④ 机械钢琴（Mechanical piano），一种投入钱币就能播放乐曲的机械乐器，现已不用。

1

皮肤红红的，上面长满了雀斑。麦克菲尔医生四十岁，瘦骨嶙峋，有些迂腐刻板。他说话时嗓音低沉，语速缓慢，苏格兰口音很重。

戴维德森夫妇都是传教士。旅行中，他们和麦克菲尔夫妇成了好朋友。这并非因为他们趣味特别相投，而是因为他们都对同一件事看不惯：有些人整日整夜泡在吸烟室里打牌、酗酒。船上这么多人，戴维德森夫妇只愿意和他们来往，这让麦克菲尔太太感到有点儿受宠若惊，就连麦克菲尔医生这种木讷之人也觉得这是一种礼遇。然而，由于秉性使然，他每天晚上回到船舱后，总要给戴维德森夫妇挑点儿毛病。

"戴维德森夫人说，倘若不是遇到了我们，他们真不知道这段漫长的旅程该怎么度过呢。"麦克菲尔太太一边整理假发，一边非常得意地说道，"在这条船上，他们只愿意和我们聊天。"

"不就是一个在海外传教的吗？有什么了不起的！居然敢在我们面前摆臭架子。"

"她可不是故意摆臭架子。我知道她说这话是什么意思：他们不愿意和整天泡在吸烟室里的那帮家伙混在一起。"

"他们那个教派的创始人①可不像他们这么清高。"麦克菲尔医生冷冷一笑。

"不要拿宗教说事。我都记不清已经对你说过多少遍了。"麦克菲尔太太埋怨道，"你老是看不到别人的优点。亚力克，看来你这毛病今生今世是改不了了。"

麦克菲尔医生没有吭声，只是斜着一双淡蓝色的大眼睛狠狠瞪了妻子一眼。结婚这么多年，他总算搞明白了一件事：要想家庭和睦，

_____

① 这里应该指的是约翰·卫斯理（John Wesley，1703—1791），基督教新教卫斯理宗创始人之一。

千万不能和妻子顶嘴。于是，他脱掉衣服，爬上上铺，看了一会儿书，便迷迷糊糊睡着了。

第二天一大早，麦克菲尔医生一个人来到了甲板上。眼前是一片狭长的银色沙滩。沙滩后面是一个草木茂盛的山岗。枝叶茂盛的椰子树林快要延伸到海里了。萨摩亚人①居住的小草屋掩映其中。那个白色光点是一个小教堂。他们的船很快就要靠岸了。这时，戴维德森夫人走了过来，站在麦克菲尔医生身旁。她今天穿了一身黑衣服，脖子上戴着金项链和十字架。她身材娇小，棕褐色头发梳理得整整齐齐，蓝色大眼睛上罩着一副夹鼻眼镜②。尽管脸部瘦长，但看上去不仅毫无绵羊般的蠢相，倒像小鸟一样机敏。给人印象最深的是，她的声音既高又尖，僵硬单调，就像吱吱作响的风钻，钻入你的耳朵，刺激着你的神经。

"这里很像你的家乡吧?"麦克菲尔医生笑得很勉强。

"不像。这里是火山岛。我们家乡是珊瑚岛，地势平坦，水位也低。如果坐船，还要走十天。"

"在大海上走十天好比在国内过一条马路。"麦克菲尔医生打趣道。

"嗯。虽然听上去你似乎有点儿夸大其词，但根据这一带（南太平洋地区）人们对于距离的看法，也不能算错。"

麦克菲尔医生轻轻叹了一口气。

"幸好我们不在这个教区。"她继续说道，"据说，在这里传教非常困难。主要原因有两个：一、常有轮船停靠；二、建有海军基地。这搞得当地（土著）人心惶惶，影响很坏。我们教区情况好多了。

---

① 萨摩亚人（Samoans），南太平洋萨摩亚群岛的居民，波利尼西亚人的一部分。25万多人（2001年），语言属南岛语系波利尼西亚语族，有文字。原信多神，今改信基督教。

② 夹鼻眼镜（invisible pince-nez），当时非常流行的一种眼镜，用细绳系住，镜框透明，不易看出，故称"invisible"。

当然，也有一两个生意人。如果他们胆敢乱来，就必须走人，别无选择。"

她用手扶了扶眼镜，盯着眼前这座绿意盎然的小岛，目光非常冷酷。

"来这里传教，任务根本不可能完成。我们很幸运。感谢上帝！"

戴维德森夫妇在萨摩亚以北的一个群岛上传教，而且各个小岛相距较远。每当先生划船外出，妻子就留下守候驻地，独当一面。说实话，麦克菲尔医生根本没有料到戴维德森夫人如此能干。然而，更加让他吃惊的是，谈到当地土著的愚昧落后时，戴维德森夫人情绪激昂、声音高亢、措辞尖刻，满脸都是厌恶。值得一提的是，她对道德的认识和一般人完全不同。记得刚刚认识不久，她就告诉他说：

"我们一到这座岛，就被当地人的婚姻陋习惊呆了。这事没法对你讲，我还是告诉你太太吧。你可以去问她。"

没过多久，麦克菲尔医生锻炼身体时，看到戴维德森夫人在和妻子聊天。她们将两个帆布靠背椅靠在一起，坐在上面足足嘀咕了两个钟头。戴维德森夫人异常激动，嘀咕声犹如远处山涧的激流。妻子的嘴巴张得大大的，看脸色似乎是受到了惊吓。晚上一回到船舱，妻子就将她从戴维德森夫人那里听来的话向他学了一遍。

"怎么样，我说得没错吧？"第二天早晨，戴维德森夫人容光焕发，喜形于色，一看见麦克菲尔医生便大声问他道，"尽管你是医生，我也说不出口。你以前没听说过这种荒唐事吧？"

她两眼盯着麦克菲尔医生，很想知道他的反应是否和她想象的一样。

"你能猜到我们当时是什么感受吗？实话告诉你，我们非常失望。这么多村子，却连一个好女孩也找不出来。"

在这里，"好"这个词显然是意有专指。

"我和戴维德森先生商量了半天，最后决定从禁止土著跳舞开始做起。你不知道，这些土著可喜欢跳舞呢。"

"我年轻时也喜欢跳舞。"麦克菲尔医生回答说。

"昨天晚上，看到你邀请你太太跳舞，我就猜到了。和自己太太跳舞，我并不反对。但看到她拒绝了你的邀请，我非常高兴。这种时候，还是矜持一点儿好。"

"什么时候？"

戴维德森夫人透过夹鼻眼镜瞥了他一眼，没有回答。

"当然，白人可以另当别论。"稍停片刻，她继续说道，"不过，我还是非常同意我家先生的观点。在他看来，男人将别人的妻子搂在怀里是不道德的。而且，做丈夫的怎么能够容忍自己的妻子被别的男人搂在怀里呢？因此，从结婚那天起，我就再也没有和其他男人跳过舞。土著跳舞不仅不道德，而且简直是伤风败俗。感谢上帝！我们教区已经八年没人跳舞了。我向你保证。"

这时，他们的船已经抵港。麦克菲尔太太也走了过来。一个急转弯，船缓缓进港。港口面积很大，足以容纳一支舰队。四周青山矗立，入口海风轻拂。总督府就坐落在距离入口不远的一个花园中。旗杆上耷拉着美国国旗。客船经过两三栋排列整齐的平房①、一个网球场，最后停靠在建有货栈的码头上。距离港口两三百码远的地方有一艘纵帆船②。戴维德森夫人指着它说，他们将搭乘这艘船去阿皮亚。码头上挤满了全岛各地的土著。他们兴高采烈，吵吵闹闹。有些是来闲逛的，有些是来和去悉尼的旅客做生意的。他们带来了菠萝、香蕉、土布、用贝壳或鲨鱼牙齿制作的项链、卡瓦碗，还有作战用的独

---

① 一种带有宽大游廊的平房，起源于印度，因凉爽、通风，盛行于英帝国（及其他）的热带地区，成为白人主要的住房形式。

② 纵帆船（shooner），使用纵帆的船。"纵帆"（fore-and-aft sail）是一种纵向安置的风帆。

木舟模型等。许多美国水手也在人群中穿梭。他们穿戴整齐，胡子刮得干干净净。还有一些当地官员。麦克菲尔夫妇和戴维德森夫人一边看着行李搬运上岸，一边仔细打量着人群中的土著。麦克菲尔医生注意到，很多小孩和少年都患有雅司病①。就是皮肤上长满了慢性溃疡似的疮。这种病足以毁容。突然，他的眼睛一亮：他有生以来第一次亲眼见到了象皮病患者。病人要么是一只胳膊肿胀笨重，要么就是一条腿完全变形。在这里，不管男女，一律身穿印花布短围裙。

"大庭广众这样穿戴极为不雅。"戴维德森夫人说道，"我家先生认为，应该制定法律明文禁止。只在胯间系块红布遮住下体，其他什么也不穿，怎能指望他们讲道德？"

"倒是很适合这里的天气。"麦克菲尔医生擦了擦额头上的汗水。

他们上了岸。虽说是大清早，却热得让人透不过气来。帕果帕果港四面环山，一丝儿凉风都吹不进来。

"在我们教区，"戴维德森夫人扯着嗓门继续说道，"已经基本上改变了这一陋习。除了几个老年人，其他人都不再穿了。女人都改穿宽大的长罩衣②，男人都改穿长裤和汗衫。刚到这里不久，我家先生就在一份报告中这样写道：这个教区的居民永远不能成为真正的基督教徒，除非强迫十岁以上的男孩子都改穿裤子。"

戴维德森夫人瞅了瞅港口上方翻滚的乌云，稀稀疏疏的雨点已经开始往下落了。

"赶快找个地方避避雨。"她喊道。

他们随同人群刚刚挤进一个铁皮屋顶的大棚子，瓢泼大雨就落了下来。过了一会儿，戴维德森先生也过来了。一路上，他对麦克菲尔

---

① 雅司病（yaws），经皮肤接触感染雅司螺旋体而发生的疾病。可累及骨骼，但无内脏损害。
② 传教士认为，当地土著女性穿着不得体，于是就强行让她们穿一种宽大的长罩衣。

夫妇很客气，但显然没有妻子那么合群，大多数时间都是一个人在看书。他生性孤僻，不爱说话，总是一副闷闷不乐的样子，让人觉得他的和蔼可亲仅仅是作为基督徒不得不做做样子而已。他长相奇特：身材又高又瘦，四肢松松垮垮，双颊凹陷，颧骨突出，脸色犹如死尸一样苍白，但嘴唇饱满性感。他头发很长，眼窝深陷，眼神忧郁，但手形很美，手指又大又长，显得很有力量。给人印象最为深刻的是，他的体内好像埋藏着一团火。当然，这多少也令人感到有些不安。他这种人比较难接近。

戴维德森先生带来了一个坏消息：岛上有卡纳卡人①得了麻疹病。这是一种致命的传染病。他们即将搭乘的纵帆船上有一位水手也染上了这种病。尽管已被送到口岸检疫站的医院进行治疗，但阿皮亚发来电报指示说，只有确保其他船员没有感染此病，这艘船才能进港。

"也就是说，我们要在这里至少停留十天。"

"我必须尽快赶到阿皮亚！"麦克菲尔医生喊道。

"你着急也没用啊。如果船上没有其他水手得病，就可以载着白人乘客启航。所有土著三个月内不得外出。"

"这里有旅馆吗？"麦克菲尔太太问道。

戴维德森先生微微一笑。"没有。"

"那我们住哪里？"

"我刚才问过总督了。他说，海边有个生意人出租房子。等雨停了，我们先跑过去看一看，然后再决定怎么办。这个时候，千万别指望能够住得舒服。有张床睡觉就很不错了。"

雨一直在下，而且丝毫没有停止的迹象。没办法，他们只好打着

---

① 卡纳卡人（Kanakas），受雇于英国殖民地的南太平洋群岛上的土著工人。

伞、穿着雨衣出发了。这里只有几座政府办公楼、一两家店铺和一些坐落在椰子树和芭蕉林丛中的当地人居住的茅草房，根本称不上一个镇子。他们从码头走了大概五分钟就找到了那栋房子。这是一栋两层木板房，每层都有宽敞的游廊，屋顶是波状铁皮。房东名叫霍恩，是个混血儿。妻子是个土著，身边围着好几个棕色皮肤的小孩。一层是商店，主要卖罐头食品和棉布。对外出租的房间里一件像样的家具也没有。麦克菲尔夫妇住的那间只有一张旧床，一顶破蚊帐，一把快要散架的椅子和一个脸盆架。他们四下望了望，非常沮丧。外面依旧大雨如注。

"只把今晚必须用的物品拿出来就行。"麦克菲尔太太一边打开行李箱，一边嘟囔道。

正在这时，戴维德森夫人进来了。她还是一副干净利落、精神抖擞的模样。当下糟糕的环境对她毫无影响。

"赶快拿出针线来，把蚊帐缝一缝。"她说道，"如果不听我的话，你们今天晚上就别想睡觉了。"

"这里的蚊虫这么厉害？"麦克菲尔医生问道。

"现在正是蚊虫最猖獗的时候。如果你应邀参加阿皮亚官方举办的宴会，就会注意到太太小姐们都把双腿藏在发给她们的枕头套里，以防蚊虫叮咬。"

"如果雨能停住不再继续下，该有多好啊！"麦克菲尔太太说道，"要是出了太阳，我就把房间好好收拾收拾。"

"哼，雨停的可能性不是太大。帕果帕果可是太平洋上降雨量最大的地方。瞧，这座山、那个湾都招引雨水。每年一到这个时候，雨就会下个不停。"

麦克菲尔夫妇一个站在房间的这头，一个站在房间的那头，束手无策、失魂落魄。戴维德森夫人上下打量了他们一番，撇了撇嘴：一对窝囊废。最后，她还是忍不住帮他们把一切都收拾得井井有条。

"好吧，快给我找针线，我帮你缝蚊帐。然后，你去把今晚必须用的物品从行李箱里拿出来！一点钟吃午餐。麦克菲尔先生，你最好去码头看看你们的大件行李，确保放在雨水淋不到的地方。你的行李淋不淋雨，这些土著才不管呢。"

麦克菲尔医生穿上雨衣，下楼去了。在门口，霍恩先生正和两个人说话，一个是他们乘坐的那艘船的舵手，一个是他们乘坐的那艘船的二等舱的乘客。麦克菲尔医生曾在船上见过这个二等舱的乘客几次。舵手又矮又瘦，浑身脏兮兮的，看到麦克菲尔医生从楼上下来，冲他点了点头。

"大夫，赶上闹麻疹，真倒霉。"他说道，"看来你们已经安顿好了。"

麦克菲尔医生觉得这个人说话不太礼貌。不过，他向来胆小，从不轻易发脾气。

"是啊，我们在楼上租了一个房间。"

"我把汤普森小姐也带到这里来了。她也去阿皮亚。"

舵手用手指了指站在他身旁的那位女士。汤普森小姐大约二十四五岁，身材很丰腴，虽然穿戴俗气，但人长得还算标致。她身穿白色连衣裙，头戴白色大帽子，脚穿白色羊皮长筒靴，套有白色长筒袜的肥胖小腿将长筒靴撑得鼓鼓的。她冲麦克菲尔医生嫣然一笑。

"就一巴掌大的破房间，房费还要我一块五。"她嗲声嗲气道。

"乔，我告诉你，她是我的好朋友。"舵手说道，"照顾照顾。一天一块钱。"

房东虽然人长得肥胖，但脑袋瓜子很灵活。他笑了笑，轻声说道：

"好吧，斯旺先生，既然你这么说，我就想想办法。过一会儿，我和太太商量商量，看看能否少收一点儿。"

"少来这一套。"汤普森小姐不高兴了，"现在就定。一天一块钱，多一分也没有。"

麦克菲尔医生笑了笑，非常佩服汤普森小姐讨价还价的本领。他自己却是那种宁可多花钱，也不愿意讨价还价的人。房东长长叹了口气。

"好吧，冲着斯旺先生的面子，就收你一块钱。"

"这就对了！"汤普森小姐说道，"大家快进屋喝一杯。斯旺先生，劳驾把我的箱子拿进来。里面有上好的黑麦威士忌酒。大夫，你也进来喝一杯吧。"

"啊，不了。非常感谢！"麦克菲尔医生回答道，"我要去码头看看行李。"

他冒雨出了门。一路上，瓢泼大雨铺天盖地。两三个当地土著身穿印花布短围裙，手撑大大的雨伞，在雨中不紧不慢地走着。他们个个腰板笔直，悠然自得。从麦克菲尔医生身旁经过时，还笑着用一种陌生的语言和他打招呼。

快到午餐的时候，麦克菲尔医生才从码头回来。饭菜摆放在房东的客厅里。客厅平时不用，只是一个摆设而已，里面有一股霉味儿。一套印花长毛绒面的沙发靠墙整齐摆放，一盏枝形镀金吊灯悬挂在天花板的正中央。为了防止苍蝇在上面停留，整个吊灯都用黄色砂纸包着。戴维德森先生没来用餐。

"他拜会总督去了。"戴维德森夫人解释说，"一定是总督留他用餐了。"

一个土著小姑娘给他们端上来一盘汉堡牛排。过了一会儿，房东走过来瞧了一眼，看看他们还需要什么。

"霍恩先生，那个女房客呢？"麦克菲尔医生问道。

"她只租了一间房。"房东回答道，"用餐自理。"

房东看着麦克菲尔太太和戴维德森夫人，谄媚道：

"为了不打扰你们，我把她安排在楼下了。"

"她也是坐这条船来的？"麦克菲尔太太问道。

"是的，夫人。她坐的是二等舱。要去阿皮亚做出纳员。"

"哦！"

房东走后，麦克菲尔医生说道：

"一个人待在房间里用餐，一定很乏味。"

"既然坐的是二等舱，也只好这样了。"戴维德森夫人说道，"谁知道她到底是个什么人。"

"她叫汤普森。是船上的舵手带她来的。我刚才出门时，恰好碰见。"

"是不是昨天晚上和舵手跳舞的那个女人？"戴维德森夫人问道。

"十有八九是她。"麦克菲尔太太回答说，"那个女人一看就挺放荡的。"

"哼，绝对不是什么好东西。"戴维德森夫人随声附和道。

由于起床太早，吃完午餐，大家都感到很疲倦，于是各自回房午休。一觉醒来，雨已经停了，云层依然很厚，天空灰蒙蒙的。他们出了门，沿着海湾边缘的马路散步。这条马路是美国人修的。

他们回来时，看到戴维德森先生刚刚进门。

"我们在这里至少要待两个星期。"戴维德森先生很生气，"我和总督理论了半天，一点儿用也没有。"

"戴维德森先生回去还有很多事情要办呢。"戴维德森夫人看了丈夫一眼，眼神里充满了关切。

"我们已经出来一年了。"戴维德森先生一边说，一边在游廊上走来走去，"把教堂交给当地土著传教士掌管，我实在是放心不下。我承认，他们人确实不错，敬畏上帝，是真正的基督徒，足以令国内一些所谓的基督徒感到羞愧。遗憾的是，他们的管理能力很有限。把教堂全权委托给他们掌管，短时间还行。三五个月后，一些渎教恶行肯定会发生的。"

说完这些话，戴维德森先生停下了脚步。他身材高大、瘦削，嗓音低沉、响亮，脸色苍白，两只大眼睛炯炯有神，充满了激情和真诚，令人印象深刻。

"我必须尽快回去工作，耽误不得。树木如果腐朽，就应该砍掉当柴烧。"

晚上吃过茶点①，大家都没有离开客厅。女士们忙着做针线活，麦克菲尔医生抽着烟斗，戴维德森先生讲述他在岛上的工作经历。

"我们刚到那里时，发现岛上的人们根本没有原罪观念②。"他说道，"十条诫命③，他们无一遵守，却浑然不知。我认为，给当地土著灌输原罪观念是一件非常困难的事情。"

麦克菲尔夫妇打听到，在和戴维德森夫人认识前，戴维德森先生已经在所罗门群岛④工作了五年。戴维德森太太原来在中国传教。两人是在波士顿参加传教士大会时认识的。他们结婚后被派到这里来传教，一直待到现在。

通过交谈，麦克菲尔夫妇感觉到，戴维德森先生是一个不畏艰险的人。他懂医学，随时都有可能去各个小岛给病人看病。雨季的太平洋暴风雨肆虐，连乘坐捕鲸船都不太安全，他却一个人驾着一叶扁舟出诊，危险可想而知。只要有人生病或发生事故，他从不犹豫，立刻

---

① 茶点（High tea），下午五六点钟吃的简单晚饭（有肉食等冷菜）。
② 原罪观念（sense of sin），基督教教义认为，人类始祖亚当和夏娃偷吃禁果所犯之罪传给后世子孙，成为人类与生俱来的原始罪过。
③ 十条诫命（The Commandments），指基督教的"十诫"。
④ 所罗门群岛（Soloman Islands），美拉尼西亚群岛的一部分，位于澳大利亚东北的太平洋中。

出发。有好多次，他从船里向外排了一整夜水才保住性命。戴维德森夫人不止一次以为他已遭遇不测而悲痛欲绝。

"有时，我也劝他不要去。"她说道，"或者等到天气好一些再去，可他不听。他这个人太固执。一旦拿定主意，九头牛都拉不回来。"

"如果这一点我自己都做不到，怎么要求那些土著相信上帝呢？"戴维德森先生反驳道，"我不固执，一点儿也不。他们遇到困难来找我，如果我有这个能力，就一定帮忙。你们动脑子想一想，我这是在完成上帝交给我的任务，难道上帝会弃我于不顾吗？无论是狂风怒号，还是巨浪滔天，都是上帝的旨意。"

麦克菲尔医生胆子很小，听到枪炮声就会胆战心惊。在前线急救站做手术时，为了稳住颤抖的双手，经常急得汗流满面，眼镜因此而模糊不清。戴维德森先生的亲身经历让他不寒而栗。

"真的希望像你一样胆子大。"麦克菲尔医生羡慕道。

"真的希望像我一样相信上帝。"戴维德森先生纠正他。

那天晚上，不知为何戴维德森先生的思绪回到了过去，回想起自己和妻子在岛上度过的那些日日夜夜。

"有时候，我和太太相对无言，泪流满面。我们努力工作，没日没夜，却看不到事情有丝毫进展。当我感到沮丧甚至绝望时，是我太太给了我勇气和希望。要是没有她，我真的坚持不了多久。"

戴维德森夫人低着头，看着手里的针线活，瘦小的脸颊泛起一抹红晕。她的双手微微颤抖，不知道该说些什么。

"我们离家千里，孤立无助。每当我心力交瘁时，她都会放下手头的工作，为我朗读《圣经》，直到我内心慢慢平静，睡意蒙眬，她才合上书，说道：'无论他们愿不愿意，我们都要拯救他们。'这时，我再次坚定了对上帝的信念，回答说：'是啊，上帝保佑，我一定能拯救他们，一定能！'"

他走到桌子跟前，站在那里，就像站在讲经台前。

"他们生性堕落，根本不知道罪恶是什么。我们要让他们知道，他们习以为常的行为哪些是罪恶：不仅通奸是罪恶，撒谎偷窃是罪恶，衣着暴露、跳舞、不进教堂也是罪恶。女人裸露胸部是罪恶，男人不穿长裤也是罪恶。"

"你是怎么让他们知道的？"麦克菲尔医生非常好奇。

"显然，最好的办法就是惩罚。为此，我制定了惩罚条例，规定犯了其中任何一条都必须交钱或者做苦工。比如，不去教堂者，罚；跳舞者，罚；着装不当者，罚。现在，他们都明白了。"

"难道他们不反对吗？"

"谁敢？"戴维德森先生反问道。

"敢和戴维德森先生对着干的人还没出生呢。"戴维德森夫人撇了撇嘴。

麦克菲尔医生非常震惊。尽管心里一百个不赞成，但没有说出口，只是呆呆地看着戴维德森先生。

"请你记住，我有一张王牌：剥夺他们的教籍。"

"他们很在乎教籍吗？"

戴维德森先生微微一笑，轻轻搓了搓双手。

"非常介意！没有教籍，他们就不能卖椰肉干；没有教籍，他们就分不到鱼虾。概而言之，没有教籍，他们就要挨饿受穷。"

"给他讲讲弗雷德·奥尔森。"戴维德森夫人建议道。

传教士一双炯炯有神的大眼睛紧紧盯着麦克菲尔医生。

"弗雷德·奥尔森是位丹麦商人，已经来岛上很多年了。在岛上所有商人中间，他算是最有钱的了。对于我们的到来，他非常不欢迎。当地椰肉干的收购价格，原来都是他一个人说了算，而且用货物和威士忌酒支付。他娶了个当地土著女人做老婆，却公然对她不忠。

他还是个酒鬼。我给过他改过自新的机会，他不以为然，居然还嘲笑我。"

戴维德森先生说到最后几个字时，声音变得非常低沉。他沉默了一两分钟，眼神充满了杀机。

"仅仅过了两年，我就把他搞得倾家荡产。他辛辛苦苦二十年积累的财产荡然无存。最后，他跑来乞求我施舍给他一张回悉尼的船票，像个乞丐。"

"你没亲眼看到他来求戴维德森先生的那副可怜相，真的是太遗憾了！"戴维德森夫人插嘴道，"相貌堂堂、身强力壮、声音洪亮的他突然变得瘦骨嶙峋、走路颤颤巍巍、摇摇晃晃，几乎一夜之间变老了。"

戴维德森先生望着外面的夜色，似乎有点儿心不在焉。雨又开始下了。

突然，楼下传来了留声机的声音，播放的乐曲节奏明快、响亮刺耳。戴维德森先生转过身来，看了妻子一眼，一副疑惑不解的样子。

"怎么回事？"他问道。

戴维德森夫人用手扶了扶夹鼻眼镜。

"有个二等舱的女乘客也在这里租了房。声音好像是从她房间传来的。"

他们默默听着。一会儿，他们又听到了跳舞的声音。又过了一会儿，音乐停了，他们听到了开酒瓶塞的声音以及人们说笑的声音。

"她一定是在和船上认识的朋友们开派对呢。"麦克菲尔医生说道，"船十二点起航，对吧？"

戴维德森先生没有说话，只是看了看手表。

"咱们该走了？"他问妻子道。

戴维德森夫人站起身来，将手中的针线活收拾妥当。

"嗯嗯，是该走了。"她回答道。

"你们现在就上床睡觉，是不是有点儿早啊?"麦克菲尔医生问道。

"我们还要看会儿书呢。"戴维德森夫人解释道，"不管走到哪里，晚上睡觉之前，我们都会读上一章《圣经》，并结合注释进行理解、深入讨论。这样做能够训练心智。"

互道晚安后，戴维德森夫妇回房间了，客厅里只剩下麦克菲尔夫妇两个人。他们沉默了两三分钟。

"我去拿纸牌①吧。"医生率先开了口。

麦克菲尔夫人瞥了丈夫一眼。和戴维德森夫妇的谈话让她感到不自在，而且他们随时都有可能回来。但她又不想说不玩。看着丈夫一个人玩牌，她内心隐约有一丝内疚。楼下不断传来寻欢作乐的喧闹声。

第二天，天气开始放晴。既然要在帕果帕果闲住半个月，那就想办法尽量过得充实一点儿。为了打发百无聊赖的日子，麦克菲尔夫妇先是跑到码头，从大件行李箱里取了很多书籍，然后跑到海军医院拜访主治外科医生，并在医院转了转，最后来到总督府拜访总督。他们没有见到总督，便给他留了一张名片。在路上，他们碰到了汤普森小姐。麦克菲尔医生向她脱帽示意，她大声回答道："早上好，麦克菲尔医生!"她的打扮和前天完全一样：白色连衣裙和白色高筒靴。肥胖的小腿将锃亮的长筒靴撑得圆鼓鼓的。这在当地可谓一道奇异的风景线。

"她这样打扮不太雅观，"麦克菲尔太太说道，"俗气得要命。"

---

① 纸牌（patience），一种独自玩的纸牌游戏，花样繁多，通常都以打通 4 种花色为目标。美国又称 solitaire。

他们回到住处，看到汤普森小姐正在逗房东的孩子们玩呢。

"和她打个招呼吧。"麦克菲尔医生小声对妻子说道，"她在这里举目无亲。咱们要是不搭理她，显得太没人情味了。"

麦克菲尔太太虽然心里不太愿意，但还是按照丈夫的要求做了。

"你也住在这里啊。"这话问得很无聊。

"困在这个鬼地方，做梦都没想到。你说是吧？"汤普森小姐抱怨道，"幸好还能在这里找到个房间住。其他人没得选，只好住到土著家里去。这里怎么连个宾馆都没有呢？"

她们聊了一小会儿。汤普森小姐粗声粗气，喋喋不休，显然是个喜欢饶舌的人。麦克菲尔太太不善此道，无话应对，没聊几句，就告辞说：

"再见。我们上楼了。"

晚上吃茶点时，戴维德森先生推门进来说：

"楼下那个女人正在和两三个水手聊天。奇怪，他们怎么会认识？"

"这个女人一定有问题。"戴维德森夫人回答说。

一天就这样过去了，疲惫、无聊。

"这种日子连续过上两周，会让人腻烦到发疯的。"麦克菲尔医生说道。

"我们现在唯一能做的就是好好规划规划，让每天各个时间段都有事做。"戴维德森先生建议道，"无论是晴天还是下雨——现在是雨季，根本不用考虑晴天还是下雨——我打算每天都花几个小时看书、几个小时锻炼、几个小时娱乐。"

麦克菲尔医生看着他的同伴。戴维德森先生的这个计划让他感到很无趣。他们顿顿吃汉堡牛排，看来厨师只会做这个。这时，楼下的留声机又响了起来，是一首时兴的歌曲。戴维德森先生一愣，但没有吭声。然后是男人们——汤普森小姐的客人——跟着留声机唱歌的声音。当然，里面也夹杂着汤普森小姐的声音，嘶哑而响亮。此时此刻，楼下叫喊声、哄笑声此起彼伏。楼上四人一边聊天，一边情不自禁地倾听着楼下酒杯碰撞的叮当声和椅子挪动的刮擦声。很明显，汤普森小姐在举行派对，而且又来了几个人。

麦克菲尔医生正和戴维德森先生讨论一个医学问题，突然听他太太说道：

"真奇怪，这么多人怎能坐得下？"

这说明，她人坐在这里，但脑子已经跑到楼下去了。听她这么说，戴维德森先生的脸抽动了一下。他表面上是在讨论高深的科学问题，实际上脑子里想的和麦克菲尔太太一样。正当麦克菲尔医生大谈特谈他在佛兰德斯①前线救治伤员的经历时，戴维德森先生突然大喊一声，站了起来。

"你怎么了，阿尔弗雷德？"戴维德森夫人问道。

"绝对错不了！我怎么就没有想到呢？她在伊韦雷待过。"

"不可能。"

"她在火奴鲁鲁②上的船。现在我算是明白了。她跑到这里竟然还干这种勾当。对，禀性难移。"

他说最后一个词时，可谓怒气冲冲。

"伊韦雷是什么地方？"麦克菲尔太太问道。

戴维德森先生看着她，眼神凶狠，声音因愤怒而发颤。

"火奴鲁鲁的藏污纳垢之地——红灯区，人类文明的耻辱。"

---

① 佛兰德斯（Flanders），欧洲历史地区名。位于今比利时西部、荷兰南部和法国西北部。

② 火奴鲁鲁（Honolulu），美国夏威夷州的首府，位于夏威夷群岛中瓦胡岛的东南，为太平洋交通要冲。在夏威夷语当中，火奴鲁鲁意为"屏蔽之湾"。由于盛产檀香木，且大量运到中国，而被华人称为"檀香山"。

伊韦雷位于火奴鲁鲁的郊区。傍晚时分，沿着港口附近的街道，摸黑经过一座摇摇欲坠的小桥，走过一条坑坑洼洼、人迹稀少的马路，就能看见灯光了。路两边除了停车场、理发店、烟草铺，全是酒吧。酒吧里灯火通明，琴声震耳，弥漫着躁动不安的气息和寻欢作乐的情调。从此拐进一条狭窄小巷（这条小巷将伊韦雷一分为二），不论向左还是向右，都是红灯区，建设得犹如花园城市一般：一排排带有游廊的绿色小平房排列整齐。平房之间走道宽阔、笔直。寻花问柳之地竟然布置得如此规则齐整、井井有条，既有讽刺意味又令人惊讶不已。巷子里偶尔有盏路灯，假如没有平房窗户里透出来的亮光，这里简直就是一片漆黑。男人们在街上游荡，窥视着坐在窗前的风尘女子。她们或看书或做针线，对路上的行人不理不睬。就像这些女人一样，路上的行人也是来自世界各地。有美国人——商船上的海员和军舰上的水兵（都喝得醉醺醺的）、驻扎在岛上[①]的士兵（有黑人也有白人）；有日本人（三两成群）；有夏威夷人；有穿着长袍的中国人；还有戴着奇形怪状帽子的菲律宾人。他们都不说话，好像在强行控制自己的欲望。

"这个地方在太平洋地区臭名昭著。"戴维德森先生非常激动，"多年来，传教士一直强烈要求予以取缔，当地媒体也进行了报道，但警方一直拒绝采取行动。他们表面上说得冠冕堂皇，说什么这种事情不可避免，最好的办法是将其限定在一个特定区域，加以管控。事实上，他们收了人家的贿赂。酒吧老板、地痞流氓还有那些风尘女子把他们收买了。不过，他们还是被迫采取了行动。"

"经过火奴鲁鲁时，我在当地报纸上看到过这方面的消息。"麦克

---

① 指火奴鲁鲁所在的瓦胡岛（Oahu），为夏威夷州政治、经济、文化中心，并有重要海空军基地珍珠港。

菲尔医生说道。

"伊韦雷这个充满罪恶与耻辱的地方，在我们到达那天就被查封了。所有人都受到了法律的制裁。奇怪，我怎么一开始没有想起这个女人的来历呢？"

"我想起来了，"麦克菲尔太太说道，"她是在开船前几分钟才上船的。我当时心里还在嘀咕：这个人竟然掐着点来，胆子太大了。"

"她竟敢跑到这里来撒野！"戴维德森先生非常气愤，大声叫喊道，"我绝不允许！"

他朝门口走去。

"你干什么去？"麦克菲尔医生问他道。

"你说呢？我要阻止她。我不想眼看着这栋房子变成——变成……"

他努力在脑海中搜寻一个不让女士脸红的词语。他目光凌厉，脸色更加苍白了。

"听起来楼下好像有三四个男人呢。"麦克菲尔医生劝说道，"你现在去，会不会有点儿鲁莽？"

戴维德森先生轻蔑地看了他一眼，一个字也没说就冲出去了。

"你若认为他会因为个人安危而不去履行自己的职责，那你就太不了解他了。"戴维德森夫人告诉医生道。

她坐在那里，双拳紧握，高高的颧骨上露出了一丝红晕，仔细倾听着楼下即将发生的一切。戴维德森先生"噔噔噔"跑到一楼，推开房门。歌声戛然而止，但留声机还在播放低俗的曲调。他们听见了戴维德森先生的声音，接着就是什么东西重重摔在地上的声音。音乐停了。应该是他把留声机摔坏了。然后又是戴维德森先生的声音，但听不清他在说什么。接着是汤普森小姐的尖叫声，几个人一起大喊大叫的声音。戴维德森夫人轻轻喘了一口气，双拳握得更紧了。麦克菲尔医生看了看戴维德森夫人，又看了看妻子，想知道她们俩是否想让他下楼去看看情况。说实话，他真的不想下去。这时，楼下好像有人厮打起来了。厮打声越来越清晰。戴维德森先生好像被轰了出来，"砰"的一声，门关上了。片刻的安静过后，他们听到戴维德森先生上楼回自己房间了。

"我去看看他。"戴维德森夫人急忙站起身来。

"如果需要帮忙，就喊我们一声。"麦克菲尔太太对她说道。

戴维德森夫人走后，麦克菲尔太太对丈夫说道："希望他一切安好。"

"他干吗不考虑考虑自己的安危呢？"麦克菲尔医生非常不解。

一两分钟后，楼下又响起了留声机的声音。他们还跟着唱了起来，声音非常刺耳。很明显，这是在向戴维德森先生挑衅。

第二天早上，戴维德森夫人脸色苍白，疲惫不堪，明显苍老了许多。她说她头疼。她告诉麦克菲尔太太说，她丈夫非常激动，一宿没睡，早上五点就出门了。昨晚，他被泼了一大杯啤酒，衣服全弄脏了，浑身都是酒味儿，难闻极了。当说到汤普森小姐时，她满眼怒火。

"她竟敢这样对待戴维德森先生，她一定会后悔的。"她愤愤地说道，"我家先生心地善良。无论谁有困难，他都会尽力帮助。但他嫉恶如仇。如果为了正义而被激怒，他会变得非常可怕。"

"天哪，他会干什么呢？"麦克菲尔太太问道。

"我不知道，但我绝对不会为那个女人求情的。"

麦克菲尔太太不禁打了个冷战。这位小个子女人如此信心满满，确实令人害怕。那天早上，她们两人一起出门，肩并肩走下楼梯。汤普森小姐的房门敞开着。她正在炒菜，身上穿了件脏兮兮的睡衣。

"早上好！"她大声喊叫道，"戴维德森先生没事吧？"

她们一声没吭，昂首阔步从她身旁走过，就当她不存在一样。然而，一听到她充满讥讽的大笑声，她们的脸立刻涨红了。戴维德森夫人猛然转过身去。

"你竟敢嘲笑我们。"她扯着嗓子大喊道，"你再敢放肆，我就叫人把你弄走。"

"嗨，难道是我请戴维德森先生来我房间的吗？"

"别理她！"麦克菲尔太太小声劝说道。

她们扭头往前走，一直没有回头，直到听不见她的声音。

"不要脸！恬不知耻！"戴维德森夫人气坏了，呼吸都觉得困难了。

回来的路上，她们碰到了汤普森小姐。她衣着艳丽，白色大帽子上别着鲜花，正朝码头方向走去。经过她们身旁时，她还故意高声打了个招呼。这明明就是在挑衅。她们冷冷地看了她一眼。旁边三两个美国水手站在那里咧嘴直笑。她们刚进门，天又开始下雨了。

"她那一身花衣服要遭殃了。"戴维德森夫人恶狠狠地说道。

她们午餐吃了一半，戴维德森先生才从外面回来，浑身湿漉漉的，却不愿意换衣服。他闷闷不乐，一声不吭，也没有吃多少东西，目不转睛地盯着窗外的滂沱大雨。戴维德森夫人对他讲了两次碰到汤普森小姐的情况，他还是一言不发，只是眉头越皱越紧，表示自己已经听见了。

"我们是否应该让霍恩先生把她赶走呢？"戴维德森夫人问他道，"绝不能再让她这样侮辱我们。"

"她好像没地方可去。"麦克菲尔医生说道。

"她可以搬到土著家里去住。"

"这种鬼天气，土著的小茅草屋实在是没法儿住。"

"我就住过好多年。"传教士终于开口了。

房东的女儿送来了炸香蕉（这是他们的日常甜点）。戴维德森先生对她说道：

"你去问问汤普森小姐什么时候方便，我想见见她。"

小女孩有点儿怯生。她点了点头，跑出去了。

"你干吗去见她，阿尔弗雷德？"他妻子问道。

"这是我的职责所在。给她一个机会。我要做到仁至义尽。"

"你还没有尝够她的厉害？她会辱骂你的。"

"骂就骂吧。打我也行。她也有不死的灵魂。我要竭尽全力去拯救她的灵魂。"

戴维德森夫人的耳畔至今还回荡着那个女人的嘲笑声。

"她已经不可救药了。"

"上帝都没法救吗？"他的眼睛突然亮了起来，语气也柔和了许多，"不，即便一个人的罪孽比地狱还深，上帝的怜爱依然会眷顾于她。"

小女孩带来了汤普森小姐的口信。

"汤普森小姐要我代她问你好。她说，只要戴维德森牧师避开她的营业时间，她随时恭候。"

大家听了这番回话，都没有吭声。麦克菲尔医生赶紧收起了嘴角的笑意。他很清楚，要是自己被汤普森小姐的厚颜无耻逗笑了，妻子又会责备他的。

吃完午餐，两位女士上楼去做针线活。麦克菲尔太太在织围巾。自从战争开始以来，她已经织了好多条了。麦克菲尔医生在抽烟斗。戴维德森先生坐在椅子上，心不在焉地看着桌子。突然，他站起身出了房门，一个字也没说。他们听见他下了楼，敲了敲汤普森小姐的房门，还听到一声挑衅性质的"请进"。他在楼下足足待了一个小时。麦克菲尔医生注视着外面的大雨，感到心烦意乱。它不像英国的毛毛细雨，轻轻落在地面，而像天河泛滥，从天上狂泻而下，凶狠地拍打着地面，拍打着铁皮屋顶，好像带着一股暴戾之气，反映了大自然恶的一面，令人毛骨悚然。如果一直不停，你就会因苦恼而疯狂叫喊，大发雷霆；你就会因绝望而四肢无力，骨头酥软。

听到戴维德森先生回来了，麦克菲尔医生转身看了他一眼，两位女士也抬起头来。

"我对她已经仁至义尽。我劝她痛改前非，可她执迷不悟，真是个不知好歹的女人。"

戴维德森先生停顿了一下。麦克菲尔医生看到他目光阴沉，满脸杀气。

"上帝曾用鞭子将放高利贷者和银币兑换商人赶出了圣殿。①现在，我也只好拿起这条鞭子。"

他嘴巴紧闭，眉头紧锁，在房间里走来走去。

"就算她跑到天涯海角②，我也不会放过她。"

他猛然转身，大步走出房间，下楼去了。

"他又要干什么去？"麦克菲尔太太问道。

"我不知道。他在执行上帝的旨意时，我从不干涉。"戴维德森夫人摘下眼镜，轻轻叹了口气，"他这样会把自己累坏的，一点儿也不知道爱惜自己。"

戴维德森先生第一次去找汤普森小姐的全部经过，麦克菲尔医生是从混血儿房东那里打听到的。是他在经过商店门口时，被房东叫住，站在门廊上和他说的。房东感到不知所措。

---

① 见《圣经·新约》中的《约翰福音》第二章：耶稣传教到耶路撒冷，发现人们在圣庙里卖牛、羊、鸽子，兑换货币，便用许多股绳子做了一根鞭子，将他们赶出圣庙。这个故事常用来比喻惩罚玷污宗教的人。

② 天涯海角（The uttermost parts of the earth），出自《圣经·旧约》中的《诗篇》。

"戴维德森先生来找过我，责问我为什么把房子租给汤普森小姐。"他很委屈，"租房时我也不知道她是干什么的。再说，我只关心租房人是否有钱。而且，她还预付了一周的房租。"

麦克菲尔医生不想卷入这个是非当中。

"不管怎样，房子是你的。你肯让我们住，我们很感激。"

霍恩一脸疑惑。他不能确定麦克菲尔医生是否支持戴维德森先生的做法。

"传教士都是一伙的，"他犹豫了一下，"要是他们想刁难某个生意人，这个生意人只好关门歇业。"

"他要你必须将汤普森小姐赶走吗？"

"没有。他说，只要汤普森小姐改过自新，就可以继续住下去。我向他保证，汤普森小姐不会再在这里招揽客人了。刚才我已经警告过她了。"

"她什么态度？"

"她和我大吵了一架。"

霍恩穿着破旧的帆布衣服，神情很不自在。汤普森小姐的泼辣劲儿，他已经领教过了。

"这也好。我觉得她很快就会搬走。要是不能接客，即便不撵她，她自己也会走人的。"

"她没地儿可去呀。除非她去住土著的茅草屋。不过，现在这么一折腾，已经没人敢收留她了。"

麦克菲尔医生瞅了瞅外面的大雨。

"嗯，这个天恐怕一时半会晴不了。"

晚上，大家坐在客厅里，听戴维德森先生讲他的大学生活。他说，那时家里穷，全靠假期打零工。楼下寂静无声。汤普森小姐孤零零一个人待在自己的小房间里。突然，留声机又响了。她这样做，一是不服输，二是为了解闷儿。不过，这次没人伴唱。乐声凄凉，就像呼救的哀鸣。戴维德森先生的故事刚好讲了一半。他没有理睬，脸部表情也没有任何变化，继续讲他的故事。留声机继续播放乐曲，唱片换了一张又一张。夜晚的静谧似乎让她感到不安。

闷热的天气让人喘不过气来。麦克菲尔夫妇躺在床上，根本睡不着。他们睁着眼睛，听着蚊帐外面蚊子发出的嗡嗡声。

"什么声音？"麦克菲尔太太低声问道。

是戴维德森先生的声音。是穿过木头隔断传过来的。他正在大声祈祷，在为汤普森小姐的灵魂祈祷。那声音虽然单调、固执，但热切、诚挚，而且持续了很长时间。

过了两三天，他们又在路上碰到了汤普森小姐。这一次，她没有和他们打招呼，而是高昂着头从他们身边走过。她浓妆艳抹，神情愠怒，眉头紧蹙，好像没有看见他们一样。房东告诉麦克菲尔医生说，她已经在寻找别的住处了，但是没有找到。这天晚上，汤普森小姐把所有唱片全都放了一遍。忧郁的拉格泰姆[1]节奏破碎，听上去恰似绝望的狐步舞[2]。周日是上帝的安息日[3]，她刚打开留声机，戴维德森先生便叫霍恩过去阻止。音乐声停止了。除了雨滴敲打铁皮屋顶发出的"哒哒"声，整栋房子一片寂静。

"我看她非常紧张。"第二天，房东悄悄告诉麦克菲尔医生，"她不清楚戴维德森先生想干什么。她开始害怕了。"

那天早上，麦克菲尔医生看见汤普森小姐了。让他震惊的是，她脸上的傲慢不见了，取而代之的是疲惫不堪。混血儿霍恩试探着问

---

[1] 拉格泰姆（ragtime），美国流行音乐形式之一，盛行于19世纪90年代到第一次世界大战结束。最大特点是复杂的切分。

[2] 狐步舞（One-step），一种两拍做一步跳的狐步舞。

[3] 安息日（the Lord's day），按照基督教教义，星期日是敬拜上帝和休息的神圣日子，不得进行亵渎神灵的娱乐活动。

他道：

"你大概也不知道戴维德森先生要干吗吧？"

"嗯嗯，我不知道。"

霍恩居然问他这个问题。实际上，他也觉得传教士正在秘密干一件事。他有种预感：传教士正在小心翼翼、有条不紊地编织一张大网。一旦汤普森小姐闯进来，他就会立刻收网。

"他让我转告汤普森小姐，"房东说道，"如果她想要见他，无论什么时候，只要派人去叫，他随叫随到。"

"你告诉她这些时，她什么反应？"

"她什么也没说。我把话带到后就走了。也许她会大哭一场。"

"显而易见，她一个人太孤独了。"医生说道，"还有这雨，令人难以忍受。"他越说越有气，"这个鬼地方，雨就这样一直下吗？"

"年年雨季都是这样。降雨量高达三百英寸①。也许是这里地势的原因，把全太平洋上的雨全都吸引过来了。"

"该死的地势！"医生大声骂道。

他挠着被蚊子咬伤的地方，老想骂娘。等到雨过天晴，这里就会立刻变成一个蒸笼，闷热、潮湿，让人透不过气来。人们会产生一种奇异的感觉：似乎万物都在疯狂地生长。当地土著向来以天真率直、无忧无虑著称。然而，他们的文身染发看上去有些吓人。如果他们光着脚"啪嗒啪嗒"跟在你身后走，你会不由自主地回头看，害怕他们不知什么时候会迅速将刀刺进你的肩胛骨。他们那双间距很大的眼睛后面到底躲藏着什么见不得人的想法。他们长得有点儿像神庙墙壁上画的古埃及人，带有远古时代的恐怖气息。

传教士进进出出，一直忙个不停。麦克菲尔夫妇一点儿也不清楚

---

① 换算成公制为 7620 毫米。一般热带地区年降雨量为 1500 毫米—2000 毫米。

他究竟在忙什么。听霍恩说，戴维德森先生每天都去见总督。有一次，他还向麦克菲尔医生提到过这位总督。

"他看起来很果断。"戴维德森先生说，"一旦真的有事需要他作决定，就完蛋了。"

"我知道了。一定是他没有按照你的意思办。"麦克菲尔医生打趣道。

"我只希望他站在正义一边。只要站在正义一边，问题就简单多了。"

"何为正义，不同的人会有不同的看法吧。"

"假如一个病人得了坏疽病，腿脚需要马上截肢，这时医生却犹豫不决，你对这个医生有什么看法？"

"坏疽病是事实存在。"

"那罪恶呢？"

没过多久，戴维德森先生的所作所为就水落石出了。一天，他们刚刚吃完午餐，由于天气太热，两位女士和麦克菲尔医生还没去午睡（戴维德森先生一直反对午睡，认为这个习惯不好，是一种懒惰行为）。突然，房门"啪"的一声推开了。是汤普森小姐。她四处环顾了一下，径直朝戴维德森先生走来。

"你这个婊子养的，你对总督说老娘我什么坏话了？"

她火冒三丈，唾沫星子四溅。两位女士和麦克菲尔医生面面相觑。戴维德森先生推给她一把椅子。

"汤普森小姐，你先坐下。我一直想和你再谈一谈。"

"王八蛋，卑鄙无耻！"

她大骂不止。戴维德森先生神情严肃，两只眼睛紧紧盯着她。

"汤普森小姐，你尽管骂，我不在乎！"他说，"不过，我必须提醒你，这里还有两位女士呢。"

她怒火中烧，脸涨得通红，好像快要喘不过气来了。

"怎么了？"麦克菲尔医生问她道。

"刚才总督派人来通知我，要我乘下一趟船走人。"

传教士面无表情。

"这和我有什么关系？"

"一定是你干的好事。"她尖声大叫道，"你骗不了我，绝对是你干的。"

"我没骗你。完全是总督的决定。这是他的职责。我只不过督促了一下而已。"

"你为什么和老娘我过不去？我又没有冒犯你。"

"假如你真的冒犯了我，我是不会和你过不去的。这一点你尽管放心。"

"难道我愿意待在这个鬼地方吗？你看我像个乡巴佬吗？"

"既然这样，你就走好了。"他回答说。

她无言以对，哭喊着冲出了房门。房间里一阵沉默。

"总督终于被我说动了。我可以松口气了。"传教士说道，"他这个人软弱无能，优柔寡断。他竟然说，汤普森小姐就在这里待两个星期。等她去了阿皮亚，那就是英国人的事情了[①]，就与他无关了。"

突然，戴维德森先生站起身来，在房间里走来走去。

"在其位不谋其政，非常可怕。按照他们的逻辑，罪恶不在眼前就不是罪恶。这种女人在世界上存在就是罪恶。就算去了其他地方，罪恶依然存在。最后，我只有直言相告了。"

戴维德森先生双眉倒竖，气势汹汹，杀气腾腾，而且意志坚定。

"你这话是什么意思？"麦克菲尔医生问他。

---

① 管理阿皮亚所在的西萨摩亚的新西兰是英帝国自治领，故有此语。

"我们海外传教会对华盛顿也有影响力。我警告总督，要是有人投诉他这种处理问题的方式，对他绝对没有好处。"

"她必须什么时候离开？"停顿了一会儿，医生继续问道。

"下周二，从悉尼开往旧金山的一艘船会在这里停靠。她必须搭乘这艘船走人。"

还有五天时间。

由于百无聊赖，麦克菲尔医生每天上午都去医院。第二天，他刚从医院回来，正要上楼梯，混血儿霍恩喊住了他。

"医生，汤普森小姐病了。你能过去瞧一瞧吗？"

"当然！"

霍恩带他来到汤普森小姐的房间。她懒洋洋地坐在椅子上，不看书也不做针线，呆呆地望着前方。她还是穿着那件白色连衣裙，戴着那顶白色大帽子，上面别着花朵。麦克菲尔医生注意到，她脸上虽然擦了粉，但颜色发黄，眼皮耷拉着。

"你身体不舒服？"他问道。

"哦，其实我没病，只是想见你一面。下周二，我必须搭乘开往旧金山的那条破船离开这里。"

她看着麦克菲尔医生，突然满眼惊恐，双手一会儿伸开，一会儿紧握，就像患了抽风病一样。房东则站在门口听着。

"我都听说了。"医生回答说。

汤普森小姐轻轻叹了一口气。

"我不想去旧金山。昨天下午，我去找总督，但没见着，只见到了他的秘书。秘书告诉我，必须搭乘那船离开，别无选择。我非要见到总督不可。今天早上，我一直在他的官邸门口等他。他一出来，我就跑过去恳求他。尽管我知道他不愿意理睬我，但我确实想不出其他办法。他休想摆脱我。最后，他答应我说，只要戴维德森牧师同意，他就不反对我留在这里，可以晚些时候乘船去悉尼。"

她平静了一下，两眼紧紧盯着麦克菲尔医生。

"我不知道能够为你做些什么。"医生说道。

"嗯，我想让你帮我求个情。我对天发誓，只要让我留下，我什么事都不做。只要他同意，我可以连房门都不出。况且已经不到两个星期了。"

"我可以问问他。"

"他不会同意的。"霍恩插嘴道，"他要你下周二必须走。你还是早早死心的好。"

"你去跟他说，我想去悉尼找一份正经工作做。我就这点儿要求。"

"我尽力而为。"

"问完后马上告诉我，不管结果好坏。不然的话，我干什么都没心思。"

医生最不喜欢这种差事。按照他一贯的风格，绝对不会直接去问戴维德森先生。他会先和妻子说，让她去找戴维德森夫人。传教士的做法的确有点儿过分，让这个女人在帕果帕果再待两周，天也塌不下来。他运用外交手段所取得的成果大大出乎他的意料。这时，戴维德森牧师找他来了。

"听我妻子说，汤普森小姐找你了。"

就像生性腼腆的人被迫公开承认错误一样，麦克菲尔医生顿时脸涨得通红。他怒气冲冲回答道：

"去悉尼和去旧金山对你来说没什么区别。既然她做了保证，你就不要为难她了。"

牧师神情严肃，目光严厉。

"她为什么不愿意去旧金山？"

“这个我没问。”医生不耐烦地回答道，“我觉得，还是少管闲事的好。”

这个回答显然不够圆滑。

“总督下令将她赶走，要她搭乘最早离开这个岛的船走人。这是总督在履行职责，我无权干预。她在这里多待一天，危险就多存在一天。”

“依我看，你太霸道，没有一点儿同情心。”

两位女士同时抬头看了看医生。她们不必担心他们会争吵起来，因为牧师笑了起来。

“你这样看我，我真的很难过。麦克菲尔医生，请你相信我，我也非常同情那个品行不端的女人。你我都有责任反对邪恶。”

医生没有说话，闷闷不乐地望着窗外。雨已经停了，可以看到海湾对面树林丛中土著村落的茅草屋。

“雨不下了，我要出去走走。”他说道。

“不要恨我。我实在不能答应你的要求。”戴维德森先生凄然一笑，“我非常敬重你，医生，你要是对我有看法，我会很难过的。”

“我可不敢恨你。你做得非常对。”医生反唇相讥道。

“这次就算我做得不对。”牧师嘻嘻一笑。

麦克菲尔医生白发了一通火，没起任何作用。他来到一楼，看到汤普森小姐虚掩着门，正在等他。

“你和他谈了?”她急忙问他道，“结果怎么样?”

“谈了，他不同意。实在不好意思。”麦克菲尔医生觉得没脸见她。

她抽泣起来。看到她因为恐惧而脸色变得苍白，麦克菲尔医生非常内疚。突然，他有了个主意。

“这样对待你太过分了。不过，这件事或许还有希望。我打算去找总督。"

"现在？"

他点了点头。

她喜形于色。

"嗯，你真是个好人。有你出面为我求情，我肯定能够留下。我向你保证，我一定会安分守己，绝对不干那些不应该干的事情。"

麦克菲尔医生连自己都没有搞明白为何突然决定去求见总督。他本可以对汤普森小姐的事情不管不问的。要怪就怪戴维德森牧师把他激怒了。他一旦发怒，就很难消除。总督刚好在家。他是一名海员，高大英俊，留着刷子似的小胡子，穿着干净的白色粗斜纹布制服。

"我来找你，是因为一个女士。"他开门见山道，"她和我们租住同一栋房子，名字叫汤普森。"

"你说的这个女人，有人已经跟我说过无数次了，麦克菲尔医生。"总督笑了笑，"我已经命令她下周二离开这里。我只能做这些。"

"你能否破例，让她留在这里等去悉尼的船来。她想去悉尼。我保证她不会再惹事。"

总督依旧微笑着，但脸色变得严肃起来。

"很乐意为你效劳，麦克菲尔医生。但是，我已经下了命令，不能更改。"

麦克菲尔医生据理力争，但总督脸上的笑容已经不见了。他阴沉着脸，眼睛一直看着别处。麦克菲尔医生知道，他根本听不进去。

"我愿意给所有女士提供方便，但她必须周二乘船走人。就这样。"

"对你来说，她去旧金山和去悉尼有什么不同吗？"

"请原谅，医生，我执行公务时，除了向上级部门汇报，不对任何人解释。"

麦克菲尔医生狠狠瞪了总督一眼。他突然想起了牧师的暗示：他是使用威胁手段逼迫总督同意的。他从总督对待他的态度上能够觉察到一种异常的无奈。

"戴维德森，都是你这个多事佬惹的祸！"他大声骂了一句。

"麦克菲尔医生，说实话，我对戴维德森牧师印象并不好。这个地方驻扎了士兵，让汤普森这种女人住在这里确实很危险。而且，他也有权指出这一危险。"

总督站起身来，麦克菲尔医生也只好跟着站了起来。

"医生，请原谅，我还有个约会，代我向你家夫人问好！"

麦克菲尔医生垂头丧气地走了。他知道汤普森小姐在等他，但又不愿意告诉她自己无功而返，于是从后门进入房子，蹑手蹑脚爬上楼梯，就像做贼一样。

吃晚餐时，麦克菲尔医生心不在焉，坐立不安。与之相反，戴维德森牧师兴高采烈，有说有笑。麦克菲尔医生觉得，戴维德森牧师的目光不时地落在自己身上，一副洋洋得意的神态。他竟然知道自己去见过总督而且大败而归，这让麦克菲尔医生大吃一惊：他是怎么知道的？这个人神通广大得很，令人害怕。晚餐过后，麦克菲尔医生看到霍恩站在走廊，好像有话要对他说，便出了房间。

"她想知道你见过总督没有。"霍恩低声说道。

"见过了，他不同意。我确实尽力了。实在对不起。"

"我就知道他是不会收回命令的。他们可不敢和传教士对着干。"

"你们在说什么呢？"戴维德森牧师走出了房间，想加入他们的谈话。

"我们在说，你们要去阿皮亚至少还要等一个礼拜。"霍恩灵机一动，回答道。

霍恩走后，他们两人回到客厅。戴维德森牧师每次吃完饭都要花一个小时消遣消遣。过了一会儿，传来一阵轻轻的敲门声。

"进来。"戴维德森夫人回答道，尖声尖气。

房门没有开。戴维德森夫人站起身来，拉开房门。门口站着汤普森小姐。她样子变化很大，让人大吃一惊。她身穿短衫长裙，脚上趿拉着拖鞋。她的头发通常梳理得十分整齐，今天却乱蓬蓬披散着。她整个人看上去蓬头垢面、邋里邋遢、失魂落魄、胆战心惊，已经完全不是那个走在路上趾高气扬、对他们冷嘲热讽的女人了。她站在门口，泪如泉涌，不敢进来。

"你来干什么？"戴维德森夫人厉声喝问道。

"我可以和戴维德森先生谈谈吗？"她哽咽道。

传教士站起身来。

"请进，汤普森小姐，"他语气很诚恳，"我能为你做点儿什么？"

她走进房间。

"我那天喝醉了，冲撞了您，还有——还有别的无礼的事，非常对不起！"

"噢，没关系。我不是一个心胸狭窄的人，几句恶言恶语还能承受得了。"

她向他靠近一步，一副低三下四的样子。

"您赢了，我彻底认输！您不会让我去旧金山的，对吧？"

和蔼可亲的戴维德森瞬间不见了，一下子变得疾声厉色起来。

"你为何不去？"

她几乎缩成一团。

"我的家人都住在那里。我不想让他们看到我这个样子。除了旧金山，您让我去哪里都成。"

"为何不去旧金山？"

"我已经告诉您原因了。"

他向前探探身子，一双大眼睛死死盯着她，目光如炬，似乎要穿透她的灵魂。

"害怕坐牢吧？"

汤普森小姐尖叫一声，跪倒在牧师脚下，双手死死抱住他的一条腿。

"求求你，千万不要送我回那里。我对上帝发誓，我一定洗心革面，做个正经女人，与之前的生意彻底决裂。"

她一口气说了一大堆哀求的话，眼泪哗哗地顺着脸颊流了下来，连脂粉都冲掉了。牧师俯下身子，抬起她的脸，迫使她看着自己。

"我说得对不对，你害怕坐牢？"

"警察没有抓到我，我逃走了。"她喘了一口气，"要是被他们抓到，至少关我三年。"

牧师松开手，她瘫倒在地上，不停地抽泣。这时，麦克菲尔医生站起身来。

"这样一来，事情的性质就变了。"他说道，"你既然知道这个情况，就不要硬逼着她回去了。再给她一次机会吧。她愿意洗心革面，重新开始。"

"我要给她一个从来未曾有过的机会。如果她想赎罪，就接受这个惩罚吧。"

汤普森小姐误会了牧师的意思。她抬起头来，噙满泪水的双眼露出了一丝希望的光芒。

"您放我走？"

"不，你必须周二乘船去旧金山。"

听到这话，她先是痛苦地呻吟了一声，然后歇斯底里地尖叫起来，完全不像人发出的声音，而且还拼命用头撞地。麦克菲尔医生赶紧跑过去，把她扶起来。

"快起来，千万不要这样。赶快回房间先休息一会儿。我去给你拿药。"

麦克菲尔医生扶她起来，半拖半扛把她送到楼下。他对戴维德森夫人和自己的妻子非常恼怒：她们一点儿忙也不帮。霍恩就在楼梯下面站着，多亏他帮忙，才把汤普森小姐扶上床。她不停地呻吟、哭泣，几乎不省人事。麦克菲尔医生给她打了一针，然后回到楼上。此时此刻，他浑身是汗，筋疲力尽。

"她已经睡下了。"

两位女士和戴维德森先生还是坐在原来的位置。他下楼后，他们一动没动，一句话没说。

"我们正在等你。"传教士的声音冷漠、古怪，"我希望你们和我一起为我们迷途姐妹的灵魂祈祷。"

他从书架上拿起一本《圣经》，坐在餐桌前，桌子上的餐具还没有收拾。他把茶壶推到一边，开始朗读耶稣同犯了通奸罪的女人见面的那一章①。他的声音浑厚、洪亮、铿锵有力。

"现在和我一起跪下，为我们亲爱的姐妹赛迪·汤普森的灵魂祈祷！"

戴维德森先生开始诵读上帝祷文②，恳求上帝宽恕这个有罪的女人。麦克菲尔夫人和戴维德森夫人跪在地上，双眼紧闭。麦克菲尔医生大吃一惊，手足无措，也跟着跪下了。传教士的祷告词铿锵有力，连他自己都被感染，诵读时竟然潸然泪下。窗外大雨滂沱，就像天河决了口似的，其凶狠和恶毒并不比人类少几分。

---

① 指《圣经·新约》的《约翰福音》第八章。大致内容为：一个通奸的女人被法利赛人抓住，按照法典要用石头砸死她。耶稣说：谁要是觉得自己毫无罪过就过来砸，于是众人散去。耶稣对女人说：我不谴责你，你走吧，不要再犯罪了。
② 出自《圣经·新约》的《马太福音》第六章第九至十三段，为歌颂上帝的祷文。

祷告做完了。停顿了一下，牧师说道：

"我们再祈祷一次。"

祈祷完毕，大家站起身来。戴维德森夫人脸色苍白，但神情安详，一副心灵得到慰藉的样子。麦克菲尔夫妇羞愧至极，感到无地自容，眼睛都不知道朝哪里看好。

"我下楼看看她。"麦克菲尔医生出了房门。

他敲了敲门，是霍恩开的门。汤普森小姐正坐在椅子上抹眼泪呢。

"你怎么下床了？"麦克菲尔医生责备道，"我告诉过你要躺在床上的。"

"我躺不住。我想见戴维德森先生。"

"可怜的孩子，见与不见结果一样。谁也说不动他。"

"他说过，只要我找人去叫他，他就会来见我。"

麦克菲尔医生朝霍恩做了个手势。

"你去把他叫来。"

霍恩上楼去了，他们两个默默等待着。戴维德森先生来了。

"请原谅，我把您叫到这里来。"她看着他，一脸忧郁。

"我正等着呢。一定是上帝听到了我的祈祷。"

他们盯着对方看了一会儿。汤普森小姐移开视线，说话时也没有看他。

"我不是个好女人，我想忏悔。"

"感谢上帝！感谢上帝！他听到了我们的祷告！"

他转身看了看麦克菲尔医生和霍恩。

"让我和她单独待一会儿。你们去告诉两位夫人，我们的祷告应验了。"

他们两个出了房门，然后把门关上。

"太不可思议了。"生意人感叹道。

那天晚上，麦克菲尔医生几乎彻夜未眠。他听到了传教士上楼的声音时看了看表，已经是凌晨两点钟了。虽然这么晚了，传教士并没马上睡觉。透过两个房间的木头隔板，传教士洪亮的祷告声清晰可闻。最后，他实在是撑不住了，才昏然入睡。

第二天早上，一见传教士，麦克菲尔医生大吃一惊，只见他满脸倦容，脸色比昨天苍白得多，两只眼睛却闪烁着喜悦的火焰，仿佛沉浸在巨大的欢乐之中。

"你最好再下楼去看看赛迪。"他说道，"我想，她的肉体可能不会好起来，但灵魂——她的灵魂却得到了升华。"

麦克菲尔医生感到浑身乏力。

"昨晚你在她那里待了很长时间?"他问牧师道。

"是的，她不让我走。"

"你看上去心花怒放①。"医生挖苦他道。

戴维德森先生心中一阵狂喜。

"我获得了极大的荣耀。昨天夜里，我非常荣幸地将一个迷失的灵魂带回到耶稣慈爱的怀抱。"

汤普森小姐坐在椅子上，面部肿胀，目光呆滞，一副失魂落魄的样子。她脸也没洗，胡乱用湿毛巾擦了一把，头也没梳，胡乱用头绳扎了一下，身上套了件脏兮兮的睡衣。床铺也没有整理，屋内一片狼藉。

麦克菲尔医生一进去，她就抬起头，呆呆地看着医生，怯声怯气地问道:

---

① 心花怒放（as pleased as Punch），（习语）非常快乐，心花怒放。出自英国传统木偶戏《潘趣和朱迪》（*Punch and Judy*）中生性邪恶却总是洋洋得意的主人公潘趣先生（Mr. Punch）。

"戴维德森先生呢？"

"如果你找他，他马上就来。"麦克菲尔医生非常不高兴，"我是来看看你身体怎么样了。"

"哦，我挺好的，谢谢。"

"你吃东西了吗？"

"霍恩给我冲了一杯咖啡。"

她看着门外，忧心忡忡。

"他会马上下来吗？有他在我身边，我好像没有这么害怕。"

"你还是周二走？"

"是啊，他说我必须走人。你让他快点儿下来吧。你帮不了我。现在他是唯一能够帮到我的人。"

"好吧。"医生回答说。

接下来的三天里，传教士几乎把所有时间都用来陪伴汤普森小姐了，只是就餐时才上楼来。麦克菲尔医生注意到，他几乎不怎么吃东西。

"他这样下去会累坏的。"戴维德森夫人非常心疼，"他从来不知道爱惜自己。"

她的脸色也很难看。她告诉麦克菲尔太太，说她昨晚彻夜未眠。戴维德森先生从汤普森小姐住处回来后，一直在祈祷，直到筋疲力尽才睡觉。然而，没睡多久，顶多一两个小时，他就爬起身来，穿上衣服，出去散步了，还说他做了一个非常奇怪的梦。

"今天早晨，他说他梦见了内布拉斯加州 ① 的很多山脉。"戴维德森夫人告诉医生夫妇。

"确实挺奇怪的。"麦克菲尔医生回答说。

---

① 内布拉斯加州（Nebraska），美国州名，首府为林肯市，位于美国中西部。

医生记得，去美国旅游时，从火车车窗看到过内布拉斯加州的山脉。它们拔地而起，浑圆光滑，就像鼹鼠堆建的巨大土丘。他之所以记忆深刻，是因为在他看来，它们长得很像女人的乳房。

传教士感到疲惫不堪，连自己都觉得难以忍受。然而，他又感到一种莫名的兴奋。他正在清除最后一点儿残留的罪恶，它就潜伏在这个可怜女人内心极其隐秘的角落里。他和她一起读《圣经》，和她一起祈祷。

"太了不起了！"吃晚餐时，他告诉大家，"她简直就是脱胎换骨啊。她的灵魂曾经阴暗如黑夜，现如今却洁白如冬雪。她对于自己罪恶的忏悔真的是太到位了，我都感到自惭形秽了。望尘莫及，望尘莫及。"

"你现在还忍心把她送回旧金山，眼睁睁看她在美国坐三年牢吗？"医生问他道，"我觉得，你应该让她免受牢狱之灾。"

"唉，你怎么还不明白？送她去旧金山是必须的。你以为我不感到心痛吗？我爱她，就像爱我的妻子和姐妹一样。只要她在监狱待一天，我就痛苦一天。"

"一派胡言！"医生实在忍不住了，大声呵斥道。

"你太幼稚。她有罪过，就必须承受苦难。我知道她必须承受哪些苦难，她要挨饿、受罚、忍辱。承受这些苦难是对上帝的供奉。我要她欣然接受这一切。这种机会很宝贵，很少有人能够得到。上帝是那么仁慈，那么宽容！"

戴维德森先生激动得声音在颤抖，嘴唇在哆嗦，吐字都不清晰了。

"我整天和她一起祈祷。等她走后，我会继续祈祷。为了祈求耶稣赐给她这个巨大的恩典，我竭尽全力为她祈祷。我要将渴望接受惩罚的激情输入她的内心，就算我放她走，她也会断然拒绝。我希望她能够认识到，承受坐牢的苦难就是敬献给仁慈的上帝的祭品，因为上帝为她捐献了自己的生命。"

日子过得很慢，整栋房子的人都变得异常兴奋。所有眼睛都在盯着楼下这位遭受折磨的女人。她就像一个准备用来举行血腥野蛮仪式的祭品。恐惧已经让她浑身麻木。一分钟看不到传教士就难受。只有和他在一起，她才充满勇气。为了和传教士在一起，她就像奴隶一样对他百依百顺。她哭泣、读《圣经》、祈祷，直到精疲力竭。她期待那些苦难尽快到来，以便早日摆脱目前遭受的折磨。当前莫名的恐惧让她难以忍受。为了赎罪，她已经不在乎个人形象了：蓬头垢面，衣衫不整，一连四天不脱睡衣、不穿袜子。房间里床铺凌乱不堪，物品横七竖八。大雨依然下个不停，落在铁皮屋顶上，"叮叮当当"，不绝于耳，令人发疯。照这个样子下去，天河里的水早就应该干枯了，可它依然直泻而下，冷酷无情。一切都变得湿漉漉、黏糊糊的。墙壁、地板、靴子都发霉了。愤怒的蚊群嗡嗡作响，狂歌不断。这样的鬼天气，让人彻夜难眠。

"这雨就不能停上一天吗?!"麦克菲尔医生抱怨道。

大家都在盼望周二快点儿到来。那天，从悉尼开往旧金山的邮船要在这里停靠。气氛越来越紧张，让人难以忍受。就麦克菲尔医生而言，他的怜悯之心和愤愤不平，已经为希望这个不幸的女人尽快离开所代替。既然不可避免，那就坦然接受好了。他觉得汤普森小姐走后，自己连呼吸都会更加顺畅。总督专门派人押送汤普森小姐上船。这个人周一晚上来到了他们的住处。他命令汤普森小姐在第二天上午十一点前作好准备。当时，戴维德森牧师正和她在一起。

"我会督促她作好一切准备，并亲自送她上船。"

汤普森小姐没有吭声。

麦克菲尔医生吹灭蜡烛，钻进蚊帐，长长地松了口气。

"唉，谢天谢地，一切都结束了。明天这个时候，她已经离开多时了。"

"戴维德森夫人非常开心。听她说，她丈夫快要累死了。"麦克菲尔太太说道，"这个女人非常不一般。"

"谁？"

"赛迪啊。没想到她竟然能够猛然醒悟。真的令人惭愧啊！"

麦克菲尔医生没有接话。他已经睡着了。他实在是累坏了，睡得比以往任何时候都香。

第二天早上，他感觉有人拉他的胳膊，一睁眼，原来是混血儿霍恩站在他的床边。他一根手指放在嘴巴上，示意医生不要出声，赶快起床跟他走。霍恩平时爱穿破旧的帆布服，今天却光着脚，穿着一件土著常穿的印花布短围裙，像个野蛮人。麦克菲尔医生马上从床上爬起来。他这才注意到房东身上刺有很多文身。霍恩朝他做个手势让他去阳台。麦克菲尔医生下了床，跟了出去。

"别出声。"霍恩小声说道，"找你有点儿事。穿上衣服和鞋子马上跟我走，要快！"

医生首先想到的是，一定是汤普森小姐出事了。

"出什么事了？带药箱吗？"

"不用带。求你了，快点儿！"

麦克菲尔医生蹑手蹑脚回到卧室，在睡衣外面套上雨衣，穿上胶鞋，便和房东一起下了楼。朝着马路的正门敞开着，门口站着四五个当地土著。

"到底出什么事了？"医生又问了一遍。

"跟我来。"霍恩回答说。

霍恩在前面走，医生紧跟身后，那几个土著跟在他的后面。他们穿过马路，来到海滩上。一群土著站在海边，正围着一个什么东西在看。他们赶紧跑过去，大约有二三十步的距离。土著看到医生来了，赶紧闪出一条道。房东把他推到前面。他看见一具尸体一半泡在水里，一半露出水面。这种情况医生见得多了，而且他是一个临危不乱的人。他弯下腰，把尸体翻过来。是戴维德森牧师！牧师的喉咙已被割断，从左耳到右耳之间有一条很深的刀口，右手还拿着切割喉咙的剃刀。

"他的身体已经冰凉了。"医生摸了摸他的脉搏，"死了好大一会儿了。"

"一个小伙子在去上班的路上，发现他躺在这里，就跑来告诉我了。你看他像是自杀吗？"

"是的，赶快报警。"

混血儿霍恩用当地语说了几句，两个小伙子便跑走了。

"在警察来之前，我们守在这里，保护好现场！"医生命令道。

"千万不要把戴维德森先生的尸体抬到我家去。我不让他的尸体进我的家门。"霍恩请求道。

"听警察的。"医生神情很严肃，"他们通常会把尸体运到停尸房。"

他们站在那里等候。房东从印花布短围裙下面摸出两支香烟，递给麦克菲尔医生一支。两个人嘴巴吸着烟，眼睛看着尸体。麦克菲尔医生实在想不明白。

"你说，他为什么要自杀？"霍恩问道。

医生耸了耸肩膀。不一会儿，一名陆战队员和几个土著警察带着担架来了。随后又来了两三位海军军官和一名军医。他们处理这种事情很娴熟，一切井井有条。

"他妻子知道吗？"一名军官问道。

"我这就回去告诉她，顺便多穿点儿衣服。听到这个噩耗，她一定会痛不欲生的。你们把尸体好好处理一下，再让她见。"

"就这么办。"军医表示同意。

麦克菲尔医生回到住处时，妻子已经差不多梳洗完毕。

"戴维德森夫人一直放心不下。"她一看见医生便大声说道，"戴维德森先生昨晚彻夜未归。凌晨两点，戴维德森夫人听见他离开汤普森小姐的房间，出门散步去了。如果从那时一直散步到现在，肯定会累死的。"

医生告诉妻子，戴维德森先生自杀了，让她赶快通知戴维德森夫人。

"他为什么自杀？"听到这个消息，她十分震惊。

"我也不清楚。"

"我不去。我不知道该怎么对她说。"

"你必须去。"

她瞅了瞅丈夫，没有说话，出门去了。他听到她进了戴维德森夫人的房间。过了很大一会儿，他才缓过神来，洗漱完毕，穿好衣服，坐在床边等候妻子。她终于回来了。

"她要亲眼看看他。"妻子说道。

"警察已经把尸体抬到停尸房了。我们陪她一起去。她能行吗？"

"她吓坏了，一声也没有哭，只是像秋天的树叶一样直打哆嗦。"

"走，我们过去看看她。"

他们敲了敲门，戴维德森夫人走了出来。她脸色苍白，但没掉一滴眼泪。医生觉得，她冷静得有点儿反常。一路上他们都没说话。到了停尸房，戴维德森夫人突然说道：

"让我进去和他单独待一会儿。"

一个土著打开门让她进去，随即又把门关上。他们坐在门口等她出来。一两个白人走过来，和医生小声聊了起来。医生把他所知道的情况都告诉了他们。停尸房的门慢慢打开了。看到戴维德森夫人从里面走了出来，大家便沉默不语了。

"我们回去吧。"她说道。

她的声音生硬冷酷，但平静坚定。麦克菲尔医生没有读懂她的眼神。她面无血色，神情严肃。他们慢慢往回走，一路上一句话也没说。当来到拐弯处，对面就是他们的住处，戴维德森夫人才长长地叹了一口气。他们都停下了脚步。突然，一个难以置信的声音冲进了他们的耳朵。那台沉默很久的留声机此时此刻正在播放拉格泰姆音乐，声音响亮、刺耳。

"这是怎么回事？"麦克菲尔太太满脸惊恐。

"走，过去看看！"戴维德森夫人说道。

他们上了楼梯，来到客厅，发现汤普森小姐正站在门口和一个水手聊天。她再次判若两人，不再是那个胆战心惊、度日如年的女人了。她又穿上了花哨衣服，白色连衣裙，白色高筒靴，穿着长筒袜的小腿将靴子塞得鼓鼓的；头发精心梳理过，戴着一顶白色大帽子，上面别着几朵花。涂脂抹粉，描眉画眼，嘴唇涂得鲜红鲜红。她又变回那个花枝招展、卖弄风骚的女人了。他们一进门，她就嘲弄般大笑起来。戴维德森夫人不由自主地停下了脚步。这时，汤普森小姐将嘴里的口水全部吐了出来。戴维德森夫人吓得赶紧往后退了一步，双颊涨得通红，随后，她双手捂脸，急忙逃上楼去。麦克菲尔医生气坏了，他双手推着汤普森小姐来到她的房间。

"你疯了？"他大声吼叫道，"把该死的留声机给我关了！"

他大步走到留声机跟前，一把扯下唱片。汤普森小姐两眼瞪着他。

"喂，医生，不要再演了！你直接说，来我房间想干什么？"

"你说这话什么意思？"他咆哮道，"你说这话什么意思？"

她昂首挺胸，不屑一顾。没有人能够形容她脸上的鄙视与憎恨。

"你们这帮臭男人，都是一路货色，卑鄙、无耻、下流，猪狗不如！猪狗不如！"

麦克菲尔医生倒吸了一口凉气。他恍然大悟。

（薄振杰　马晓婷　译）

爱德华·巴纳德的堕落

这段时间，贝特曼·亨特一直没有睡好。从塔希提岛[①]坐船到旧金山需要两个星期。在这期间，他反复考虑究竟该不该告诉伊莎贝尔·朗斯塔夫他所知道的一切。从旧金山乘火车到芝加哥又需要三天。在这期间，他反复推敲讲述时需用的词句，可谓字斟句酌。然而，就在快要到达芝加哥时（还有几个小时路程），他突然感到忐忑不安。他向来以一个道德高尚者自居。然而，关于这件事情，他至今不敢确定自己是否已经付出了最大努力。而且，他是最大的获利者。就像一个慈善家，本来打算无偿为穷人建造住房，到头来却发现自己大赚了一笔。一想到将面包撒在水面[②]居然获得了一成的收益，心中就不免沾沾自喜；一想到可能会影响自己引以为傲的好名声，心中顿时五味杂陈、心烦意乱。尽管他认为他的所作所为对得起自己的良心，却又不敢面对伊莎贝尔·朗斯塔夫那双灰色的大眼睛——目光冰冷、深邃、睿智。伊莎贝尔对人要求严苛。如果某人的言行不符合她的心意，她就会报以沉默和冷眼。

---

① 塔希提岛（Tahiti），太平洋东南部法属波利尼西亚向风群岛中的最大岛屿，四季如春，物产丰富。
② 出自《圣经·传道书》第十一章。

事实上，这比挨打受骂更让贝特曼感到难以忍受。而且，她一旦作了决定，则为最后的宣判，绝不会有丝毫改变。贝特曼非常喜欢伊莎贝尔。他不仅喜欢她的美貌——身材苗条挺拔，气质高贵典雅，而且还喜欢她的性格。在他看来，伊莎贝尔为人正直，爱憎分明、无所畏惧，汇集了美国女性的优点，近乎完美。之所以如此，主要得益于她的生活环境。在这个世界上的所有城市中，唯有芝加哥才能造就她这种优秀的女性。一想到这件事情可能会严重伤害她的自尊心，他就痛苦万分。对了，还有那个爱德华·巴纳德。一想到他，他就气不打一处来。

火车呼哧呼哧喘着粗气，缓缓驶入了芝加哥市。看到排排房屋、条条街道，他非常激动，心脏跳得咚咚直响，脑海里浮现出斯泰德大街和沃巴什大道那车水马龙、人山人海的景象。终于到家了。他按捺不住心中的喜悦。很开心出生在美国最重要的城市。在他看来，旧金山比较闭塞，纽约正在衰败，而芝加哥地理位置优越，经济发展潜力巨大，注定会成为美国的未来之星，甚至有可能成为首都。

"但愿在我的有生之年能看到，芝加哥成为全世界最大的城市。"贝特曼走下月台，自言自语道。

父亲老亨特先生已在车站出口等候多时。父子俩长得很像，身材修长，仪表堂堂，嘴唇纤薄，不苟言笑。两人握了握手，上了汽车。亨特先生发现儿子眼睛一直在向车外看，目光中满是喜悦和得意。

"回家高兴吧，儿子？"他问道。

"嗯嗯，非常高兴。"贝特曼两眼凝视着窗外。

"儿子，那个南太平洋小岛怎么样？"亨特先生笑了笑，"至少车没有我们这里多。"

"爸，和芝加哥没法比，差得太多了。"

"爱德华没回来？"

"嗯。"

"他好吗？"

"爸，我现在不想说他。"贝特曼脸拉得老长。

"好的，儿子，我们不说他。听说你要回来，你妈妈开心极了。"

父子俩穿过拥挤的卢普区，沿着湖边一直开车到家。贝特曼家的房子十分气派，是亨特先生前几年亲手建造的，式样完全仿照法国南部卢瓦尔河畔的一座城堡。贝特曼到自己房间后就立马打了个电话。一听到对方的声音，他激动得心脏都快跳出来了。

"早上好，伊莎贝尔。"他的声音有些颤抖。

"早上好，贝特曼。"

"你怎么知道是我？"

"距离上次通话没有太久，而且我一直在等你的电话。"

"你何时有空，我们见一面？"

"如果你今晚没有重要的事情要办，晚餐就来我家吃吧。"

"对我来说，再没有比见到你更重要的事情了。"

"你肯定有很多话要对我说吧？"伊莎贝尔似乎有所预感。

"是的。"他回答道。

"那今晚讲给我听。晚上见。"伊莎贝尔挂断了电话。

伊莎贝尔就是这样一个人。即便事关重大，与自己休戚相关，她也会耐心等待，绝不会立马就问个水落石出。这一点令贝特曼非常敬佩。

晚餐是和伊莎贝尔的父母一起吃的。伊莎贝尔温文尔雅，侃侃而谈。贝特曼看着她，突然产生了这样一种幻觉，一位马上就要走上断头台的女侯爵，明知来日已经不多，仍然谈笑风生。她五官精致，金发浓密，面孔姣美，气质高贵……这一切无不令人联想到女侯爵。毫

50

无疑问，她的血管里流淌着全芝加哥最高贵的血液 [1]。当然，这一点并非人人皆知。整座房子完全仿照威尼斯大运河上的一座宫殿而建。房间装潢是路易十五时期的风格，由一位英国大师完成。据说，这位大师的灵感就来自伊莎贝尔。房子的富丽堂皇与她的高贵优雅相得益彰。路易十五的风流多情与她的妩媚多姿相辅相成。当然，她的纤弱柔美也为房子及装潢增光添彩。伊莎贝尔饱读诗书，知识丰富，即便是闲谈，内容也不空泛、轻浮。比如，今天晚上她聊的内容有她和母亲下午去听的社交音乐会、一位英国诗人的讲演、当下的政治形势以及她父亲最近花五万美元从纽约购买的一幅欧洲艺术大师的成名作。听她说话，贝特曼感到轻松愉快，十分享受。他感觉自己又回到了文明世界，回到了文化中心，回到了文人雅士中间。他原本烦乱、嘈杂的心绪终于平静了下来。

"啊，还是我们芝加哥好！"贝特曼自言自语道。

晚餐结束了。他们走出餐厅。伊莎贝尔告诉母亲说："我带贝特曼去我房间。我要和他单独谈一谈。"

"好的，亲爱的。"朗斯塔夫夫人表示同意，"我和你父亲在杜巴里伯爵夫人厅 [2]。谈完后，你们就去那里找我们。"

贝特曼跟随伊莎贝尔上了楼，进入一个房间。这里藏有他许多美好的回忆。虽然已经非常熟悉，但他每次进来都会像第一次那样赞叹不已，并情不自禁地叫出声来。伊莎贝尔笑了笑，四处打量了一番。

"这房间布置得还算可以吧。"她说道，"至少处处都合规矩。就连烟灰缸也是那个时期的。"

"这正是你的与众不同之处。无论做什么，总是尽善尽美。"

---

[1] 最高贵的血液（the best blood），这一说法源自西班牙王室。
[2] 杜巴里伯爵夫人厅（the Madame du Barry room），房间名字，因装修风格模仿杜巴里伯爵夫人在凡尔赛宫住的房间而得名。杜巴里伯爵夫人是路易十五的情妇，法国大革命时被砍头。

壁炉炉火烧得正旺。他们走到壁炉前坐下来。伊莎贝尔瞪着一双灰色的大眼睛，静静地看着他。"好了。我们开始吧。"

"我不知道该从何说起。"

"爱德华会回来吗？"

"不会的。"

沉默良久，贝特曼才又开口。有些话对伊莎贝尔敏感的耳朵来说无疑是一种冒犯，他实在是难以启齿。为了公平地对待她，同时也为了公平地对待自己，他必须把听到的和看到的全都告诉她。

这件事说来话长。贝特曼和巴纳德读大学时，参加了一次为庆祝伊莎贝尔·朗斯塔夫进入社交界而举办的茶会。事实上，这两个长腿高个子男孩在伊莎贝尔还是个小姑娘时就认识她了。后来，伊莎贝尔去欧洲上了两年学。直到她完成学业回国，他们才重新获得了和这个迷人女孩接触的机会。他们又惊又喜，同时不顾一切地爱上了伊莎贝尔。然而，贝特曼很快就发觉，她的心里只有爱德华一个人。尽管非常痛苦，因为珍惜与爱德华的友谊，认为只有爱德华配得上伊莎贝尔，他将这份感情深深埋藏在心底深处，主动退了出来，甘愿充当伊莎贝尔的男闺蜜。六个月后，爱德华和伊莎贝尔订婚了。由于年纪太轻，爱德华还在上学，伊莎贝尔的父亲建议他们至少要等到爱德华毕业后再结婚。也就是说，至少再等上一年。贝特曼记得非常清楚，在爱德华和伊莎贝尔即将举行婚礼的那年冬天，无论这对年轻的恋人出席舞会、戏剧欣赏会还是其他热闹场合，他这个可爱的"第三者"总是如影随形。他对伊莎贝尔的爱并没因为她即将成为自己朋友的妻子而减少。她的微笑，她的语言，她的心思，她的自信，她的美丽……无不让他感到快乐。他一点儿也不嫉妒他们的幸福，反而发自内心地为他们感到高兴。然而，天有不测风云。受证券市场波动影响，银行倒闭，爱德华·巴纳德的父亲发现自己破产了。一天晚上，他回到家中，告诉妻子自己已经一贫如洗。吃过晚餐，他走进书房，开枪自杀了。

一周后，爱德华·巴纳德来找伊莎贝尔。他脸色苍白，疲惫不堪，请求伊莎贝尔解除婚约。伊莎贝尔泪如雨下，手臂紧紧搂着他的脖子。

"亲爱的，你这分明是在为难我。"他劝说她道。

"我不会放你走的。我爱你！"

"我现在不名一文，而且前途渺茫。我不想拖累你，让你跟我过苦日子。再说，你父亲也不会同意你嫁给一个穷小子的。"

"我不介意。我爱你。"

爱德华把自己今后的打算告诉了伊莎贝尔。他说，他必须马上出去赚钱。乔治·布劳恩施密特，他们家的一位世交，在南太平洋地区经商，在那里的几个岛屿上设有办事处。他建议爱德华先去塔希提岛工作上一两年，跟着他的公司中最好的经理人学做贸易，然后再回芝加哥发展。这是一个难得的好机会。

"你这个傻瓜，为什么不早说？你是故意折磨我吧？"伊莎贝尔一听，顿时笑容满面。

"伊莎贝尔，你的意思是等着我？"听伊莎贝尔这么说，他禁不住喜形于色，眼睛闪闪发光。

"难道你不值得我等吗？"伊莎贝尔笑着说道。

"嗯，这事可不能开玩笑。请你认真考虑考虑。很可能要等我两年呢。"

"我是认真的。我爱你，爱德华。等你回来，我就嫁给你。"

乔治·布劳恩施密特行事果断，不喜欢拖泥带水。他告诉爱德华，如果他愿意接受这份工作，就必须一周内从旧金山乘船前往。临行前的最后一个夜晚，爱德华是陪伊莎贝尔度过的。晚餐后，朗斯塔夫先生说要和爱德华单独谈谈。他们来到吸烟室。在这之前，朗斯塔夫先生已经明确表示，他同意爱德华的计划以及女儿的决定。爱德华实在猜不出他们之间还会有什么话题可谈。看到男主人神情尴尬，说话支支吾吾，他更加困惑不解。朗斯塔夫先生先和爱德华谈了一些琐事。突然，他皱了皱眉头，问爱德华：

"你听说过阿诺德·杰克逊这个人吗？"

爱德华迟疑了一下。他本可拒绝承认，由于天性诚实，回答说：

"是的，听说过。不过时间已经过去很久了。印象不深。"

"在芝加哥，没有听说过阿诺德·杰克逊的人很少。"朗斯塔夫先生忿忿地说道，"就算真的有，想找个人问一问，也不会费很大力气。他是我夫人的亲弟弟。你知道吗？"

"是的，我知道。"

"我们已经很多年没有和他联系了。他一出狱，就跑到国外去了。当然，少了他，我们的国家应该会感到高兴。据说，他现在人就在塔希提岛。希望你对他敬而远之。离他越远越好。万一探听到他的消息，尽快告诉我们。我和我夫人将不胜感激。"

"好的，我记住了。"

"我就说这么多。走，我们去见夫人和伊莎贝尔。"

几乎每个家庭都有这样的成员，如果邻居不提起，家人绝对不会提起他。如果他去世得早，而且运气足够好，随着一两代新人的出生和成长，他的怪异行为可能会被赋予传奇色彩。倘若他还活着，其怪异行为又不能简单用一句"自作自受"来搪塞——如果他只是贪杯或者感情不专一，这样说倒还可以——唯一的办法就是保持沉默。朗斯塔夫一家就是这样对待阿诺德·杰克逊的。他们从未提起过他，甚至连他住过的地方都绕着走。然而，由于不忍心看着阿诺德的妻子和孩子因为他犯错而受苦，他们一直在接济他，但前提条件是他必须离开美国，搬到欧洲居住。他们虽然一直在努力消除公众对于阿诺德·杰克逊的坏印象，但心里非常清楚，对于大多数人而言，阿诺德·杰克逊的丑闻就像刚刚爆出来一样，依然记忆犹新。阿诺德·杰克逊绝对是个败家子。他曾经是一个身价不菲的银行家，在教会里也是一个响当当的人物，还是一位备受尊敬的慈善家。他不仅出身高贵（他的血管里流淌着全芝加哥最高贵的血液），而且为人正直。这样的人竟然犯欺诈罪被捕入狱。审判结果表明，他蓄谋已久，绝非一时糊涂。也就是说，阿诺德·杰克逊阴险狡诈，是个无耻之徒。最后，他被判处七年有期徒刑。几乎所有人都认为，这太便宜他了。

当晚，这对小恋人山盟海誓，难舍难分。伊莎贝尔泪眼盈盈，几乎哭成了一个泪人。她坚信爱德华对自己痴心一片，这一点让她感到莫大的慰藉。一方面，因为从此与爱德华天各一方而伤心不已，另一方面，又因为爱德华真心爱她而备感幸福，这种感觉实在是奇怪。

这已经是两年前的往事了。

从那时起，每班邮件都有爱德华写给伊莎贝尔的来信。邮件每月只发一班，所以总共二十四封。他的来信和所有恋人间的情书完全一样，热情似火、柔情似水，狂热缠绵，甜蜜动人。起初，爱德华的来信乡情浓，非常渴望回到伊莎贝尔身边。伊莎贝尔回信劝他务必坚持。她担心他错失良机，无功而返。她不希望自己的爱人做事没有毅力，还引用了如下诗句给他：

> 如果我不爱荣誉，
> 就不会真心爱你。[1]

---

[1] 出自英国诗人理查德·洛夫莱斯（Richard Lovelace，1618—1657）的《出征·致卢卡斯塔》。全诗大意为：与对你的爱相比，我更爱为国而战。

过了不长时间，爱德华就在那个几乎被世人遗忘的角落安定了下来，并且工作热情非常高涨。看到爱德华这个样子，伊莎贝尔非常开心。最短工作期限马上就要到了。换言之，爱德华在塔希提岛工作到年底，就可以回来了。伊莎贝尔自以为非常了解他，等最短工作期限一到，他一定会飞奔回来。所以，她打算用尽浑身解数，劝他继续留在那里。她认为，继续留在那里，能够更好地学习经商之道。再说，既然他们可以为此等待一年，多等一年又有何妨？她把这个想法告诉了贝特曼（贝特曼是伊莎贝尔的好朋友。与爱德华分别后，要是没有他的陪伴，伊莎贝尔绝对挺不下来）。两人一致认为，爱德华的前途最重要。随着年底渐渐临近，爱德华并没有提出要回来。伊莎贝尔这才稍稍松了一口气。

　　"他能吃苦，有毅力，对吗？"她赞叹道。

　　"完全正确。"

　　"从他的来信不难看出，他一点儿也不喜欢那个地方，但他还是咬牙坚持下来了。因为……"

　　她脸上泛起了红晕。

　　贝特曼笑了笑，郑重地说道："因为他爱你。"

　　"他太优秀了。我根本配不上他。"

　　"你也很优秀，伊莎贝尔，你非常优秀。"

　　第二年过去了。一如既往，爱德华每个月都写信给伊莎贝尔。奇怪的是，他闭口不谈何时回来。一次也没有提起过。给人的感觉是，他在塔希提岛过得很好，打算长期住下去，不回来了。她感觉有点儿不对劲。于是，她把他所有的来信都拿出来，从头到尾反复阅读，仔细品味。她发现，和早期的来信相比，后期的来信虽然也一样充满柔情蜜意，令人感动，但语气已经稍稍不同。女性的直觉让她对信中一些貌似幽默的东西感到疑惑不解。与其说是幽默，倒不如说是轻佻、浮躁。她甚至不敢确定，现在给她写信的爱德华是不是她愿意托付终身的那个人。一天下午，也就是从塔希提岛寄来的邮件到达的第二个下午，她和贝特曼开车走在路上。

"爱德华什么时候回来？"他问她。

"不知道，他没告诉我。我还以为他和你说了呢。"

"我一无所知。"

"你应该知道爱德华是个什么人。"她笑了笑，"他一点儿时间观念也没有。你下次给他写信时，不妨问问他，是不是不想回来了。"

贝特曼非常清楚，虽然她嘴上说满不在乎，但内心迫切希望他尽快回来。他笑了笑，回答说："好，我会写信问他的。真的猜不出这个家伙天天都在忙些什么。"

过了几天，他们又见面了。伊莎贝尔注意到贝特曼心事重重。自从爱德华走后，他们俩经常见面。两个人都很想念爱德华。无论谁开始谈他，另一个一定非常乐意倾听。因此，贝特曼的任何一个表情意味着什么，伊莎贝尔都了如指掌，即便他矢口否认也没用。在伊莎贝尔面前，他真的无计可施。敏锐的直觉告诉她，贝特曼之所以忧心忡忡，一定和爱德华有关。如果贝特曼不明确告诉她，她一定不会罢休。

"我听别人说，"贝特曼坦白道，"爱德华已经不在布劳恩施密特先生的公司上班了。昨天，我向布劳恩施密特先生本人确认了一下，的确如此。"

"你说什么？"

"爱德华离开布劳恩施密特先生的公司已经快一年了。"

"真是不可思议！他怎么从来没说过呢？"

贝特曼犹豫了一会儿。事已至此，他决定和盘托出。

"他被解雇了。"

"天呐，为什么？"

"他是被警告多次后遭解雇的。据说是因为他懒惰、没有上进心。"

"爱德华？"

两个人都没有再说话。看到伊莎贝尔的眼泪像断了线的珠子，贝特曼禁不住握住了她的手。

"噢，亲爱的，别哭，别哭。"他恳求她道，"看到你哭，我心里很难受。"

她心乱如麻，根本顾不上把手抽回来。

贝特曼安慰她道："这太令人难以接受了。爱德华绝对不可能变成这个样子。一定是我弄错了！"

伊莎贝尔没有说话。过了好大一会儿，她才吞吞吐吐地说道："爱德华最近的来信有些不对劲，你没发现？"然后，她把头扭向一边，眼泪又流了出来。

贝特曼一时不知该如何回答。

"确实有点儿不对劲。"他承认道，"我最敬佩他勤奋上进，有责任感。现在似乎全变了。我们都认为非常重要的事情，在他看来，怎么说呢，似乎已经不重要了。"

"你不是写信问他了吗？也许他在回信中会告诉你什么时候回来。我们现在能做的只有等待了。"伊莎贝尔心中越发不安起来。

他俩又收到爱德华的来信了，但他仍然没提回来的事情。也许他写信时尚未收到贝特曼直截了当的问询，下次写信时一定会给他们一个明确的答复。下一班邮件终于到了。贝特曼接到信件，就立刻拿来给伊莎贝尔看。根本用不着看信，一看贝特曼的表情，她就知道情况不妙。尽管如此，她还是从头到尾、仔仔细细把爱德华的来信读了一遍。读完后，她嘴巴紧闭，又读了一遍。

"他这封信写得好奇怪啊!"她说道,"我没看懂。"

"假、大、空。"他的脸涨得通红。

"我也这样认为。感觉一点儿也不像爱德华写的。他一定不是有意这样写的。"

"他一句也没提回来的事。"

"如果我不坚信他对我的爱,我会……我真的不知道我该怎么办才好。"

贝特曼提出了一个方案。事实上,这个方案在他来见伊莎贝尔之前就已经在他脑海中形成了。他父亲开的公司主要生产内燃机和汽车。他是公司股东。公司计划要在火奴鲁鲁、悉尼、惠灵顿等地设立经销处,打算事先派遣一名经理先去这几个地方考察考察。塔希提岛恰恰是必经之地。贝特曼准备亲自走一趟,途经塔希提岛时和爱德华见个面。

"这是唯一的办法。这件事很蹊跷。我认为,必须见到他本人才能弄清楚。"

"哦,贝特曼,你太好了!太善良了!"她赞叹道。

"对我来说,在这个世界上,再也没有比让你幸福快乐更重要的事情了。"

她两眼望着他,把手伸给了他。

"你太了不起了,贝特曼。没想到这个世界上竟然还有你这样的人!我该怎么感谢你呢?"

"我不要你感谢,只请求你允许我帮你做点儿事。"

她垂下眼睑,脸颊泛起红晕。她一直把他当作好朋友看待,竟然忽视了他有多帅。贝特曼和爱德华一样高大健壮,一样身材匀称。唯一的不同是,爱德华肤色红润,而贝特曼肤色黝黑,脸色有些苍白。当然,她知道贝特曼默默地爱着她。她很感动,心中开始泛起涟漪。

现在，贝特曼·亨特正在从塔希提岛回芝加哥的路上。

需要处理的公务比他预想的要多很多，因此他在国外多待了几天。当然，这也留给他更多的时间来思考他的两个好朋友之间出现的问题。他的结论是，问题的焦点是爱德华不想回家。阻拦爱德华回家的障碍并不大，十有八九是其自尊心在作祟。不实现自己的承诺，也就是说，不混出个名堂来，他感觉无颜回来迎娶未婚妻。对此必须晓之以理。告诉他，因为他不回家，伊莎贝尔非常不开心。爱德华必须和他一起回芝加哥，并且马上和她结婚。他可以为他在亨特公司谋个职位。虽然心里隐隐作痛，但一想到能够为这个世界上他最好的两个朋友的快乐幸福而作出牺牲，他不禁有些自豪。他决定一辈子不结婚。等爱德华和伊莎贝拉有了孩子，他就当孩子的教父。等他们夫妇两人去世以后，他便会告诉他们的女儿，在很久以前，他曾经如何喜欢她的母亲。想到这一幕，贝特曼的眼睛湿润了。

贝特曼想给他一个惊喜，事先没有给爱德华打电报，说他要来塔希提岛。一踏上塔希提岛，他遇到一个年轻人，他自称是芙蓉酒店店主的儿子，便跟随他来到了这家酒店。一想到爱德华见到他——一个最最意想不到的客人——走进自己的办公室时吃惊的样子，他禁不住偷偷笑了起来。

在去芙蓉酒店的路上，他问店主的儿子："我到哪里去找爱德华·巴纳德先生？"

"巴纳德？"店主的儿子回答说，"我好像听说过这个名字。"

"美国人，个子高高的，浅棕色头发，蓝眼睛。他来这里两年多了。"

"我知道你说的人是谁了。杰克逊先生的侄子。"

"谁的侄子？"

"阿诺德·杰克逊先生。"

"我们说的不是同一个人。"贝特曼冷冷地回答道。

他吃了一惊。这里的人似乎都认识阿诺德·杰克逊。他人躲到这里来，竟然还在使用被判刑时的名字。这个名字臭名昭著，极不光彩。更让贝特曼难以理解的是，阿诺德·杰克逊只有朗斯塔夫太太这一个妹妹，没有姐姐，也没有兄弟，哪里来的侄子呢？店主的儿子英语很流利，但明显带有当地口音。贝特曼瞥了他一眼，发现他是一个彻头彻尾的土著，顿时言谈举止高傲起来。一到酒店，安排好房间，贝特曼立马找人带他去布劳恩施密特先生的公司。公司就坐落在岸边，面对潟湖。他已经在海上漂泊了八天，现在脚踏坚实的土地非常开心。他沐浴着明媚的阳光，沿着大路来到他要找的地方。贝特曼递上名片，说明来意，然后被人带着穿过一个仓库（既放原料，也存成品），最后来到一间办公室，里面坐着一个秃顶男人，又矮又胖，还戴着眼镜。

"我找爱德华·巴纳德先生。他在你们这里工作过。请问，他现在去哪里了？"贝特曼开口道。

"是的，他在这里干过。可我不知道他现在去哪里了。"

"是布劳恩施密特先生推荐他来这里的。我和布劳恩施密特先生是老熟人。"

矮胖男人上下打量着贝特曼，眼神狡黠、阴晦。他冲着仓库里一个正在干活的小伙子大声问了一句：

"嘿，亨利，巴纳德去哪里了？"

"大概在卡梅伦（商店）吧。"只闻其声，未见其人。

矮胖男人点了点头，说道："出门向左拐。步行大约三分钟就是。"

贝特曼迟疑了一下。"我觉得应该告诉你，爱德华·巴纳德是我最好的朋友。听到他离开了贵公司，我感到十分震惊。"

矮胖男人眯着眼睛，死死盯着贝特曼。贝特曼感到很不自在，脸都红了。

"我们公司与爱德华·巴纳德先生在一些问题上存在严重分歧。"矮胖男人回答说。

贝特曼非常不喜欢这个家伙。他不卑不亢，站起身来，说了句"打扰了"就离开了。他有一种感觉，这个矮胖男人一定知道很多关于贝特曼的事，只是不想告诉他罢了。他朝着那人指示的方向走去，很快就找到了卡梅伦商店。这是一家小商铺。这么短的一段路，同样的商铺就有四五家。进了店门，他一眼就看到了爱德华。他身穿衬衣，挽着袖子，正在为顾客量裁一块棉布料。看到他从事的工作竟如此卑微，贝特曼非常惊讶。这时，爱德华正好抬起头。看到贝特曼，他又惊又喜，大声喊叫道：

"贝特曼，你怎么来了?!"

爱德华把手臂伸过柜台，紧紧握住了贝特曼的手。他的神态举止坦然自若，绝对是真情流露。贝特曼感到非常尴尬。

"请稍等。等我把这块布料搞好。"爱德华说道。

他拿起剪刀，裁布、折叠、打包，递给一位黑人顾客。

"请到收银台结账。"

然后，他转过身子，满脸笑容，眼神明亮。

"你是怎么找到我的? 老伙计，见到你，我太高兴了。别老站着，坐下说话。"

"我们还是去我住的酒店说吧。你能否请个假?"

"当然能啦。塔希提岛可不像芝加哥，没有那么多破规矩。"他向对面柜台的一个中国人喊了一句，"阿林，如果老板来了，你就告诉他，我的一个朋友从美国来看我。我出去请他喝一杯。"

"知道了。"那个叫阿林的中国人咧嘴笑了笑。

爱德华穿上外套，戴上帽子，跟着贝特曼出了商店。贝特曼试图用幽默的方式开始他们的谈话。

"在这个地方卖三尺半破棉布给一个脏兮兮的黑人，你竟然会干这工作，我可是做梦都没想到啊。"他笑着说道。

"布劳恩施密特把我解雇了。不过，这工作也不错。干什么都一样。"

爱德华的这种说法让贝特曼非常吃惊，但他没有继续追问。

"我猜，干这工作肯定赚不了大钱。"

"这一点我承认。我的要求不高。只要挣的钱够我吃住就行了。"

"你和两年前大不一样了。"

"人越老越聪明嘛。"他一副洋洋得意的样子。

贝特曼瞥了他一眼。爱德华身穿白色的帆布服（不仅破旧，而且脏兮兮的），头戴当地人编织的大草帽，举止随意但不轻浮。他皮肤黝黑光亮，比以前消瘦了好多，但相貌更加帅气，脚步更加轻快。令贝特曼感到惶惑不解的是他毫无缘故的无忧无虑和兴高采烈。究竟是什么使得他变成了今天这个样子呢？

"天知道，这家伙为何这么开心？"贝特曼在心里默默嘀咕道。

他们来到贝特曼下榻的酒店，在阳台上坐下来。一个中国男孩给他们端来鸡尾酒。爱德华急于了解芝加哥发生的事情，连珠炮似的提了一大堆问题。他表现得真诚、自然，一点儿也不做作。奇怪的是，他似乎对各种话题都很感兴趣，而且程度相同，没有主次之分，没有轻重缓急。比如，他想知道贝特曼父亲的身体状况和想知道伊莎贝尔每天在忙些什么一样急切。而且，在谈到伊莎贝尔时，他没有丝毫羞涩感，好像是在谈论他的姐妹，而不是未婚妻。贝特曼尚未明白这句话的真正含义，便发现爱德华已经把话题转向他的工作和他父亲新建的大楼上了。他正在考虑如何才能把话题重新转到伊莎贝尔身上来，只见爱德华一边微笑一边招手。贝特曼感觉有个男人在向他们走来，由于背对着他，根本看不到来人是谁。

"快来，坐这里。"爱德华招呼道，非常开心。

来人身材高大、瘦削，身穿白色帆布衣服，一头白发自然卷曲，脸颊又瘦又长但表情很丰富，鹰钩鼻硕大但嘴巴生得很漂亮。

"我来介绍一下，我的好朋友贝特曼·亨特。以前和你提起过。"爱德华笑得更灿烂了。

"见到你很高兴，亨特先生。我认识你父亲。"

来人非常友好，他向贝特曼伸出手，握手时很有力。直到这时，爱德华才告诉贝特曼他的名字。

"阿诺德·杰克逊先生。"

贝特曼瞬时脸色变得煞白，双手也变得冰凉。哦，这就是那个因为开假支票而被判刑的人，伊莎贝尔的舅舅。他不知道该说什么好，只是拼命掩饰自己的窘迫。阿诺德·杰克逊看着他，不停地眨巴眼睛。

"我敢说，你一定听说过我的名字。"

贝特曼一时拿不准应该承认还是否认。令他更加尴尬的是，杰克逊先生和爱德华似乎都觉得他这个样子很好笑。本来在这个小岛上认识一个他最不愿意见到的人已经够倒霉的了，更何况还被他嘲笑呢。或许他的这个结论下得太早了。杰克逊先生继续说道：

"我知道，你和朗斯塔夫一家私交很好。玛丽·朗斯塔夫是我妹妹。"

贝特曼心想，阿诺德·杰克逊是否认为，他根本不知道那起芝加哥有史以来最大的支票造假丑闻。这时，杰克逊先生拍了拍爱德华的肩膀，说道：

"我不坐了，泰迪①。我现在很忙。晚餐你们俩来我家吃吧。"

"那太好了。"爱德华急忙答应道。

"非常感谢，阿诺德·杰克逊先生。"贝特曼语气很冷漠，"我在这里逗留的时间不长。明天就要乘船离开。今晚就不去打扰了。请你谅解。"

"哦，别跟我客气！我请你吃本地的特色大餐。我太太很会做菜。今晚你跟泰迪一起过来。如果早点儿来，还可以看看日落。喜欢的话，你们两个就在我家过夜好了。"

"那太好了。"爱德华回答说，"酒店人多太吵。住在你家，我和贝特曼好好聊一聊。"

"我可不会轻易放你走，亨特先生。"杰克逊先生非常热情，"我还想听你聊聊芝加哥和玛丽呢。"

贝特曼还没来得及回答，他已经转身离开了。

"在塔希提岛这个地方，如果别人邀请你去做客，就不要拒绝。"爱德华笑道，"去杰克逊先生家，你能品尝到最具本地风味的晚餐。"

"好像听他说，今晚是他太太做菜。他太太不是在日内瓦吗？"

"他是有个太太在日内瓦。这么远的路，她今晚可来不了。"爱德华回答说，"他们好久没见面了。他刚才说的应该是另外一位太太。"

贝特曼沉默了一会儿，脸色很严肃。一抬头，发现爱德华乐呵呵的，一副没心没肺的样子，他更加来气了，大吼道："卑鄙，无耻！"

"你说得也许没错。"爱德华微笑着回答。

"正派的人是不会和他这种人来往的。"

"我本来也算不上什么正派的人。"

"你和他经常见面吗，爱德华？"

---

① 泰迪（Teddie），爱德华的昵称。

"经常。我认他当干爹了。"

贝特曼向前探了探身子，两眼盯着爱德华，问他道："他这种人，你真的喜欢？"

"非常喜欢。"

"难道你不知道？可能这里的人都不知道。他因为伪造票据被判过刑。从那时起，文明社会就已经没有他的立足之地了。"

爱德华没有吭声，两眼盯着手里的雪茄。烟圈袅袅升起，空气中弥漫着尼古丁的味道。

"我知道，他曾经犯过事。"他终于开口了，"我也没有说，只要他能够悔悟，就可以得到宽恕。他是个诈骗犯，是个伪君子，这一点我也心知肚明。但我和他很投缘。他教会了我很多东西。"

"说说看，他都教会你什么了？"听爱德华这么说，贝特曼非常震惊。

"怎样生活。"

贝特曼一阵大笑，笑声中满是讽刺。

"怪不得你不思进取，满足于在一个小杂货店站柜台，原来是这位好老师教的。"

"他人真的很好。"爱德华依旧笑着说道，"也许过了今天晚上，你也会有同感。"

"晚餐我是不会和他一起吃的。无论出于什么理由，我都不会踏进他家半步。"

"贝特曼，我们是多年的老朋友了，这事就算我求你了。"

尽管爱德华的话音里有一种东西让贝特曼感到特别陌生，但他如此低声下气也让贝特曼感到不好意思再拒绝了。

"既然你都这么说了，那我不去也得去啦。"贝特曼笑了笑，同意了。

其实，贝特曼也很想多了解了解阿诺德·杰克逊。毫无疑问，这个人对爱德华的影响很大。要想尽快把爱德华带回芝加哥，就必须搞明白他为什么愿意留在塔希提岛。通过这次谈话，他发现爱德华变了，已经不是两年前的爱德华了。他决定先把爱德华愿意留在这里的原因搞清楚，再告诉他自己此行的真正目的。于是，贝特曼开始东拉西扯起来，一会儿谈他的旅途见闻，一会儿谈芝加哥的政界发生的事情，一会儿谈他们共同的朋友，一会儿谈他们的校园生活，等等。

最后，爱德华说他还要回去再工作一会儿，五点钟来接贝特曼去阿诺德·杰克逊家。

"我本来以为你住在这里。"贝特曼送爱德华出酒店时说道，"这好像是这里最好的酒店了。"

"我可住不起。"爱德华笑了笑，"这里太奢华了。我在城边租了一个小房子，既便宜又清静。"

"如果我没记错的话，在芝加哥，你是绝对不会租这种房子住的。"

"这里不是芝加哥！"

"我不明白你想说什么。爱德华，芝加哥可是这个世界上最好的城市啊。"

"这我知道。"爱德华回答说。

贝特曼快速扫了他一眼。他看不出爱德华心里在想什么。

"你打算何时回芝加哥？"

"我也常常在想这件事。"爱德华笑了笑。

爱德华的回答，尤其是他回答这个问题的语气让贝特曼感到震惊。他刚想让爱德华解释解释，却发现爱德华正在向一个开车经过的混血儿招手。

"停车，查理。"他大声喊叫道。

他对贝特曼说了句"你在这里等我",就径直朝停在前面几码远的汽车跑了过去。

过了一会儿,爱德华赶着一辆快要散架的马车回来了。拉车的是一头老母马。他们沿着海边的马路,向阿诺德·杰克逊家走去。道路两边全是种植园,种着椰树和香草。时不时地还会看到高大茂盛的芒果树,果实呈黄色、红色,还有紫色。偶尔还会见到潟湖——湖水平静、碧蓝。湖上的小岛长满了高大的棕榈树,郁郁葱葱。阿诺德·杰克逊的家就坐落在一座小山的半山腰,只有一条小路可以通上去。他们把马卸下来,拴到路旁的一棵大树上,把马车丢在路边。对贝特曼而言,这简直不可思议。刚到房屋门口,一位身材高大、相貌端庄的当地妇女出来迎接他们。这位妇女看上去已经不年轻了。爱德华和她握了握手,并把贝特曼引见给她。

"这位是我的好朋友亨特先生,和我一起来蹭饭的,拉薇娜。"

"欢迎,欢迎。"她笑了笑,"阿诺德还没回来。"

"我先带他去洗个澡。你给我们拿两条帕里欧① 来吧。"

女人点点头,回屋去了。

"她是谁啊?"贝特曼问。

"拉薇娜,阿诺德的太太。"

贝特曼抿紧嘴唇,没有说话。不一会儿,女人出来了,递给爱德华一个包裹。他们俩沿着陡峭的山路来到海滩上的椰树林。爱德华脱掉衣服,教贝特曼如何将帕里欧变成一条游泳短裤。然后,他们便在浅浅、暖暖的海水中游了起来。爱德华就像一个十几岁的小男孩,又喊又笑又唱,玩得很尽兴。贝特曼从未见过他如此开心。游累了,他们便回到岸边,躺在沙滩上吸烟休息。这里空气太好了,清新纯

---

① 原文为塔希提语:pareo,游泳时遮挡人体羞处的大花布。男女通用,有多种围法。

净！然而，看到爱德华如此兴高采烈、无忧无虑，贝特曼又忧心忡忡起来。

"你好像在这里过得很快乐。"他问爱德华道。

"是的。"

这时，他们听到身后有一阵轻快的脚步声，回头一看，原来是阿诺德·杰克逊来了。

"我来喊你们回去，晚餐马上就要开始了。"他解释说，"游得开心吗，亨特先生？"

"非常开心。"贝特曼回答说。

阿诺德·杰克逊赤着脚，腰间缠着帕里欧，身体被太阳晒成棕褐色。他的鬈发灰白，神情严肃，虽然这身打扮看上去怪怪的，但言谈举止大方、得体。

"小伙子们，赶快收拾收拾，我们回去了。"杰克逊说道。

"好的。我这就穿衣服。"贝特曼回答说。

"泰迪，怎么没有给你朋友带条帕里欧？"

"带了，但他不太习惯穿。"爱德华笑了笑。

"游完泳，自然要穿上衣服才对。"贝特曼语气非常坚决。

说话间，爱德华已经收拾妥当，只等他了。

"你怎么不穿鞋？不怕硌脚吗？"他问爱德华道，"这条路上小石子多得很。"

"哦，我已经习惯了。"

"穿帕里欧舒服、凉快，而且价格便宜。这里的人，无论男女老少都爱穿。我从城里回来，就马上换上它。"杰克逊插话道，"我强烈推荐你试一试。我敢打赌，等你穿习惯了，一定会喜欢的。"

回到杰克逊家，他们来到一个大房间，墙壁雪白，开放式天花板，餐桌已经摆好。贝特曼注意到，桌上摆放了五套餐具。

"伊娃，过来见见泰迪的好朋友，然后给我们调点儿鸡尾酒。"杰克逊大声喊叫道。说完，他把贝特曼带到一扇大大的落地窗前。

"看看外面。"他做了一个手势，动作很夸张，"仔细看看。"

椰树林沿着山坡迤逦而下，一直延伸到潟湖那里。暮色中，潟湖色彩柔和，像鸽子胸脯一样变幻莫测。再往前看，有一个小港湾，簇拥着当地人居住的茅屋。靠近礁石的地方，有条独木舟，轮廓清晰，当地土著正在捕鱼。再往前看，就是浩瀚的太平洋，水面平静。大概二十英里开外就是莫里亚岛。它犹如仙境，美不胜收，似乎是用诗人的梦幻编制而成。贝特曼呆立在窗前，半天没有移动脚步。他完全被这美丽的景色吸引住了。

"太美了！我从来没有见过如此美丽的景色。"贝特曼喃喃自语道。

阿诺德站在贝特曼身旁，两眼望着远方，眼神很柔和。贝特曼瞥了他一眼。直到这个时候，他才意识到，这个诈骗犯内心情感非常丰富。

"是啊！"阿诺德·杰克逊低声说道，"你好好看看吧，亨特先生。也许今生今世再也看不到了。时间转瞬即逝，但回忆永远存在。"

他声音低沉而富有磁性，言语不多，但富有哲理。贝特曼不停地提醒自己：这个人是个诈骗犯，被判过刑。爱德华似乎听到了什么动静，迅速转过身来。

"亨特先生，这是我的女儿。"

贝特曼和她握了握手。女孩长着一对漂亮的黑眼睛，嘴唇红红的，嘴角充满笑意。她的皮肤呈棕褐色，乌黑卷曲的长发波浪般披散在肩膀上。她身穿粉红色棉布宽松罩衣，头戴白色香草编织而成的花环，光着脚丫，十分可爱，好像波利尼西亚传说中的泉水女神。

她略显羞涩，抓起调酒器开始调制鸡尾酒，动作娴熟，手法专业。贝特曼一直感到困窘不已，坐立不安。即便看到这位精灵般的尤物一杯又一杯地调制鸡尾酒，他也放松不下来。

"宝贝儿，给我们来杯有劲儿的。"杰克逊大声说道。

女孩把酒调好后倒进酒杯，递给他们。贝特曼一直自诩为鸡尾酒调制高手。他尝了一小口，发现味道非常好，禁不住脸上露出了赞赏的神情。阿诺德·杰克逊看在眼里，得意地笑了起来。

"味道还可以，对吗？是我亲自教她的。当年在芝加哥时，全城就没有一个鸡尾酒调酒师能够和我相提并论。在劳教所，闲得没事干，就整天琢磨新的鸡尾酒调制方法。当然，说到酒，还是干马丁尼①最好。"

贝特曼感觉仿佛有人重重地打了他胳膊肘一下，浑身上下麻酥酥酥的。他还没想好说什么呢，一个土著小男孩已经把汤端上来了。于是，大家围着桌子坐好，晚餐开始了。阿诺德·杰克逊谈起自己在监狱服刑的事情。他表现得非常坦然，没有丝毫怨恨的情绪，就像在讲他在国外上大学时的经历。毫无疑问，他这话是讲给贝特曼听的。在座的其他人早就知道。贝特曼开始很困惑，后来感到不知所措。看到爱德华眼中满含笑意，突然意识到杰克逊是在戏弄他，他的脸顿时涨得通红。转念一想，又觉得自己有点儿无理取闹，因为任何人都不会拿自己不光彩的经历来戏弄别人。不过，这倒是能够说明阿诺德·杰克逊这个人厚颜无耻。不论他是假装的，还是真的就是这种人，还是不要和他来往得好。各种菜肴接连端了上来。贝特曼禁不住主人的热情，试着吃了生鱼片以及一些他从来没有听说过的食物。令他感到惊讶的是，吃进嘴里，味道还都不错。随后发生了一件当晚最

---

① 干马丁尼（Dry Martini），鸡尾酒之王。马丁尼酒的原型是杜松子酒加某种酒，最早以甜味为主，选用甜苦艾酒为副材料。随着时代变迁，辛辣的味感逐渐成为主流。

令他感到尴尬的事情。看到面前摆放着一个小花环，纯粹是无话找话，他赞叹道：

"这花环真漂亮。谁做的？"

"是伊娃为你做的。"杰克逊回答说，"她一定是因为害羞，没有亲手交给你。"

贝特曼拿起花环，对伊娃说了句感谢的话。

"请你把它戴上。"她脸色微微一红，笑着说道。

"我？我不戴。"

"这可是当地风俗。入乡随俗嘛。"杰克逊劝说道。说着，他把自己面前的小花环拿起来，戴在头上。爱德华也戴上了。

"我这身穿戴不太适合。"贝特曼有点儿尴尬。

"要不要换上帕里欧？"伊娃接言道，"我这就给你去拿。"

"谢谢你，谢谢你！我就这样吧。"

"伊娃，麻烦你过来给他戴上吧。"爱德华建议道。

贝特曼简直恨死他了。伊娃站起身来，一边笑，一边把花环戴在了他的头上。

"好看！"阿诺德太太说道，"你说呢，阿诺德？"

"好看极了！"

贝特曼感觉自己每个毛孔都在向外流汗。

"只可惜天黑了。"伊娃说，"不然的话，我很愿意给你仨拍张合影。"

贝特曼暗自庆幸。身穿蓝色哔叽呢西装和高领衬衫，一副绅士派头，脑袋上却戴着一个小花环，看上去不伦不类。这个样子怎能拍照？他从生下来到现在还从来没有如此自控力十足，即便怒火中烧但外表也彬彬有礼。再看看那个坐在主人位置的老男人。他上身赤裸，花白的鬈发上戴着一个小花环，好似圣徒一般。此时此刻，他真可谓哭笑不得。

晚餐后，伊娃和女主人收拾餐桌，他们三个则来到阳台。天气不冷不热，空气中弥漫着鲜花的香气。一轮满月在晴朗的夜空中闪耀，在辽阔的海面照亮一条通往无边和永恒的大道。阿诺德又开始说话了。他嗓音浑厚，富有磁性，犹如音乐般动听。他谈土著，谈古老传说，谈传奇冒险，谈爱情死亡，谈仇恨复仇；他谈发现这座小岛的探险家；谈定居在这座小岛上和酋长女儿结婚的水手，谈在这座小岛银色海岸生活的流浪汉。

一开始，贝特曼强忍着心中的不快，硬着头皮在听。不一会儿，他就听得入了迷。杰克逊的奇谈怪论仿佛有种魔力。难道他忘记了？阿诺德·杰克逊巧舌如簧，曾经凭借这个本事轻松骗取了公众的大笔钱财，而且被从轻发落。没有人比阿诺德·杰克逊更能言善辩，没有人比阿诺德·杰克逊更懂得如何蛊惑人心。突然，杰克逊站起身来。

"亨特先生，你们哥俩好久不见，好好聊聊吧。如果困了，泰迪会带你去房间的。"

"我想回酒店，杰克逊先生。"贝特曼回答说。

"在这里会比酒店更舒服。当然，也不会耽误你明天回国。我保证。"

杰克逊神情很严肃，就像一个身穿法衣的大主教。他和贝特曼握了握手，转身离开了。

"我说，你还是留下来吧。这样，你还可以享受一下清晨坐马车回去的滋味，真的是别有一番风情。"爱德华也劝他，"当然，如果你还是想回酒店，我送你。"

两人沉默了好一会儿。贝特曼心中在想，究竟该怎样和爱德华谈他此行的目的。今天所发生的一切使他认识到，必须马上和爱德华谈，刻不容缓。他决定单刀直入。

"你打算什么时候回芝加哥?"

爱德华没有回答。过了好大一会儿,他才缓缓转过身来,看着他的朋友,笑着说道:

"我不知道。或许永远不回去了。"

"你这话是什么意思?"贝特曼怒吼道。

"你都看到了,我在这里过得很快乐。这才是我想要的生活。"

"你总不能在这里过一辈子吧。这不是你应该享有的生活。你现在这个样子和死了有什么区别? 听我说,爱德华,我一见到你,就觉得有点儿不对劲。你已经鬼迷心窍,过于迷恋这个鬼地方。你必须横下心,马上跟我回芝加哥! 一旦离开这个鬼地方,你就会像一个戒毒成功的瘾君子,发现这两年你在这里呼吸的全是有毒的空气。你根本无法想象,当你重新呼吸到家乡新鲜、洁净的空气时,该有多么惬意!"

他很激动,一直巴拉巴拉说个不停,言辞真诚、深情。爱德华非常感动。

"老朋友,谢谢你这么关心我!"

"明天就跟我回芝加哥,爱德华。看来你来这个地方绝对是一个错误。你绝对不该过这种生活。早知道弄成这个样子,我死活不让你来。"

"你一直在说我不应该这样活。你觉得一个人究竟应该怎样活才行?"

"哦,答案很简单。努力工作,尽职尽责,不辜负地位和职务对他的期许。"

"那他能得到什么呢?"

"他实现了自己应有的价值。"

"对我来说,你说的这些听起来是在唱高调。"爱德华回答说。借着夜色的微光，贝特曼看到他在微笑，"也许我已经不可救药了。说实话，我现在的好多想法，要在三年前，我自己也会觉得很荒唐。"

"这都是阿诺德·杰克逊教你的？"贝特曼语气很不屑。

"你不喜欢他？不过也对，你怎么可能会喜欢他呢？说实话，我第一次见到他时，也不喜欢他。和他接触时间长了才发现，他这个人非常诚实。你已经亲眼看见了，他从不隐瞒不光彩的过去。他对入狱这件事以及入狱的原因，既不后悔，也不抱怨。他唯一感到不满的事情就是，出狱后健康出了问题。也许他根本不知道什么叫后悔，根本不知道什么叫道德。他心胸宽广、慷慨善良。三教九流他都结交，好事坏事他都接受。对任何事、对任何人（包括对自己），态度都是听天由命，顺其自然。"

"他确实很慷慨。"贝特曼揶揄道，"花的都是别人的血汗钱，当然不心疼了。"

"他这个人真的很不错。我之所以这样评价他，是因为我了解他。我这样做有什么问题吗？"

"当然有问题。最大的问题是你已经失去了辨别黑白是非的能力。"

"黑白是非我觉得还能够辨别，但何谓好人何谓坏人，我倒是真的搞不太清楚了。阿诺德·杰克逊到底是一个做了几件好事的坏人，还是一个做了几件坏事的好人？这个问题我感到很难回答。也许我们区分好人和坏人的标准过于简单化了。我们所谓的好人实际上是一个地地道道的罪人，我们所谓的坏人实际上是一个不折不扣的圣徒。谁知道呢？"

"你千万别想让我和你一样，把白的说成黑的，把黑的说成白的。"贝特曼警告道。

"我根本没这个想法，贝特曼。"

倘若他真的这样，为何嘴角掠过一丝笑意？贝特曼半信半疑。

"贝特曼，今天早上见到你时，"爱德华沉默好大一会儿才开口说道，"我好像又看到了两年前的我。同样的高领衬衣，同样的皮鞋，同样的蓝色西装，同样的精力充沛，同样的踌躇满志。上帝啊，我当时满腔热血，而这个地方人人昏昏欲睡，办事效率极低。我这里走走，那里看看，发现到处都是创业机会，干啥都能赚大钱！比如，椰仁竟然装进麻袋，运到美国去榨油，这实在是太荒谬了。如果在这里进行加工，劳动力便宜，还能节省运费，费用会大大降低。我似乎已经看到大片工厂在岛上拔地而起。还有，他们的榨油方式太落后。我可以发明一种机器，切开椰壳，挖出果肉，每小时处理二百四十个椰子。这里的港口也不够大，我计划进行扩建，还想组建房地产公司，购买土地，为游客兴建两三家大酒店，为临时住户建造一些平房。为了吸引加利福尼亚的游客，我还制定了改善客轮服务的方案。二十年后，这里将不再是那个半法国化的慵懒小镇——帕皮提，而是一座现代化的美国城市，到处都是十层高的大楼、有轨电车、电影院、歌剧院，还有证券交易所和市长。"

"赶快干啊，爱德华！"贝特曼非常兴奋，几乎从椅子上跳了起来，大声喊叫道，"你有能力也有想法，一定会成为这块土地上（澳大利亚和美国之间）最有钱的人。"

"我根本不想赚大钱。"爱德华笑了笑。

"难道你真的不喜欢钱，不喜欢成千上万的钱？你知道钱有多大用处吗？你知道钱能使你变得更加强大吗？如果你有了钱，就能为成千上万的人提供就业机会，就能推动社会的发展、人类的进步。刚才听你那样讲，我都激动得快要哭了。你描述的画面太美了。"

"快快坐下，亲爱的贝特曼。"爱德华笑着说道，"在这个地方，我发明的切椰子机器永远不会有人使用。有轨电车也永远不会在帕皮提的大街上行驶。"

贝特曼"咕咚"一声坐回到椅子上。

"我不明白你在说什么。"他两眼看着爱德华。

"我也是一点儿一点儿慢慢想明白的。来到这个地方后,我发现这里的人们生性温顺善良,做事慢慢腾腾,生活悠闲自得。他们幸福的笑容让我开始思考一个问题:人的一生究竟该如何度过。我以前从来没有认真思考过这个问题。我开始看书。"

"看书?你不是一直都在看吗?"

"我以前看书只是为了应付考试、完成学业,为了闲聊时显摆自己。来到这里后,我学会了为了乐趣而读书,我还学会了聊天。你知道吗?聊天是人类生活中最大的乐趣之一。当然,这种乐趣只有闲人才能体会得到。来这里之前,我整天忙忙碌碌,疲于奔命。来这里之后,我才发现,以前生活中我孜孜以求的东西非常庸俗不堪。金钱、地位、荣誉究竟有什么用处呢?现在,一提到芝加哥,浮现在我脑海里的只是一座阴沉、灰暗的城市——到处都是石块堆叠的房屋,就像一座监狱——以及无休止的喧嚣和吵闹。难道我们只有住在那种地方才能算是享受生活吗?难道我们来到这个世界只是为了天天匆忙赶到办公室,一刻不停地工作,然后匆忙回家、吃晚餐、跑去剧场或电影院?贝特曼,青春转瞬即逝。当我老了,还是像现在这个样子:一大早匆忙奔向办公室,工作到天黑,再匆忙回家、吃晚餐、跑去剧场或电影院吗?如果你一心想赚大钱,这样做也许还值得。若是不想赚大钱,这样做又是为了什么呢?我不敢妄下定论,因为人各有志。反正,我想要的人生不是这个样子。"

"那你觉得人生在世什么最重要?"

"也许你会笑我不太实际。我认为真善美最重要。"

"这些东西,你在芝加哥就不能得到吗?"

"也许有人能得到，但那个人不是我。"爱德华突然激动起来，"我跟你说，一想起在芝加哥过的那些日子，我就怕得要死。"他歇斯底里地大声叫喊道，"一想到能够逃脱，我就暗自庆幸。在芝加哥，我竟然不知道我还有灵魂。在这里，我知道了。如果我现在还是和以前一样，我就永远不会感受到这一切了。"

"我看你一定是脑子出问题了。"贝特曼大声怒吼道，"这个问题，我们以前不知讨论过多少次。难道你忘了？"

"我没忘。那时候的讨论没有任何意义，无异于和聋哑人讨论和声。贝特曼，我不打算回芝加哥了。"

"那伊莎贝尔怎么办？"

爱德华走到阳台边，扶住栏杆，凝视着蓝蓝的夜空。过了一会儿，他转过身来，面含笑意，两眼看着贝特曼，低声说道：

"伊莎贝尔非常优秀。在我眼里，其他女人都无法和她相提并论。她人长得漂亮，而且头脑聪明，心地善良，精力充沛，志向远大。她天生就是一个做大事的人。我配不上她。"

"她从来没有这样说过。"

"请你一定要把我的意思转告她，贝特曼。"

"我？"贝特曼惊叫道，"干这种事，你最好还是找别人吧。"

月光皎洁。因为爱德华背对着月亮，贝特曼根本看不到他的脸。他还在微笑吗？

"贝特曼，你最好一见到她，就把我的想法告诉她。你是知道的，什么事都瞒不过她。即便你不说，不出五分钟，她就能猜到。"

"我肯定会告诉她，我见到你了。"贝特曼似乎不太理解，"说实话，我真的不知道你要我对她说什么。"

"告诉她，我没有挣到钱。告诉她我不仅贫穷，而且安于贫穷。告诉她我因为懒惰、没有上进心而被布劳恩施密特先生的公司解雇了，告诉她你今晚看到的和听到的一切。"

刹那间，贝特曼似乎全明白了。他心急如焚，猛地站起身来，两眼盯着爱德华。

"我的天哪！你的意思是，你不想娶她了？"

爱德华看着他，表情很严肃。

"你知道，伊莎贝尔是不会主动提出解除婚约的。"

"你要我把这件事情告诉她，爱德华？哦，我做不到。这太可怕了。她做梦也想不到你不想娶她。她爱你，我怎能忍心让她承受如此沉重的打击？"

爱德华又笑了。

"贝特曼，你为什么不娶她呢？你爱她爱了这么多年，你们才是天造地设的一对。你一定会让她幸福的。"

"别胡扯！"

"贝特曼，我自愿放弃。你比我更适合她。"

爱德华的语气有些异样。贝特曼迅速抬起头。他看到爱德华眼神很严肃，一点儿笑意也没有，心想，爱德华是否已经怀疑，他这次来塔希提岛一定有着什么不可告人的秘密。此时此刻，贝特曼悲喜交加，一时间不知道该说什么好。

"如果伊莎贝尔写信给你，终止你们的婚约，你会怎么办？"他一字一句地问爱德华。

"我一定会好好活下去，相信我。"爱德华回答道。

贝特曼心中一阵狂喜，根本没有听到爱德华的回答。

"我真希望你是穿着正常一点儿的衣服说这番话的。"他佯装生气道，"你做的这个决定极其重大。你这身打扮做出如此重大的决定会让人觉得你是在信口开河。"

"我向你保证，我这身打扮和身穿礼服、头戴礼帽一样庄重，效力相同。"

突然，一个念头在贝特曼脑海中一闪而过。

"爱德华，你不会是因为我才这样做的吧？这事关你我两人的幸福。如果你是为了我而牺牲自己，我是绝对不会接受的。"

"你想多了，贝特曼。来到这里以后，我学会了不干傻事，不感情用事。我真心希望你和伊莎贝尔过得幸福。当然，我也希望自己过得幸福。"

这个回答让贝特曼感到很失望。他最喜欢别人说他行为高尚。

"你的意思是，你甘愿把你的一生荒废在这里？这跟自杀没什么两样。想想刚出大学校门时你的理想抱负，再看看你现在的所作所为，死心塌地做一个小杂货店的售货员，那简直是天壤之别！"

"这只是暂时的，为以后积累经验而已。阿诺德·杰克逊在帕莫塔斯有一个小岛，距离这里大约一千英里，一个环形岛屿，中间是一个咸水湖。他在岛上种了很多椰子树。他已经答应把它送给我。"

"他为什么送给你啊？"贝特曼问道。

"如果伊莎贝尔和我解除了婚约，我就娶他的女儿。"

"你娶他的女儿？"贝特曼惊呆了，"你绝对不能跟一个混血儿结婚。你简直是疯了！"

"她是个好女孩，性情温柔，心地善良。她会让我幸福的。"

"你爱上她了？"

"我不知道，"爱德华沉吟半晌才回答道，"我爱她和爱伊莎贝尔不一样。我崇拜伊莎贝尔。她是我见过的最出色的女人。但我配不上她。跟伊娃在一起，我就没这个感觉。她就像一朵盛开的美丽花儿，需要好好呵护，不能遭受风吹雨打。我想保护她。我从未想过要保护伊莎贝尔。伊娃爱的是我现在这个人，而不是我将来可能会成为的那个人。无论我今后是否能赚大钱，都不会使她失望。她才是最适合我的那个人。"

贝特曼沉默了。

"该睡觉了。"爱德华打破沉默道,"你明天还得早起。"

这时,贝特曼才开始说话,听得出他真的很难过。

"我被你搞糊涂了,不知道该怎么劝你才好。我之所以来看你,是因为我觉得你有些不对劲。我本以为你是因为没能实现对伊莎贝尔的承诺,不好意思回芝加哥,绝对没想到你的人生观变化如此之大。爱德华,说实话,我很失望。我非常希望你能成就一番事业。看到你如此挥霍你的才华和青春,我非常难过。"

"别伤心,老朋友,"爱德华回答说,"我没有失败,已经成功了。你无法想象未来的生活对我来说有多么重要。我对未来的生活充满了憧憬。当你和伊莎贝尔结婚后,希望你们偶尔会想起我。我要在我的珊瑚岛上建一座大房子,而且一直住在那里,照看我的椰子树——使用当地人的老法子从坚硬的椰壳中取出果肉。我要在我自己的花园里种植各种花草树木。我还要下海捕鱼。总之,有的是活干。我和伊娃要生一大堆孩子。我还要写书。除了这一些,我还会拥有瞬息万变的大海和天空,拥有清新的黎明、瑰丽的日落以及五彩斑斓的夜晚。等我老了,发现自己的一生简单、平静、幸福。尽管过得普普通通,但与真善美朝夕相处。你是否觉得我太容易满足了?一个人赢得了全世界,却丢掉了自己的灵魂,显然毫无意义。我不仅现在,而且今生今世都不会丢掉自己的灵魂。"

爱德华带贝特曼来到一个房间,里面放着两张床。他倒头便睡,不到十分钟便响起了孩童般的呼吸声,平静、均匀。贝特曼心里很乱,直到黎明如鬼魅般潜入房间,他才昏昏入睡。

贝特曼把故事讲完了,除了可能会严重伤害伊莎贝尔和有损自己形象的事情外,他把听到的、看到的全都说了,一点儿也没隐瞒。比如，他没有告诉伊莎贝尔，爱德华准备在她给予他自由的那一刻，迎娶她舅舅的混血女儿；也没有告诉伊莎贝尔，他被迫头戴小花环，坐在餐桌前这件事。然而，伊莎贝尔远比他所认为的更加敏感。随着故事的继续，她的眼神变得越来越冷，嘴唇闭得越来越紧。如果他在讲述时不是非常专心，他就会发现，伊莎贝尔时不时地在观察自己，她的表情可能意味着什么。

"那女孩长什么样？"他一讲完，伊莎贝尔便问道，"你觉得阿诺德舅舅的女儿和我有什么相似之处吗？"

听到这个问题，贝特曼大吃一惊。

"我从来没想过这个问题。你知道，我的眼里只有你。在我看来，没有哪个女孩长得像你。"

"她长得漂亮吗？"伊莎贝尔脸上略带一丝苦笑。

"是的。有些男人会说，她长得很漂亮。"

"嗯，都无所谓了。我们不聊她了。"

"你有何打算，伊莎贝尔？"他问道。

伊莎贝尔低下头，看了看爱德华送给她的订婚戒指。她一直戴在手上。

"我当初之所以没有答应爱德华解除婚约的请求，是因为我想借此激励他鼓起勇气，干出一番事业。我当时这样认为，只有让他知道我永远爱他，他才会努力工作，获得成功。我已经尽力了。可怜的爱德华，他的敌人不是别人，是他自己。他是一个好人，只不过缺少点什么。我想他缺少的应该是毅力。衷心祝愿他幸福。"

她把戒指从手上摘下来，放在桌子上。贝特曼看着她，心跳加速，几乎喘不过气来。

"伊莎贝尔，你说得太对了！"

她笑了笑，站起身来，把一只手伸给他。

"你为我做了这么多事情，我该怎样感谢你呢？"她赞叹道，"我早就知道，你是个值得信赖的人。"

他抓住她的手，紧紧握住。她看上去更漂亮了。

"哦，伊莎贝尔，为了你，我什么都可以做。我请求你，允许我爱你、照顾你。"

"你非常有毅力，贝特曼。"她叹了口气，"这给了我一种妙不可言的安全感。"

"伊莎贝尔，我爱你。"

他不知道哪来的勇气，一把把她搂在怀里。她没有反抗，满脸笑容，凝视着他的眼睛。

"伊莎贝尔，从见到你的第一天起，我就想娶你。"他非常激动。

"那你为什么不早对我说呢？"她回答道。

她也爱他。贝特曼感觉自己就像在做梦一样。伊莎贝尔把嘴唇递过去让他亲吻。他把她紧紧抱在怀里，脑海中浮现出这样一幅画面：亨特内燃机和汽车公司的规模越来越大，占地多达一百英亩，年产内燃机和汽车数十万台。他戴着牛角眼镜①，所收集的绘画艺术珍品令所有纽约人都羡慕不已。她被他一双有力的双臂紧紧搂着，脑海中浮现出这样一幅画面：她将拥有一幢漂亮的大房子，家具古色古香；她将经常举办音乐会、下午茶舞会，以及只有那些有身份、有教养的人才能参加的宴会。对，马上给贝特曼配副牛角眼镜！

"可怜的爱德华。"她重重地叹了口气。

（吴杰　薄振杰　译）

---

① 牛角眼镜（Horn spectacles），20 世纪 20 年代在西方非常流行。

火奴鲁鲁

　　谈到云游四海，智者屡有奇思妙想。一个法国人（准确来说是一位萨伏依[①]人）曾经写过一本书，名字叫《卧室周游世界》[②]。我虽然未曾读过书中内容，但对书名颇感兴趣。按照这位老兄的说法，周游世界真可谓易如反掌。比如说，壁炉台旁边的那个塑像就会带我跑到遥远的俄罗斯。那里有一望无际的白桦林、白色的圆顶教堂以及美丽宽广的伏尔加河。河边散落着一个个小村庄。我来到其中一个小村庄的一家小酒馆，看到一个身穿破旧羊皮大衣的大胡子男人正在借酒消愁。我登上拿破仑第一次来到莫斯科时莅临的那个山岗，极目远眺这座伟大的城市。我见到了我的"老朋友"阿廖沙[③]、渥伦斯基[④]等，多达十几位呢。虽然我和他们只是在小说中见过面，但我对他们的了解比对我的好多同胞的了解更多。我的目光落在一件瓷器上，浓浓的中国气味立即扑面而来。我

　　① 萨伏依（Savoyard），法国东南部地区，11世纪起由萨伏伊伯爵统治。1860年，该地区并入法国。
　　② 成书于19世纪20年代初，作者是梅斯特·扎维尔（Xavier de Maistre，1763—1852）。
　　③ 阿廖沙（Alyosha），俄国作家陀思妥耶夫斯基创作的长篇小说《卡拉马佐夫兄弟》中的人物，老卡拉马佐夫的小儿子。
　　④ 渥伦斯基（Vronsky），俄国作家列夫·托尔斯泰代表作《安娜·卡列尼娜》中的人物，安娜的狂热追求者。

84

坐上轿子，穿过小路蜿蜒的稻田，翻过树木丛生的山峦。在明媚的晨光中，几个轿夫抬着我，虽然有些吃力，但他们一路上谈笑声不断。偶尔听到寺院的钟声从远处传来，充满了沧桑感和神秘感。在中国北平，大街上人头攒动。突然，一队骆驼迎面而来。它们背负着蒙古大漠出产的动物毛皮和灵丹妙药。人群立即四散开来，为其让出一条通道。在英国伦敦，恰逢一个冬日的下午，黑云压城，天色昏暗，令人烦躁、郁闷。在珊瑚岛的沙滩上，椰树林立，日光炫目。漫步其上，根本睁不开眼睛。鹩哥①从我们头顶上掠过，百啭千声。海浪拍打礁石，激起洁白晶莹的浪花。这就叫"守着炉火周游世界"，好处是省时省钱，而且不会令你大失所望。

　　好多地方徒有虚名。一旦亲眼看到，感到失望不可避免——最后的结果和最初的期待大相径庭。当然，这也算得上一种有趣的体验。这好比有人向你要的咖啡里加了盐，虽然喝起来不是你喜欢的味道，但也别有一番滋味。这也好比一些性格有缺憾的大人物，虽然有损其个人形象，却让他变得更加真实，更加有趣。

　　我对火奴鲁鲁之行毫无准备。火奴鲁鲁距离美洲大陆路途遥远。我从旧金山出发，跋山涉水，数日之后终于抵达。火奴鲁鲁这个名字听上去怪怪的，但很吸引人的眼球。一踏上这块土地，我几乎不敢相信自己的眼睛。眼前的一切令我喜出望外。这是一个地地道道的西方城市。奢华的府邸和简陋的棚户仅仅一墙之隔，破旧木屋的隔壁便是拥有巨大玻璃橱窗的商铺；街道中央电车隆隆作响；街道两旁停满了小汽车——福特、别克、帕卡德等。商店里充斥着美国货；三步一家银行，五步一个轮船公司办事处。

---

① 鹩哥（the mynah bird），掠鸟科。善鸣，叫声响亮清晰，能模仿和发出多种有旋律的音调。分布于印度、缅甸、泰国、中南半岛和中国。

路上行人来自世界各地，各种肤色都有。不管什么天气，美国人总是身穿黑色大衣，衣领高高竖起，头戴草帽、呢帽或圆顶礼帽。当地土著卡纳卡人头发卷曲、皮肤呈棕褐色，衣着简单——衬衫长裤。当地混血儿非常摩登，脖子里系着花领带、脚蹬漆皮靴。日本男人身穿白色帆布衣裤，大方得体，逢人便满脸堆笑，以示恭敬；日本女子身穿民族服饰，背着孩子，紧紧跟在丈夫身后；日本小孩子衣着色彩鲜艳，小脑袋锃亮，没有一根头发，看上去很像玩偶娃娃。当然也有中国人。中国男人大多肥胖富态，身穿各种美式服装，看起来有点儿不伦不类；中国女人模样楚楚动人，头发乌黑向上盘起，一点儿也不凌乱。束腰上衣和长裤或黑或白或浅蓝，干净整洁。至于菲律宾人，男的一律头戴大草帽，女的都穿袖子宽大的浅黄色穆斯林服饰。

东西方文明在这里碰撞，古老与现代在这里相遇。这里或许并不是你苦苦追寻的圣地仙境，但你会在这里发现一些新奇有趣的事情。左邻右舍种族不同，语言不同，信仰不同，思维方式不同，价值观不同，对爱情与欲望的追求却是相同的。他们个个生机勃勃，生命力极强。空气清新，天空蔚蓝。不知是何缘故，你总会感到拥挤的人群激情四射，仿佛能够听到他们脉搏跳动的声音。在街道拐角处，警察站在安全岛上，手持白色木棍指挥交通，似乎非常公平、公正。然而，这种公平、公正总让人觉得只是一种表面现象，其背后则是黑暗与神秘。想到这里，我的心不禁一颤，犹如深夜只身一人穿行在森林中，突然一阵低沉、急切的鼓声传来，打破了林中的静谧。你满怀期待，却一直不知道自己在期待什么。

也许我对火奴鲁鲁的"自相矛盾"之处已经着墨过多。然而，我接下来要讲的故事还是以此为主题。这个故事原始而且迷信，竟然能够在文明社会流传下来，令人大跌眼镜。尽管火奴鲁鲁的文明程度尚未达到最高水准，但也说得过去。代表现代文明的各种物品，比如电话、电车和报纸随处可见。这种地方竟然发生这种事情，令我匪夷所思。就连我在火奴鲁鲁的向导身上也有这种特质。也就是说，一到火奴鲁鲁，我就感受到了它的这种特质。

我的导游是个美国人，名字叫温特。我纽约的一位朋友给他写了一封信，要他对我多多关照。温特年龄在四五十岁左右，身材高大、瘦弱。他头发稀疏，鬓角处已开始泛白；面孔消瘦，五官轮廓分明；目光如炬，一副牛角材质眼镜显得他庄重严谨。温特出生在火奴鲁鲁，父亲拥有一家大型百货商店，主要销售针织品，也卖网球拍、防水布料等时尚用品，生意做得很大。所以我十分理解，当年儿子拒绝继承父业而铁了心成为一名演员时，老爷子是何等愤慨！温特在舞台上摸爬滚打了二十年，只是偶尔在纽约露一下脸，更多时候则是在小地方演出。他脑瓜很灵活。他慢慢发现自己做演员的天赋确实不高，即便在火奴鲁鲁卖吊袜带也比在俄亥俄州的克利夫兰跑龙套强。于是，他告别了舞台，开始学经商。过去的二十多年，他一直居无定所，现在想必一定非常享受这种开豪车、住豪宅的日子，而且豪宅边上就是高尔夫球场。温特多才多艺，绝对是个做生意的好手。然而，他无法彻底断绝与艺术的联系。既然已经决定不去演戏了，他就开始学绘画。他带我参观过他的画室，给我看过他的作品，画得不错。他只画静物，而且尺寸不大，大概在八乘十英寸左右。他画风细腻，一丝不苟，很难挑出毛病来。由此可见，他做事严谨。看到他画的水果静物，你很容易想起吉兰达约①的同类题材作品。你不仅惊叹于他的耐心，也会对他的灵巧印象深刻。在我看来，他之所以未能圆自己的演员梦，是因为他虽然不辞劳苦，勤学苦练，却过于严谨，始终不能

---

① 吉兰达约（Ghirlandaio，即 Domenico Ghirlandaio，1449—1494），佛罗伦萨画家，画风坚实而平淡。

得到观众的青睐。

温特带我游览这座城市。我觉得他这个人非常有意思。作为主人，他一方面非常自豪，另一方面似乎底气不是太足。比如说，他告诉我，在美国，哪一座城市都无法与火奴鲁鲁相提并论，刚刚说完便觉得自己的说法有些可笑。他开车拉着我游览各式各样的建筑。每当我表达赞叹时，他就面露喜色。他带我参观了很多当地有钱人住的豪宅。

"这是斯塔布斯家。"他介绍说，"建造这房子花了十万美金。斯塔布斯家族在我们这里赫赫有名。老斯塔布斯是位传教士。七十多年前，他就来这里传教了。"

他停顿了一下，一双眼睛在大大的镜框后面看着我。

"我们这里的名门望族几乎都是传教士家庭，"他继续说道，"在火奴鲁鲁，一个家庭如果没有一个使这里的异教徒改变信仰的祖父或父亲，要想进入上流社会几乎是不可能的。"

"真的吗？"

"你读过《圣经》吗？"

"读过啊。"我回答说。

"里面有这样一句话：父亲吃了酸葡萄，儿子的牙齿被酸倒了[①]，即父债子还。在火奴鲁鲁，这句话应该倒过来说，父亲给当地土著带来了基督教，子孙们抢走了当地土著的土地，即前人栽树，后人乘凉。"

"有得必有失。"我小声咕哝道。

"嗯，此话不假。这里的土著得到了基督教，但失去了他们的土地。君王把土地赠送给传教士，以示尊重。传教士自己也买田置地，

---

① 参见《圣经·耶利米书》第 31 章第 29 节。

目的是为上帝积累财富，而且收益颇丰。后来，有位传教士觉得这生意不错——我觉得称其为'生意'应该不至于引起众怒——便做起了地产经纪人。当然，传教士改行做地产经纪人，这种事非常少见，基本上由他们的子孙打理经营。唉，真羡慕他们啊！如果我的父辈一个半世纪前也来这里传教，该有多好啊！"

说到这里，他低头看了看手表。

"糟糕，我的手表不走了。我们去喝杯鸡尾酒吧。"

我们走的这条公路修建得非常漂亮，两旁栽种的全是红色的木槿花。车子开得飞快，不一会儿，我们就回到了市里。

"你去过'联合酒吧'吗？"他问我道。

"从来没有。"

"走，我现在就带你去。"

这个酒吧在火奴鲁鲁非常有名，我非常向往。它坐落于国王大道旁边一条不起眼的小巷子深处。小巷里还有几家事务所。许多酒徒借来事务所办事之名前来买醉。酒吧大厅四四方方，有三个入口。吧台很长，从这边墙壁一直通到对面墙壁。吧台对面的两个角落里各有一个单间。据坊间流传，那是专门为卡拉卡瓦国王来此喝酒所建。这位国王不想被其臣民发现他来此饮酒。想象一下这位皮肤黝黑的统治者坐在其中的一个单间里，和罗伯特·路易斯·斯蒂文森① 对饮的情景，就感到心情非常愉悦。酒吧的墙壁上挂满了画作和照片：一幅卡拉卡瓦国王的金框油画肖像、两张维多利亚女王的版画肖像、好几幅十八世纪风格的铜版画肖像，其中有一幅竟然是维尔德② 的仿作（天

---

① 罗伯特·路易斯·斯蒂文森（Robert Louis Stevenson，1850—1894），19 世纪后半叶英国著名小说家。代表作品为长篇小说《金银岛》等。

② 维尔德（Wilde，即 Samuel De Wilde，1751—1832），英国肖像画家、铜板画家，尤其以戏剧肖像画著称。

知道店主是从哪里弄来的）以及二十年前《图片报》和《伦敦新闻画报》圣诞增刊中的石印油画。此外，还有威士忌、杜松子酒、香槟和啤酒的广告宣传画，棒球队和本地乐团的摄影作品。

这个地方散发着即将逝去的那个时代的味道，似乎与我今天刚刚游览过的那个纷乱嘈杂的现代社会毫无关系。灯光昏暗、朦胧，带着些许神秘，非常适合从事一些非法勾当。它很容易让人想起昔日刀光剑影的时代。人们生活单调，冷酷无情，喜欢打打杀杀，整天把脑袋别在裤腰带上。

我们进去的时候，酒吧里已经挤满了客人。吧台边站着三五个商人模样的人。角落里坐着两个当地土著。一个店员模样的人正在摇骰子。其他人显然是在海上讨生活的，有不定期货船的船长，有商船上的大副、轮机员等。在吧台后面，两个高大魁梧的混血儿正在忙着调制鸡尾酒。"火奴鲁鲁鸡尾酒"是这家酒吧的招牌。他们身穿白色衣裤，皮肤黝黑，身材肥胖，头发浓密卷曲，胡子刮得干干净净，一双大眼睛炯炯有神。

温特应该是这里的常客。我们刚刚走到吧台跟前，一个戴眼镜的矮胖男人便立即表示请他喝杯酒。

"谢谢，船长。还是我来请你吧。"温特回答说。

然后，他转过身子看着我。"介绍一下，这是巴特勒船长。"

矮胖男人跟我握了握手，便和我们聊了起来。说实话，我对酒吧里的装饰以及形形色色的客人更感兴趣。聊了一会儿，我就和他俩分开了。等我们回到车里，准备离开时，温特告诉我说：

"我一直想让你见见巴特勒，没想到今天碰上了，我很开心。你觉得他这个人怎么样？"

"几乎没什么印象。"我回答道。

"你相不相信超自然力量？"

"不太相信。"我笑了笑。

"一两年前他遇到了一件怪事。你应该找他聊聊。"

"什么怪事？"

"我也说不清楚。"温特沉默了一会儿才回答说，"但这件事绝对真实。你对这种事情感兴趣吗？"

"你指的是？"

"咒语和巫术。"

"大概没有人对此不感兴趣。"

温特想了想，说道："我不能告诉你。你最好听他亲口对你讲，然后自己作个判断。你今晚有什么安排吗？"

"没有。"

"那好。我和他联系一下，看看能不能今晚到他船上聊聊。"

通过温特的介绍，我对巴勒特船长有了一些了解。他基本上是以太平洋为家，先是在一艘客船上当大副，后来荣升为船长。那艘客船在加利福尼亚的海岸线定期往返。非常遗憾的是，有一次，发生了沉船事故，死了好几位乘客。

"肯定是醉酒所致。"温特说。

巴勒特船长因此被吊销了开船执照，只好跑到南太平洋讨生活。他现在掌管着一艘小型纵帆船，定期往返于火奴鲁鲁和邻近诸岛。那条船的船主是个中国人，聘用无照船长可以少付工钱，节省开支。况且，找白种人做船长可以省去好多不必要的麻烦，更有利于他赚钱。

听了温特的介绍，我费了好大力气才想起他的模样来。首先浮现在我脑海中的是他那副圆圆的眼镜以及镜片后面那双蓝蓝的圆眼睛，然后才是他的全部轮廓。他身材矮胖，一张满月似的大圆脸上趴着一个肉乎乎的小鼻子。他一头短发，脸色红润，胡子刮得干干净净，两条腿又短又粗，两只手胖嘟嘟的，关节处都凹进去了。他生性乐观，过去的不如意似乎对他没有什么影响。虽然已经三十四五岁了，但他看上去要比实际年龄小好几岁。毕竟第一次见面，我对他没有太在意。现如今得知他是一个有故事的人，我决定再次见到他时，一定和他好好聊聊。不同的人遭遇不幸时，反应差异很大，着实耐人寻味。比如说，有的人在面对枪林弹雨和难以想象的恐惧，甚至死亡时，依然故我，好像什么事情都没有发生。有的人仅仅看到海面上月光的倒影在晃动，或听到灌木丛中虫鸟的哀鸣声，就开始疑神疑鬼，惶惶不可终日。其原因在于性格的强弱，想象力的多寡，还是其他？我不得而知。我努力想象着客船遇难的场景，想象着溺水者的哭叫，想象着死者家人的悲伤，想象着官方对他的调查，想象着报纸等媒体对他的口诛笔伐，想象着他内心的愧疚。突然，我脑海中浮现出他在酒吧的举止：巴勒特船长以坏孩子般的口吻谈论夏威夷的女孩，谈论伊韦雷红灯区，谈论他自己的风流史，这着实令我感到震惊。他时而哈哈大笑，尽管大家都以为他再也笑不出来了。他全身最完美的部位应该是他的牙齿，洁白、闪亮。他非常快乐，一副无忧无虑的样子。我开始对他感兴趣了，很想尽快再见他一面，亲耳听他讲讲他的过去，亲眼看看他到底是个什么样的人。

温特和巴勒特船长联系好了。晚餐后，我们来到海边。巴勒特船长派来的一艘小船在等我们。我们坐着这艘小船去见巴特勒船长。巴勒特船长的纵帆船就停靠在距离防波堤不远的地方。我们乘坐的小船慢慢向它靠了过去，刚刚到达纵帆船边，便听到了尤克里里琴①发出的优美旋律。我们顺着梯子爬了上去。

"我们去船舱找他。"温特边走边说。

---

① 尤克里里琴（Ukulele），即夏威夷小吉他，一种四弦拨弦乐器，发明于葡萄牙，盛行于夏威夷。

船舱不大，又脏又乱。船舱中央摆放着一张桌子，桌子周围则是宽木板长凳，想必是供乘客就座和睡觉用的。一盏油灯发出的光线微弱、朦胧（我想，搭乘这种船出行的乘客一定是脑子出了问题。反正我出行是不会乘坐这种船的。）一位当地土著女孩正在弹奏尤克里里琴。巴勒特船长半坐半躺在一把椅子上，一只手搂着她的腰，脑袋靠在她的肩膀上。

"船长，我们来得不是时候，打扰你了。"温特开玩笑道。

"快进来。"巴勒特站起身来和我们握了握手，"喝点儿什么？"

那个夜晚天气比较暖和。透过敞开的舱门，能够看到湛蓝的天空上星星闪烁。巴勒特船长身穿一件无袖汗衫，手臂又白又粗，裤子已经脏得不能再脏了。他光着双脚，头上带了顶破旧的小毡帽，难看极了。

"这是我的女人。她很漂亮，不是吗？"

我们和这位能够弹奏尤克里里琴的当地女孩握了握手。她确实长得很诱人，个头儿比船长高出一大截。即便身穿宽大的长罩衣，仍然遮掩不住她窈窕的身材。随着岁月的流逝，她也许会变得丰满甚至肥胖，但至少现在亭亭玉立，优雅迷人。她皮肤棕褐色，细腻透明，目若秋水，令人销魂。她的头发乌黑浓密，扎成辫子盘在头上。她和我们打招呼的样子得体自然，牙齿小巧、整齐、洁白。显而易见，船长对她已经着了魔，目光和双手几乎一刻都离不开她，不停抚摸她。令我费解的是，这姑娘显然也深深地爱着船长。她双唇微启，两眼迷离，撩人心弦，连我这个陌生人都会为之动容。我暗暗责备自己，不该此时来访。人家卿卿我我，我来凑什么热闹？此时此刻，真希望温特没有带我来这里。在我眼里，这个昏暗脏乱的小船舱俨然已经变成演绎这段奇异恋情的最佳之地。我永远不会忘记这艘纵帆船。虽然火奴鲁鲁港口帆樯如云，但它看上去傲视独立，超俗出众。这时，在我的脑海里浮现出这样一幅画面：在这浩瀚无垠的太平洋上，这对恋人深夜驾船出海，辗转于苍翠如黛的岛屿之间。这时，一阵微风从海上吹来。轻柔的海风和浪漫的想象滋润着我的心田。

事实上，巴勒特是这个世界上最不可能和浪漫扯上关系的男人之一。任何女人看到他都很难产生爱慕之心。他的这身打扮使他看起来更加矮胖，再加上那幅圆圆的大眼镜，那张圆圆的大脸庞，活脱脱就是一个呆萌的胖娃娃。他言语中掺杂着古旧的美国方言，很容易让人联想到穷困潦倒的助理牧师。我实在没有能力重现他的这一特点，只好用自己的语言记录下他讲的故事，逼真度、生动度因而大打折扣。此外，他每句话都带有低俗的字眼儿。尽管没有恶意，但那些严守礼仪的人会感到难以接受，写在纸面上，显然有伤大雅。他这个人喜欢说笑，也许这是他情场得意的原因之一。女人大多感性、愚蠢，根本不懂幽默。一本正经的男士让她们兴味索然，滑稽可笑的小丑却让她们无法拒绝。看到红鼻子小丑一屁股坐在自己的帽子上，连一向庄重、沉稳的以弗所① 都笑得前仰后合。如果没有听说过那场沉船事故，我会以为他一直过得无忧无虑。

巴勒特船长按了下船舱入口处的响铃，一位中国厨师走了进来。他端来几个杯子和几瓶苏打水，放在桌子上。船长的空酒杯和威士忌早已摆放在桌子上了。看到这位中国厨师，我着实吓了一大跳——我从来没有见过长得如此丑陋的人。他身材矮小、粗壮，头发花白、蓬乱，而且腿瘸得厉害。他脑袋上扣着一顶破旧的花呢猎鹿帽，身上穿的汗衫和白裤子污秽不堪。他的脸膛既大又宽又平，好像被人用重拳反复击打过似的，而且上面满是因为害天花病而遗留下的大坑。最令

---

① 以弗所（Ephesus），又译艾菲斯，位于爱琴海岸附近巴因德尔河口处。古代为库柏勒大神母（安纳托利亚丰收女神）和阿尔忒弥斯的崇拜中心。阿尔忒弥斯神庙供奉着被希腊人称作阿尔忒弥斯（即狄安娜）的"以弗所女神"。

人反感的是他那异常显眼的兔唇，上嘴唇严重裂开，露出一颗巨大的黄牙。进门时，嘴里还叼着一支快要吸完的香烟。天哪，太吓人了！

他先是往杯子里倒上威士忌，然后打开苏打水。

"别加太多水，约翰。"船长叮嘱他道。

他没有吭声，倒好酒，把酒杯递给我们，转身离开了。

"怎么，你对这个中国人感兴趣？"船长笑着问我道，一张胖脸闪闪发光。

"最好不要在晚上见到他。"我回答道。

"他确实长得不怎么样。"不知什么原因，船长说这句话时似乎有几分得意，"他也有常人难及之处。至少有一点毋庸置疑：你看他一眼，就想再喝一杯。"

就在这时，我看到桌子上方的墙壁上挂着一只葫芦，于是便站起身，仔细端详起来。我非常喜欢葫芦，一直想搞一只。这只应该算是我在博物馆外见到的最好的了。

"这是一个小岛上的酋长送给我的。"船长两只眼睛盯着我，"我帮了他一个大忙。作为报答，他送给我这件好东西。"

"这东西的确不错。"我表示同意。

区区一个粗人可能不会对这个物件视如珍宝，于是，我便开始琢磨如何让巴特勒船长出个价，我好把它买下来。他似乎读懂了我的心思，说道：

"给我一万美金，我也不卖。"

"以我看，你也不会卖。"温特插话道，"如果没有它，船长今天就不可能坐在这里和我们一起喝酒了。"

"何出此言？"我感到疑惑不解。

"这东西和那个故事有关。"温特回答说，"我没说错吧，船长？"

"一点儿也不错。"

"说来听听。"

"还不到时候。"船长回答道。

夜越来越深了。船长终于满足了我的好奇心。此时此刻，我们喝了很多威士忌。那个会弹尤克里里琴的当地女孩已经睡着了。她蜷缩在座位上，脸颊枕着棕褐色的胳膊，胸脯随着呼吸而上下起伏。睡眠中的她神色有些凝重，却拥有一种忧郁之美。巴勒特船长给我讲述了他在旧金山和南太平洋打拼的经历。

这片海域岛屿众多。巴特勒船长就是在其中的一座小岛上认识这位女孩的。当地土著卡纳卡人不喜欢工作，生意都被勤劳的中国人和精明的日本人抢走了。巴特勒船长开着他那艘破旧的纵帆船四处揽活。女孩的父亲拥有一小块土地，种植芋头和香蕉，还有一条小渔船。他和巴特勒纵帆船上的一个大副是远房表亲。在一个百无聊赖的夜晚，那个大副带着巴特勒船长、一瓶威士忌和一把尤克里里琴来到他那简陋的木板房。船长第一眼看到这位漂亮的女孩便被她迷住了，开始大献殷勤。凭借一口流利的当地话，女孩很快便被他逗得不再感到拘谨了。整个晚上，他们载歌载舞，快活极了。两人感情快速升温。天快亮时，船长已把女孩揽入怀中了。巧合的是，他们的船要在这座岛上耽搁几天。船长本来就没打算尽快出海，现在就更不想了，他非常享受当下的一切。当然，未来的日子还很长。每天早晨和晚上，船长都会围绕着他的船游上一圈。码头有家杂货店，水手们都去那里喝威士忌。他一天大部分时间也都花在那里，和混血店主玩克里比奇牌。晚上，他和大副就一起去那女孩家，和她一起唱歌，讲故事给她听。女孩的父亲最先提议，让船长将女儿带走。他们俩就这个问题进行了"友好的交谈"。女孩紧紧依偎在船长身边，脸颊绯红、眼神温柔，好像是在为父亲增加筹码。船长的确爱上了她，而且非常向往家庭生活。海上的生活有时也枯燥乏味得很。倘若船上有这样一个小尤物整天陪伴着他，显然是件开心的事情。而且，他也非常需要一个女人为他洗衣、做饭。女人天生就是这方面的好手。另外，他经常在火奴鲁鲁上岸。上岸时也希望自己能够身穿一套合身、整洁的细帆布套装出风头。现在，问题的关键就是价钱了。女孩的父亲向他索要二百五十美金。船长没有存钱的习惯，而且生性慷慨大方，再加上女孩滚烫的脸蛋儿紧紧贴着他的脸，他也没想讨价还价，只是手头没有这么多钱。船长提出先付一百五十美金，剩余的一百美金三个月内付清。两人就此争论了一个晚上也没有达成一致。回到船上，巴特勒一夜没有睡好，好几次梦见那个女孩。每次从梦中醒来后，他还能感觉到她在用柔软、性感的嘴唇亲吻自己。第二天早晨一起床，他就把自己痛骂了一顿：全都是因为上次在火奴鲁鲁打牌运气不佳输了一些钱，害得他昨天没有足够的钱带那个女孩回来。如果在那之前就已经与这位女孩相见就好了。如果说第一天见到这位女孩时，船长爱上了她，那么今天早上一起床，船长已经爱她爱得发了疯。

"你给我听着，巴纳纳斯，"巴特勒对那个大副说，"我必须得到那个女孩。你去告诉你的亲戚，说我今晚就会把钱凑齐。哦，对了，顺便告诉那个女孩，让她准备准备。我打算明天拂晓起航出海。"

大副原名叫惠勒，血管里流淌的血液没有一滴是白种人的，是个地道的当地土著。巴特勒船长为什么叫他巴纳纳斯呢？我不得而知。巴纳纳斯身材高大匀称、略微偏胖，肤色比普通夏威夷人还要黑一些。他已经不年轻了，浓密的卷发开始变得花白，门牙镶着金箍，眼睛斜视得厉害，使他看上去显得严肃、沉稳。船长喜欢开玩笑，经常拿他开涮。与大多数本地土著不同，巴纳纳斯生性沉默寡言。好在船长性情和善，否则的话，怕是早就把他解雇了。毫无疑问，船长整天在海上航行，非常希望身边能有个人和他聊聊天。倘若整天面对着一个哑巴，即便是传教士也会按捺不住这种寂寞。巴特勒船长之所以经常拿他开涮，并且口无遮拦，目的就是想让他变得活跃一些。每天只是自己一个人傻乐，太无聊了。事实上，船长早就认识到，巴纳纳斯无论是醉酒时还是清醒时，都不会成为他所希望的那个样子，但他天生是个好大副。若从这一点来看，船长非常精明。他非常清楚拥有一个值得信赖的大副的重要性。每次出海回到岸上，船长便喝个大醉，回来倒头就睡，一直睡到酒醒，就是因为有巴纳纳斯在。既然这个家伙不善言辞，就更应该把这个女孩要来了。这样一来，既有人替他干活，也有人陪他说话，再好不过了。而且，如果下次出海回来上岸喝酒，一想到船上有位自己喜欢的女孩在等他，也就不会喝得酩酊大醉了。

巴特勒船长有个朋友是个船具商人。他一边喝着加了苏打水的杜松子酒，一边和他谈论着借钱的事。对于船具商人来说，船长是很有用处的，至少在生意方面能够关照关照。他们仅仅低声交谈了一刻钟（完全没有必要让其他人听到自己的事情），船长便把一大沓钞票塞进了自己的屁股口袋里。当天晚上，他就来到那个女孩家，把钱交给她父亲，然后把女孩带回到自己船上，准备第二天一早起航出海。

巴特勒船长一直在为自己下定决心做的这件事情寻找借口。至少现在来看，他当时的期待已经成为现实。他虽然没有戒酒，但已经不再是毫无节制了。跑到城里和几个朋友喝上几杯，玩上一个通宵固然十分快活，但回到自己喜欢的女孩身边同样愉快。当他从外面喝完酒回到船舱，她就会慢慢睁开双眼，朝他伸出双手——这简直和打牌时抓了满堂红①一样妙不可言。他发现自己开始攒钱了，但对女孩依旧非常慷慨：给她买了好几把银柄梳子梳理长长的秀发，给她买了一条金项链，还给她买了一个红宝石戒指。天啊，生活太美好了！

---

① 满堂红（Full hand），五张牌有三张相同，再加一副对子。

一年很快就过去了。整整一年，船长对她丝毫没有感到厌倦。这女孩一定有什么过人之处。这种情况他从来没有遇到过。他觉得自己很有必要仔细分析一下。他自己也承认，对她的爱恋越来越深，几乎达到了痴迷的地步，甚至产生了想要和她结婚的念头。当然，这未尝不是件好事。

　　有一天，大副早餐、午餐都没来。巴特勒没有在意。到了下午茶时间，大副仍然没有露面。他便问中国厨师道：

　　"大副呢？怎么不来喝茶？"

　　"他不想喝。"中国人回答说。

　　"他没生病吧？"

　　"不知道。"

　　第二天吃午餐时，巴纳纳斯才在餐桌上出现，精神萎靡不振。吃完午餐，船长问那女孩巴纳纳斯怎么了，她笑了笑，耸耸肩膀，告诉他说，巴纳纳斯爱上她了。之所以精神萎靡不振，是因为被她臭骂了一顿。船长不仅脾气好，而且妒忌心不重。在他看来，巴纳纳斯竟然也会坠入爱河，这实在是太有趣了。一个男人眼睛斜视成那个样子，情场上怕是机会很有限。喝下午茶时，船长不停地开巴纳纳斯的玩笑。他东一句，西一句，装出一副不知情的样子，但还是旁敲侧击了他几句。那女孩并不觉得好笑。等巴纳纳斯走后，她央求船长不要当着巴纳纳斯的面再提这件事。船长感到很惊讶，问她什么原因。她告诉船长，当地土著一旦被激怒，什么事情都能干得出来。她有一种不祥的预感。

　　巴勒特听后，哈哈大笑。"如果他敢再来烦你，你就吓唬他说要告诉我。他就老实了。"

　　"我觉得，你还是把他解雇得好。"女孩劝说道。

　　"这可不行。他绝对是个好大副。如果他再敢胡来，我就好好修理修理他。"

这女孩很聪明。她非常清楚，如果一个男人铁了心要做某件事情，再和他争辩不仅无济于事，反而会使他更加坚定，所以，她不再继续劝说。像往常一样，他们驾驶着这条破旧的纵帆船继续穿梭于太平洋上的众多小岛之间。船下浩瀚的太平洋风平浪静，船上一场精彩的大戏即将上演。巴纳纳斯的一次次纠缠彻底惹恼了这位土著女孩。她对他已由鄙夷转为厌恶。巴纳纳斯每次哀求她，她都报之以刻薄、狠毒的辱骂。女孩的一次次拒绝也彻底惹恼了巴纳纳斯。他欲火中烧，完全丧失了理智，开始变得野蛮、残暴、危险。然而，精明的船长却对此浑然不觉。过了一段时间，船长问女孩，巴纳纳斯是否又来骚扰她了，她没有对他说实话。

一天晚上，在火奴鲁鲁，他们计划明天黎明时分起航。巴纳纳斯在岸上喝了很多当地烈性酒，上船时已经烂醉如泥。巴特勒船长划着小船从外面回来，听到纵帆船上传来了巴纳纳斯愤怒的吼叫声，他吃了一惊，急忙沿着舷梯爬上船。他看到巴纳纳斯正发了疯似的用力扯拽舱门。他一边全力扯拽，一边大声吼叫道：

"快开门！再不开门，我就杀了你！"

"你他妈的到底想干吗？"巴特勒怒吼道。

大副松开手，恶狠狠地瞪了船长一眼，转身要走。

"你给我站住！你知道你在干什么吗？"

大副没有吭声，气鼓鼓地看着船长。

"你这个斜眼黑人，竟敢和我耍横，看我不弄死你！"船长咒骂道。

论身高，他比大副整整矮了一头，论体重，他也不是大副的对手，但他知道该怎么对付当地船员。他手指上戴着一个好钢打制的套环，而且从来不摘。当然，这种小伎俩为绅士们所不齿，但他不是绅士，也不按照绅士的套路出牌。巴纳纳斯还没反应过来。说时迟，那时快，他右臂猛地一挥，带着钢制套环的拳头不偏不倚恰好击中大副的下巴。大副就像一头牛被屠夫用刀劈中一般，直挺挺地栽倒在地，人事不省。

"让他长点儿记性！"船长大吼道。

巴纳纳斯躺在地上一动不动。这时，女孩打开舱门，走了出来。

"你把他打死了？"女孩害怕极了。

"这次留他一条狗命。"

船长喊来几个人，把大副抬到床上，然后心满意足地搓着手，镜片后面一双蓝蓝的眼睛格外有神。女孩好像是吓坏了，神情怪异，一直没有说话。她两手紧紧抱着船长，像是在保护他免受什么伤害似的。

巴纳纳斯接连躺了两三天才下床走出船舱。然而，他的伤口尚未完全愈合，面部依然肿胀得厉害。尽管皮肤黝黑，青紫色的瘀痕仍非常醒目。在甲板上，他见到了船长，正打算偷偷溜走，没想到被船长看到了。听到船长喊他，他没有说话，慢慢走了过去。

"巴纳纳斯，你给我听着，"天气太热，船长用手向鼻梁上方推了推眼镜，"我不会因为这件事解雇你，但你要知道，我不出手则已，一出手就够你喝一壶的。希望你从此长点儿记性，不要没事找事！"

说完，船长向大副伸出一只手，冲他笑了笑，这正是船长的魅力所在。大副握住船长的手，尚未消肿的嘴唇动了动，勉强笑了笑。在船长看来，这件事就算是过去了。当天晚上吃晚餐时，船长就巴纳纳斯的这副模样开起了玩笑。巴纳纳斯本来形象不佳，再加上肿胀得厉害，而且青一块紫一块，真可谓惨不忍睹。

那天晚上，船长坐在上层甲板抽烟斗。突然，他感觉全身直打冷颤。

"这天既不冷也不热，我怎么一个劲儿地打冷颤呢？"船长自言自语道，"难道是受凉了？今天一整天都感觉不太舒服。"

他睡觉前吃了两粒奎宁，第二天早上似乎有点儿好转，但感觉身体虚弱，就像昨天晚上喝醉了酒似的。

"可能是肝脏出问题了。"他嘴里嘟囔道，又吃了一粒奎宁。

巴特勒船长一整天没有吃东西，到了晚上愈发觉得难受。既然吃药不见效，他还有别的法子，那就是喝几杯热威士忌。然而，三杯热威士忌下肚，也没感到舒服多少。第二天早晨一起床，他照了照镜子，发现自己脸色很不好。情况似乎不太妙。

"如果病情没有好转，一回到火奴鲁鲁就去请登比医生。他一定能把我治好。"

他食欲不振、四肢无力，睡眠还可以，但醒来后并不感到精神振作，反而有精疲力竭之感。这个矮胖男人一向精力旺盛，根本无法忍受整日躺在床上。前两三天，他还能咬牙坚持。几天过后，他便发现自己无法抗拒其骨子里的疲倦无力，乖乖地躺在了床上。

"你放心，船上的事由巴纳纳斯管着，肯定错不了。"他告诉女孩说，"以前我喝醉了酒，都是他管的。"

不知有多少个夜晚，自己和酒友们喝得酩酊大醉，回来后一头扎在床上，醉得连话都说不清楚。一想起这些，船长情不自禁地笑了起来。当然，这都是在遇到这位心爱的女孩之前的事了。他对女孩笑了笑，拍了拍她的手。此时此刻，女孩既困惑又焦虑。他看得出来，便一再安慰她，说自己从小没有生过什么大病。不出一个礼拜，就会好的。

"我还是建议你把巴纳纳斯赶走。"她回答说，"我觉得一定是他在捣鬼。"

"幸亏我没听你的。要不然我现在就得抓瞎了。若论开船，巴纳纳斯这家伙绝对是好样的。"他的蓝眼睛暗淡无光，连眼白也开始泛黄了，却仍然在不停地转动，"宝贝儿，你不会认为他要毒死我吧？"

她没有回答。她最近几天一直在关注船长的饮食，并且已经和那个中国厨师谈过一两次了。船长的饭量大大减少，一天连两三碗汤都很难喝下。他身体暴瘦，胖乎乎的圆脸蛋变得苍白、憔悴。他真的病了。奇怪的是，他全身不疼不痒，只是四肢无力、日渐消瘦。这次出海来回用时接近一个月。回到火奴鲁鲁时，船长自己也害怕了。他已卧床半个月了，身体非常虚弱，根本不能起床去看医生。他派人给医生捎去了口信，希望他亲自到船上来给他看病。医生给他做了检查，但未能发现病因。船长的体温等各项指标都很正常。

"船长，"医生说道，"实话告诉你，我也不知道你究竟得的是什么病。你应该住院好好检查检查。你身体的各个器官都没什么大毛病。依我看，顶多住上几个礼拜就能出院。"

"我决不能丢下我的船。"

船长解释说，他的中国船东性格比较古怪。如果他丢下船去住院，船东就会解雇他。他非常需要这份工作。只要他待在船上，就能受到合同的保护。当然，他也不能丢下那个女孩。再也找不到比她更好的护士了。目前只有她能帮助自己渡过这个难关。人终有一死，他宁愿死在这艘船上。医生见他不听劝告，只好作罢。

"那我就给你开点儿药吃吧。"医生感到很为难，"看看吃了能否管用。无论如何，你需要卧床休息一段时间。"

"医生，即便你允许我到处乱跑，我也跑不动了。"船长回答说，"我现在身体非常虚弱，和小猫咪差不多。"

医生开的药方，他一眼都没看。为了给自己解解闷，医生刚刚出门，他便用那张写着药方的纸条点燃了雪茄。事实上，现在雪茄在他口中已经毫无味道，抽它只是为了劝说自己病情并不是很严重。那天晚上，他的两个开不定期货船的朋友闻讯赶来探望。他们一边喝着苏格兰威士忌，抽着菲律宾雪茄，一边讨论船长的病情。其中一个朋友说，他有个大副也得过这种怪病，跑遍了美国的各大医院都没治好。后来，他在报纸上看到一个秘方，心想试试看管不管用。意想不到的是，仅仅吃了两瓶，就彻底痊愈了。这场病使巴特勒船长变得格外清醒，他似乎读懂了这两位朋友的言外之意——在他们看来，他活不长了。朋友离开后，他感到一种莫名的恐惧。

这一切都被女孩看在眼里。她一直想请当地的土著医生来给他看看，但船长坚决不同意。此时此刻，她感觉机会来了。

船长这次听了女孩的建议，没有断然拒绝。他感到非常奇怪：那个美国医生竟然诊断不出他得了什么病？假设他真的得了一种怪病，难道该死的黑人比那个美国白人医生医术还要高明？他转念又一想，如果他答应让该死的黑人来给他看病，能够让他心爱的女孩心里感到宽慰的话，那又何乐而不为呢？于是，他告诉女孩，愿意听从她的安排。

第二天晚上，一位当地土著医生如约而至。

船舱里点着一盏油灯，光线昏暗。船长躺在床上，处于半睡半醒状态。舱门开了，女孩踮着脚尖悄悄进入舱内，医生紧紧跟在她的身后。看着两人神神秘秘的样子，船长心里直想笑。然而，他的身体太虚弱了，笑容在他眼中只是一闪而过。医生是个骨瘦如柴的小老头儿，脑袋光秃秃的，一根头发也没有。他腰弓背驼，满脸皱纹，好似一棵百年老树，但眼睛分外明亮、炯炯有神，在昏暗的船舱中闪闪发光。他上身赤裸，一条粗布裤子又脏又破。他半蹲半坐，两眼盯着船长看了足足十分钟。然后，他用手仔细摸了摸船长的手心和脚底。女孩一会儿看看船长，一会儿看看医生，满脸恐惧。三个人都没有说话。过了一会儿，医生问女孩要一件巴特勒船长穿过的衣物。女孩便把船长经常戴的那顶旧毡帽递给了他。

医生接过帽子，坐在地上，两手紧紧抓住帽子，身体前后慢慢摆动，口中念念有词，但声音很低。

突然，他轻轻叹了一口气，放下帽子，从裤兜里摸出一只破旧的烟斗，将它点燃。女孩走过去，紧挨着他坐下。不知医生低声对她说了句什么，女孩听后大惊失色。两人低声交谈了几分钟，语速很快，然后一起站起身来。她给了医生一些钱，给他敞开舱门。和进来时一模一样，医生悄悄走了出去。

姑娘走到船长床边，俯下身子，对着他的耳朵轻声说道：

"你的敌人在诅咒你，要你死。"

"别说傻话了，我的美人儿。"他根本不相信。

"是真的。千真万确。你这种情况，我以前亲眼见过。美国医生根本治不了，只有我们当地的土医生能够看得出来。之所以你现在还没死，只是因为你是个白人。"

"我没有敌人。"

"巴纳纳斯。"

"他咒我死有什么好处？"

"如果一开始你就赶他走，他就无机可乘了。"

"假如真的是他在搞鬼，我就更不用害怕了。"

她两眼盯着他，似乎有什么话要说。

"你眼看就要死了，怎么还不相信？"她沉默了好大一会儿，最终还是说了出来。

这也应该是昨天晚上前来探望他的两位朋友心里的想法，只是没有说出来罢了。船长脸色苍白，心里非常烦躁。

"医生说了，我没什么大毛病，安心静养几天就会好的。"

她把嘴唇贴在船长的耳朵上，好像怕被空气偷听到似的，压低声音说道：

"你要死了，要死了，要死了。你会跟着下弦月①一起离开这个世界的。"

"谢谢你告诉我。"

"除非巴纳纳斯先死。"

船长决非胆小怕事之辈，再加上见多识广，女孩说的话及其说话时严肃的表情，尽管也让他惊恐不安，但他很快就平静下来，眼神中又闪过一丝笑意。

"那就听天由命吧，我的美人儿。"

"还有最后十二天。"

女孩的话似乎提醒了他。

"听我说，我的美人儿，你刚刚说的这些话，我一句也不相信。不论你怎么说，我是不会赶巴纳纳斯走的。他虽然长相不怎么地，但绝对是一个好大副。"

他本来想多说几句，但突然间感到体力不支，于是闭上了嘴巴，连眼睛也合死了。每天这个时候，他都觉得头晕目眩，四肢无力。女孩盯着他看了一会儿，便起身离开了。那天晚上，月亮近乎圆满，天空中没有一丝云彩，皎洁的月光洒满了辽阔的海面。女孩望着月亮，心中惊恐万分。她知道，一旦它离开这个世界，她所爱的人就会死去。现在，只有她可以救船长。船长的生死全靠她了。她知道，那个敌人非常狡猾，正躲在暗处观察自己，她必须保持高度警惕才行。然而，她不知道那个敌人是否已经猜到她想干什么。一旦自己的想法被他看穿，那就一切都完了。她必须弄死他。只有他死了，才能保住船

---

① 下弦月（the old moon），月相变化的顺序是：新月—蛾眉月—上弦月—盈凸—满月—亏凸—下弦月—残月—新月，周期大约是一个月。下弦月出现在下半月二十二、二十三的下半夜，出现在东半边天空，东半边亮。

长的命。她必须想办法把他引诱到一个盛满水的葫芦旁边。只要在水中看到他的身影，并把他水中的身影搞得支离破碎，他就会像遭到雷击一样死去。水中的影子就是他的灵魂。对于身为本地土著的大副来说，这个法子自然是雕虫小技，很难引他上钩。绝对不能让他意识到，有人正打算使用这个法子置他于死地。她非常清楚，只有做得天衣无缝，才能成功。现在时间所剩无几。她必须尽快动手。想到这里，她深深吸了一口气。

距离下弦月离开这个世界还有十天，他们再次启航出海。船长健康状况十分糟糕。他已经瘦得皮包骨头，话都说不出来了。如果没人帮忙，几乎连起身都成问题。大副实在是太狡猾了。她知道自己必须耐住性子，不能轻举妄动。一天，他们来到一座小岛卸货。这时，距离下弦月离开这个世界还有整整七天。该行动了！她把自己的一些贵重衣物从她和船长共住的舱室里偷偷拿出来，捆成一包，放在她和大副一起就餐的甲板舱室。到了就餐时间，她走进甲板舱室，虽然大副急忙转过头去，仍然被她看到他在偷偷察看她的包裹。俩人都没有说话，但她知道大副心里在想什么：她打算抛下船长，一个人跑路。而且为了不让船长发现她的图谋，她正一点儿一点儿地把东西往甲板舱室里搬，其中包括船长的几件衣物。

大副实在是忍不住了，指着一件细帆布外套，问她道：

"你拿这东西做什么用？"

"给我父亲穿。"她耸耸肩膀。

他大笑了一声，那张丑陋的脸更加吓人。巴特勒船长快要死了，她打算带走所有能够带走的东西。

"要是我不同意呢？东西是船长的。"

"你又不需要。"她回答说。

墙上挂着一只葫芦。我第一次来见船长时就已经看到它了，前面已经有过描述。她把它拿下来。葫芦上落满了灰尘。她从水壶里倒了些水出来，开始清洗起来。

"你拿它做什么用？"大副问道。

"能卖五十美金呢。"她回答说。

"你带走可以，但总得感谢感谢我吧。"

"你想干什么？"

"我想干什么？你心里很清楚。"

她瞥了他一眼，唇边露出一丝笑意，随即转过身去。大副欲火中烧、气喘不止。他纵身扑了过去，把她搂入怀中。女孩笑了，将一双圆润的胳膊绕在他的脖子上，两片柔软的嘴唇印在他的嘴唇上。两人纠缠扭结在一起，成为了一体。

第二天早上，她把大副从沉睡中唤醒。清晨的阳光已经洒满了甲板舱室。大副把女孩搂在怀中，告诉她说，船长最多还能活一两天。船主再找一个白人船长也不太容易。如果他愿意少要一点儿薪水，应该可以得到这份工作。这样一来，女孩就可以和他继续留在这艘船上了。女孩看着他，一双眼睛脉脉含情，两片柔软的嘴唇再次印在他的嘴唇上。这次用的是外国人用的方式，是船长教她的。女孩同意留下来。巴纳纳斯心花怒放，完全陶醉在幸福之中。

此时不动手，更待何时？

她站起身来，来到桌子跟前梳理头发。甲板舱室里没有镜子，她就把水倒进葫芦，以水面为镜。她梳理好头发，招手示意叫巴纳纳斯过去。她指着葫芦说道：

"底部有脏东西。"

巴纳纳斯放松了警惕。他探过脑袋，朝葫芦里看去，他的身影瞬时便浮现在水面。说时迟，那时快，女孩用手猛击葫芦，顿时水花四溅，水中他的身影也随之变得支离破碎。巴纳纳斯大叫一声，向后倒退了几步，两眼恶狠狠地盯着女孩。她站在原地，脸上露出了胜利者的笑容。突然，大副面色青紫，两眼上翻，四肢抽搐，像服了剧毒一般，"咚"的一声直挺挺地摔倒在甲板上。不一会儿，他就一动不动了。

女孩俯下身子，用手摸了摸他的脉搏，又看了看他的瞳孔。巴纳纳斯死了。

她来到巴特勒船长床前。船长苍白的脸颊已经有了一点儿血色。他看着她，一副非常吃惊的样子。

"出什么事了？"他低声问道。

整整两天了，这是他说的第一句话。

"一切照旧。"她回答说。

"不对。我觉得不太对劲。"

他闭上双眼，很快就睡着了，睡了整整一天一夜。一觉醒来，他就吵着要食物。仅仅过了半个月，他就完全康复了。

我和温特坐着小船回到岸上时已经是深夜了。天知道我们喝了多少威士忌和苏打水。

"这件事，你怎么看？"温特问我道。

"我不知道该如何回答。"

"船长说的句句是真。"

"这我相信。实话说，我对此事是真是假并不感兴趣。令人不解的是，这种事情竟然发生在这几个人身上。一个矮胖男人竟然能让这样一个漂亮女孩如此痴情。刚才，我一边听船长讲，一边仔细端详睡在他身边的她，心里非常感慨：爱情果真能够创造奇迹。"

"她俩不是一个人。"温特说道。

"你这话什么意思？"

"你没仔细看船长的中国厨师？"

"看了。这个世界上我见过的、长得最丑的人非他莫属。"

　　"这就是巴特勒雇用他的原因。故事中的那个女孩去年跟着上一个中国厨师跑了。这个女孩和船长在一起也才仅仅两个月。"

　　"我的脑子乱极了。"

　　"船长认为，这种长相的厨师让人放心。如果我是他，绝不会这么自信。中国人，无论是长得丑的，还是长得俊的，都不可小瞧。如果他们用尽心思去讨好一个女人，很少有失手的时候。"

（薄振杰　赵辉　译）

午餐

第二次见到她，是在一次音乐会上。幕间休息时，看到她向我招手，我便走过去和她坐在一起。第一次见她已经是很久以前的事情了。如果不是听到有人喊她的名字，我根本认不出她来。她非常热情，对我说道：

"好久不见。时间过得可真快啊！转眼间我们都老了。我们见过面的。你还记得吗？那天你还请我吃午餐呢。"

我怎么可能忘记呢？

二十年前，我旅居巴黎，在拉丁区①租借了一间面积很小的公寓。透过窗子，可以俯瞰教堂的墓地。由于收入太少，生活拮据，勉强才能填饱肚子。她读过我写的一本书，并给我写来一封长信谈论这本书。出于礼貌，我给她回信表示感谢。没过多久，我又收到了她的来信。她在信中说，她星期四路过巴黎，想和我见面聊一聊。因为她早上还要去卢森堡公园逛一逛，便问我，中午能否在福约餐厅请她吃个便餐。福约是一家法国议员经常光顾的餐厅，我根本消费不起，也从来没有这种非分之想。然而，她的恭维技巧实在是太高了，我不禁有点儿飘飘然，再加上

----

① 拉丁区（the Latin Quarter），位于巴黎五区和六区之间，是巴黎著名的学府区。

当时年轻，还不知道如何拒绝女人（在这里我不妨多说一句：男人天生不会对女人说"不"。有些男人到死都学不会。）再者，我觉得一顿便餐最多不会超过十五个法郎。我本月的生活费还剩有八十个法郎。如果剩下的半个月不喝咖啡，勉强还能对付过去。

我回信告诉她，周四中午十二点半，我在福约餐厅等她。她当时四十岁的年纪，远非我想象的那么年轻（这个年纪女人味十足，但很难令男人一见倾心）。她身材魁梧、富态；牙齿整齐、洁白，而且又大又多。非常健谈。当然，我早已作好了当听众的心理准备。

当菜单拿来时，我吓了一大跳：太贵了！价格大大超出了我的预期。好在她说的话让我安心了许多。

"我午餐不吃东西。"她告诉我说。

"别客气！你想吃什么，就点什么！"我故作慷慨道。

"好吧，那我就点一道菜，就一道！也不知道什么原因，大家都太能吃了。那就来点儿鱼好了。不知道他们是否有鲑鱼这道菜。"

当时还不是吃鲑鱼的时节，而且菜单上也没这道菜。出于礼貌，我问了问侍者。没想到还真有。侍者回答说，福约今天刚好购得一条上等的鲑鱼。也就是说，如果我们要，那就是这家店今年第一次做这道菜。我只好为她叫了一份。侍者非常热情，问她道，现在鱼还没有做好，要不要先来点儿别的什么。

"不要了。"她回答说，"我午餐只吃一道菜。当然，如果再来点儿鱼子酱①，我也不介意。"

我的心凉了半截。如果再点份鱼子酱，我下半月就会有几天要饿肚子了。尽管如此，我还是咬紧牙关，吩咐侍者上了一份鱼子酱，然

---

① 鱼子酱（Caviar），又称鱼籽酱，鲟鳇鱼卵的腌渍品。与鹅肝酱、黑松露并称世界三大奢华美食。

后给自己点了菜单上最便宜的一道菜：烤羊排。

"吃肉对胃不好！"她批评我道，"这道菜太油腻！难消化！如果让我吃下它，今天下午就不能工作了。"

菜肴问题解决了，该考虑一下酒水了。

"我午餐从不喝酒。"她语气很坚决。

"我也不喝。"我立即附和道。

"白葡萄酒倒是可以考虑。"她好像没有听见我的话，继续说道，"尤其是法国产的白葡萄酒，美味可口，而且有助于消化。"

"那就来一杯吧。"我嘴上这么说，语气已经没有刚才那么热情了。

她好像没有感觉到，友好地冲我笑了笑，一口白牙令笑容分外灿烂。

"医生只允许我喝香槟。"

我觉得我的脸色应该变得难看极了。我给她叫了半瓶香槟，漫不经心地说了一句：

"医生不让我喝香槟，一滴也不行。"

"那你喝什么？"她问我道。

"白水。"

她兴高采烈，谈笑风生，一边品尝鲑鱼、鱼子酱，一边大谈艺术、音乐和文学。我则心不在焉、一言不发，脑子里一直在琢磨这顿究竟会花多少钱。等我的烤羊排端上来后，她一脸严肃地对我说道：

"你午餐吃得太多，而且油腻，这个习惯可不好，有害健康。如果你午餐吃得少一点儿，清淡一点儿，我敢保证，你的健康状况一定会比现在要好很多。你应该向我学习。"

"你吃得并不比我少啊。"我反驳她道。

这时，恰好侍者手拿菜单向我们走来。她向侍者摆摆手，示意他站在一边等候。

"我平时不是这样的。我午餐一般不点东西。即便吃的话，也只吃一丁点儿。我今天之所以点了这么多东西，只是把它当成是和你聊天的一个由头。尽管如此，我也不想再吃了，除非他们家有芦笋。尝不到芦笋，我这次来巴黎就等于白来了。"

我的心彻底凉了。我去商店买菜时看见过芦笋，令人垂涎欲滴，但价钱贵得吓人。

"这位女士想吃芦笋。你们店有没有？"我问侍者道。

我特别希望听到他回答说"没有"。然而，侍者一听高兴坏了。他满脸笑容，非常肯定地说，他们店做菜用的芦笋个头大，而且鲜嫩，全巴黎做得最好。

"我已经吃饱了。"我的客人长长地叹了一口气，"如果你一定要请我尝一尝，我也不介意。"

我给她点了芦笋。

"你呢？"

"我不要。"

"的确有人天生不爱吃芦笋。但你不像。你应该是吃了羊排的缘故。"

此时此刻，我心里慌乱极了：不是因为我在担心这个月剩下的日子该如何填饱肚皮，而是因为我在担心能否付得起这顿饭钱。假设差十个法郎，我该怎么办？开口向客人借？那太丢脸了。打死我也不能这样做！我决定，如果带的钱不够付账，我就把手往口袋里一伸，然后大喊一声，说钱被扒手偷走了。如果她带的钱也不够付账，那我就无计可施了。唯一能做的事就是，留下我的手表做抵押，回家取钱来赎。

芦笋端上来了：量大、汁浓、味香。对我来说，福约的大厨用黄

114

油烹制的芦笋，就像闪米特人^①供奉给耶和华的羊脂。菜香钻进我的鼻腔，沁入我的肺腑。我一边眼巴巴地看着那个无耻的女人大口大口地吃着芦笋，一边彬彬有礼地和她谈论着巴尔干半岛戏剧界的现状。她终于吃完了。

"来杯咖啡？"我问她道。

"就来一杯。一个冰激凌、一杯咖啡。"她回答说。

事已至此，我索性豁出去了，给她要了一个冰激凌和一杯咖啡，也给自己点了一杯咖啡。

"关于吃饭，我有一个原则，"她边吃冰激凌，边对我说，"只吃四五成饱。也就是说，离开餐桌时，感觉自己还能再吃点儿。"

"你现在需不需要再吃点儿？"我问她道，声音很小。

"哦，不用了。我一日两餐，从来不吃午餐，早餐只喝一杯咖啡。遇到特殊情况，午餐非吃不可的话，就像今天，我一般也只吃一样东西。你应该向我学习。"

"谢谢，我会的。"

我们在等咖啡。这时，一件意想不到的事情发生了。侍者领班提着一个大篮子向我们快步走来。篮子里装满了硕大的桃子。他满脸堆笑，表情近乎谄媚。桃子则个个颜色鲜艳，犹如少女粉红的脸蛋儿。整体色调很像意大利的风景画。现在还不到桃子上市的时候。买一个这样的桃子需要花多少钱，只有上帝才知道。不过，我马上就会知道了——我的客人一边教导我，一边伸手拿了一个大桃子。

"你刚才吃了那么多肉，把肚子都塞满了。"——她指的是我点的那块小得可怜的烤羊排——"千万不能再吃了。但我刚才只是稍微

---

① 闪米特人（Semites），西亚和北非说亚非语系闪语族诸语言的人的泛称。有人用来专指犹太人。

'点心'了一下，完全可以再品尝一个桃子。"

账单来啦。付完餐费，剩下的钱作为小费根本拿不出手。她眼睛一直盯着我递给侍者的三个法郎，我知道她在嫌弃我不够大方。她哪里知道，走出饭店时，我已经不名一文，完全不知道该如何打发这个月剩下的日子。

"你要向我学习，"我们握手道别时，她再次告诫我说，"午餐最多只吃一道菜。"

"我可以比你做得更好，"我揶揄她道，"我发誓，今天晚餐不吃了。"

"你太幽默了！"她大笑着跳上了一辆出租马车，"幽默极了！"

我最终还是报了这一箭之仇。当然，我并非那种睚眦必报的人。看到她体重足足有三百磅，我感到幸灾乐祸也是可以理解的。俗话说，上帝是公平的。人世间竟然发生这种事，估计连上帝都看不下去了。

（匙逸然　薄振杰　译）

蚂蚁和蚱蜢

　　我很小的时候，就开始背诵拉封丹[①]的寓言故事，而且对其寓意略知一二。其中有一篇寓言名字叫作《蚂蚁和蚱蜢》。它告诫人们，未雨绸缪，天道酬勤。这则劝世良文的主要内容大致是这样的（也许大家已经知道，也许并不尽然）：蚂蚁为了筹集过冬的食物，整个夏天都头顶烈日，辛勤劳作；蚱蜢却整日躲在草丛中又唱又跳，日子过得逍遥自在。冬天到了，蚂蚁粮食充足，吃得又白又胖；蚱蜢则无米下锅，饿得眼冒金星。最后，他实在坚持不住了，只好厚着脸皮跑到蚂蚁家，乞求蚂蚁施舍给他一些粮食吃。

　　"你整个夏天都在干吗？"蚂蚁问蚱蜢道。

　　"唱歌、跳舞啊。"蚱蜢回答说。

　　"唱歌、跳舞能当饭吃吗？你现在怎么不唱不跳了？继续去唱啊跳啊！"

　　对于这则寓言所揭示的道理，我当时并不认同。究其原因，也许是因为年龄太小、不明是非所致，但绝非性格乖张使然。我同情蚱蜢，讨厌蚂蚁。有一段时间，我一见到蚂蚁，就想一脚踩死它。通过这种任性、滑

---

　① 拉封丹（Jean de La Fontaine，1621—1695），法国古典文学代表作家之一，其代表作《寓言诗》与《伊索寓言》和《克雷洛夫寓言》并称世界三大寓言。

稽的方式（我后来发现，其他人也是这样）来表达我对这则寓言观点的反感与不满。

前几天，当看到乔治·拉姆齐时，我又想起了这则寓言。当时，他正一个人坐在一家餐馆里就餐，两眼望天，愁容满面，好像遇到了天大的麻烦。一定是他那不省心的弟弟又给他惹祸了。我走到他面前，和他打招呼道：

"你好！"

"不好。"他回答说。

"又是因为汤姆？"

"是的。"他叹了口气。

"别再为他操心了。他已经不可救药了。难道你还不死心？"

家家有本难念的经。二十年来，汤姆成了全家人的一个心病。无可否认，已经是两个孩子父亲的他一开始倒是表现挺好的：经商，成家，生子。拉姆齐家族社会威望很高，受人尊重。只要积极上进，他也一定会出人头地。出乎众人意料的是，有一天，汤姆突然宣布，他要享受人生，不仅辞职不干，而且连家庭也不要了。任何忠告他都听不进去，带着自己手头的一点儿积蓄，辗转欧洲各国首都，度过了两年他所谓的欢乐时光。亲戚们听说了他的所作所为，几乎惊掉了下巴。是啊，暂且抛开其他可能有的后果不谈，就算这两年他过得非常快活，一旦积蓄花完了，又该怎么办呢？他们发现，汤姆·拉姆齐能够靠举债度日。他风度翩翩，交友广泛。无论向谁借钱，都能如愿以偿。通过这种厚颜无耻的方式，他不仅每月收入不菲，而且非常稳定。他常说，应该把钱花在吃喝玩乐上。他花钱如流水，一旦把从朋友那里借来的钱花光了，就去找哥哥乔治要。乔治为人忠厚，容易上当受骗。面对汤姆的花言巧语，他根本招架不住。汤姆向他发誓，说自己知道错了，马上就改，乔治就真的相信他。为了帮助汤姆重新开始，乔治经常拿钱给他用。有一次，不，应该是两次，他给了汤姆一大笔钱。然而，汤姆拿到钱后，马上就跑去购买豪华汽车、珠宝首饰等等，很快挥霍一空。由于多次上当受骗，乔治终于认识到，汤姆是不会改邪归正的，最后的结果就是他的腰包也被掏空，于是决定不再拿钱给汤姆用了。汤姆发现自己的诡计已经被乔治识破，又想出了新的鬼点子：跑到乔治经常去吃饭的酒店吧台调制鸡尾酒，或在乔治开办的俱乐部门口开出租车载客。自己是一名受人尊敬的律师，而亲弟弟却是这个样子，乔治感觉非常没面子。汤姆趁机讹诈他，说做酒店吧台调酒师或开出租车一点儿也不丢人。他很喜欢做。但是，如果乔治愿意每月给他几百镑零花钱，为了家族的面子，他可以放弃。乔治只好又开始拿钱给他。

有一次，汤姆涉嫌诈骗，险些坐牢。经过仔细调查，乔治发现，汤姆确实有问题。乔治非常伤心：汤姆放荡、冲动、自私，但从来没有做过不诚实的事情——乔治的意思是违法的事情。一旦被告上法庭，一定会判刑。任何人都不会眼睁睁看着自己的亲兄弟去坐牢。指控汤姆的那个人叫克朗肖。他不依不饶，声称汤姆是个惯犯，扬言要将他告上法庭，接受法律严惩。乔治费了好多口舌，花费了五百英镑，才把这件事情摆平。然而，克朗肖一拿到支票就立刻将其兑换成现金，和汤姆跑到蒙特卡洛^①快活了一个月。乔治听到这个消息，大发雷霆。说实话，我从来没见过乔治发这么大的火。

二十年来，汤姆·拉姆齐穿华服、吃美食、唱歌跳舞、赛马赌钱、与俊俏女郎厮混，潇洒自在。他衣冠楚楚，满面春风，尽管已经四十有六，但看上去却连三十五岁都不到。他神采飞扬、魅力十足，

---

① 蒙特卡洛（Monte Carlo），摩纳哥公国的一座城市，位于地中海之滨、法国东南部，是世界著名的赌城。

尽管人人都知道他好吃懒做，但却都愿意和他交往。为了生计，他也经常向我借钱，每次五十镑，但从来不还。尽管如此，我仍然对他有求必应，而且好像是我欠他的钱似的。无人不识、无人不晓汤姆·拉姆齐。尽管他人品不好，但很讨人喜欢。

可怜的乔治，仅仅比汤姆年长一岁，看上去却像一个六十岁的老头子。二十五年来，他每年的休假时间加在一起也不超过两个星期。而且，每天早上九点半准时上班，下午不到六点绝不下班。他品行端正，为人正直，工作勤恳。他是一个好丈夫，对妻子忠实。他是一个好父亲，视四个女儿为掌上明珠。他每月都将收入的三分之一储存起来，计划等到五十五岁退休后便搬到乡下去住：买上一栋小房子，种种花草，打打高尔夫球。这样的人生真可谓白璧无瑕。一想到自己正在逐渐变老，他便快活无比。汤姆也在变老。他揉搓着双手，口中说道：

"汤姆只比我小一岁，再过四年也五十岁了，靠脸吃饭的日子没有几天了。到了那个时候，他一文不名，而我的存款却多达三万镑。二十五年来，我一直在说，汤姆最终会流落街头的。如果你不信，那我们就走着瞧！我倒要看看他到那时会怎么办？我倒要看看笑到最后的是勤劳善良的人还是好吃懒做者?!"

可怜的乔治！我真的很同情他。我坐在他身旁，看着他难过的样子，心里猜想，难道汤姆又闯大祸了？

"他最近干了一件大事。你知道吗?"他问我道。

"难道汤姆被警察抓走了?"我禁不住朝着最坏处去想。

"我工作勤恳、为人正派、品德高尚、心胸宽广。为了不辜负赋予我生命的上苍，无论是对待工作还是家庭，无论是对待亲人还是朋友，无论是对待长辈还是子女，我都尽职尽责，全力以赴。勤俭节约了大半辈子，退休后也只能靠买金边债券^①安度晚年。我说得对不对？"

"对。"

"汤姆好吃懒做、游手好闲、荒淫无耻、猪狗不如。如果还有正义可言，就应该把他送进感化院。我说得对不对？"

"对。"

乔治脸涨得通红。

"几个星期前，他和一个老得可以做他妈的女人订了婚。现在，那个女人死了，留给汤姆足足五十万英镑，还有一艘游艇、伦敦的一套豪宅，以及乡下的一套别墅。"

乔治拳头紧握，重重地砸在桌子上。

"这不公平。是的，不公平。该死！太不公平了。"

我也不知道这该如何解释。看到乔治怒气冲冲的样子，我忍不住放声大笑起来，身子在椅子上左摇右摆，差点儿一头栽到地上。乔治至今耿耿于怀。汤姆倒是经常邀请我去他位于伦敦梅菲尔区^②的豪华住宅享受美味佳肴，偶尔也会因为习惯使然，问我借点儿小钱，但每次都不会超过一个英镑。

（李梦睿　薄振杰　译）

---

① 金边债券（gilt-edged securities），亦称"金边证券"或"优等证券"，最初是指自 17 世纪起英国政府发行的公债券，因其带有金色边框、安全性高而被誉为"金边证券"。现在一般指由一国中央政府财政担保还本付息、具有最高信用等级的债券。

② 梅菲尔区（Mayfair），伦敦的上流社会住宅区。

家

　　英国的萨默塞特郡[①]多山多谷。山谷中有一个小村子。村子里有一座式样老旧的石头住宅。该住宅有好几间屋子，还有谷仓、羊圈和马厩，大门上方清楚地刻着建造日期——1673年，字体隽秀雅致，古色古香。这座老宅子饱经风霜，原本洁白的墙面现已变成灰黑色，和其四周林立的树木融为了一体。宅子前面是一个花园。花园错落有致，充满生机。在它和通向村外的一条大路之间有一条林荫大道，栽种的都是榆树。这两样东西，即便放在名门望族的豪宅前，也是锦上添花。乔治·梅多斯一家人就住在这座老宅子里，为人处世也像这座老宅子一样沉稳、坚强、朴实。如果说他们难免也会"高调"一次，那就是喜欢吹嘘：自从这座老宅子建成以来，他们家就住在这里。从祖父，到父亲，再到孙子，祖祖辈辈，生在这里，死在这里。三百年来，他们一直在这座老宅子周围的土地上耕种。乔治·梅多斯今年刚刚五十岁，妻子比他小一两岁，身体健康，为人正直。他们有两个儿子、三个女儿，个个体健貌端。他们不知道什么叫"绅士""淑

[①] 萨默塞特郡（Somersetshire），位于英格兰西南部。

女", 只知道本本分分做人, 并为此而感到自豪。我喜欢走南闯北, 也算是一个见过大世面的人, 但从来没见过这样和谐、幸福的家庭: 人人勤劳、友善、快乐, 小辈服从长辈, 就像贝多芬的交响乐和提香①的绘画。他们一家人生活得很幸福、美满。当然, 如果其他家庭也能够像他们这样生活, 也会幸福、美满。值得一提的是, 这座老宅子的主人并不是乔治·梅多斯(村子里的人都这么说), 而是他的老母亲。老太太个头很高, 两眼有神, 仪态端庄。虽然今年七十岁, 满脸皱纹, 头发花白, 但腰不弯, 背不驼。她的话在这个家里就是法律, 但她很仁慈, 一点儿也不专制。她非常幽默, 很会讲笑话, 能让你一直笑个不停。她像商人一样精明。若想和她斗智斗勇, 大多难以占得上风。她为人行事既坚持原则, 亦灵活务实, 轻重有度, 不同凡响。

一天, 我在回家的路上, 碰到了乔治夫人, 即乔治·梅多斯的妻子(乔治·梅多斯的母亲是梅多斯太太, 全村的人都这样称呼她们)。她整个人看起来心神不宁。

"今天我们家来了一位客人。你猜, 是谁?"她问我道。

"我猜不出来。"

"乔治叔叔。你知道他的。就是那个跑到中国去的乔治。"

"真的吗? 你们不是说他早已去世了吗?"

"他现在还活着。"

关于乔治·梅多斯叔叔的故事, 很像一个民间传说, 我已听过至少不下十次了。奇怪的是, 每次听人讲起, 我都觉得很感人、很有趣。五十多年前, 梅多斯太太还是艾米丽·格林时, 乔治叔叔和他哥哥汤姆同时爱上了她。最后, 艾米丽选择了汤姆, 乔治则离家出走,

---

① 提香(Tiziano Vecellio, 1490—1576), 意大利文艺复兴盛期威尼斯画派的代表画家, 在油画技法上对后期欧洲油画的发展有较大影响。

去了国外。

后来，梅多斯一家听人说，乔治跑去了中国。最初的二十年，乔治还经常寄些礼物给他们，但后来就没有音信了。汤姆去世时，梅多斯太太还特地写了一封信告诉乔治，也一直没有收到他的回信。因此，他们认为，乔治一定不在人世了。令人想不到的是，就在两三天前，梅多斯一家收到了朴次茅斯①"海员之家"女主管的一封来信，看后大吃一惊。信上说，过去十年间，乔治叔叔因为患有风湿病，行动不便，一直住在"海员之家"疗养。最近一段时间，他自知来日不多，很想回老家看看。于是，梅多斯太太立即派孙子阿尔伯特·梅多斯开着福特车去朴次茅斯把他接了回来。

"你想想看，"乔治夫人告诉我说，"他已经走了五十多年了。他走时，我先生乔治还没出生呢。"

"梅多斯太太什么反应？"我问她道。

"你也知道老太太的脾气。她听说后，只是笑了笑，说了句：'他走的时候还是个小伙子呢。论长相，他比汤姆英俊，但不如汤姆稳重。'这也是她最终选择嫁给汤姆的原因。对了，她还说：'想必他现在应该稳重多了。'"

乔治夫人邀请我去她家见一见乔治叔叔。她至今连伦敦都没去过，是一个地地道道的乡下女人。在她看来，我曾经去过中国，一定能和乔治叔叔聊得来。我接受了她的邀请。一进门，我发现家庭成员已经到齐，坐在厨房里面。厨房很大，砖石铺地。和往常一样，梅多斯太太坐在壁炉边的椅子上，腰身笔直；儿子、儿媳、孙子、孙女围坐在餐桌旁。和往常不一样的是，梅多斯太太穿上了自己那身最好的丝质长裙。壁炉另一边坐着一位老人，蜷缩在一把椅子里。他满脸皱

---

① 朴次茅斯（Portsmouth），位于英格兰东南部汉普郡，临英吉利海峡。

纹，脸色蜡黄，牙齿脱落，瘦得皮包骨头，身上穿的那身旧外套根本就挂不住。

我和他握了握手。

"你好，梅多斯先生，见到你很高兴！"我问候他说。

"叫我船长。"他纠正我道。

"船长是自己从林荫道口走到家的。"阿尔伯特告诉我说，"一到林荫道口，他就让我停车，坚决要求下车步行。"

"不瞒你们说，我已经两年没有下床走路了，本以为今生今世再也不能走路了。这次回来，是他们把我从床上抱进车里的。然而，一看到这些榆树，我就想起了我的父亲——他非常喜欢这些树——我顿时觉得自己又可以下地走路了。五十二年前我离开家乡，走的就是这条林荫道。今天，我回到家乡，走的也是这条林荫道。"

"又在犯傻！"梅多斯太太奚落他道。

"对我来说，能够下地走路是件天大的好事。现在，我觉得身体比十年前还要好。艾米丽，看来我要送你先去天堂了。"

"不要自欺欺人，好不好？"梅多斯太太揶揄他道。

好久没有听到有人这样称呼梅多斯太太了。今天听到乔治叔叔这样称呼她，我不禁吃了一惊，感觉这样做似乎不太礼貌。老太太看着小叔子，目光狡黠；小叔子面对老嫂子的"怒怼"，只是咧嘴直笑，憨态可掬。看着这两位半个世纪没有见面的老人，我非常感慨：他只爱她一个，但她最爱的人却是他的哥哥。我很想知道，他们是否还记得当年彼此曾经说过的话，是否还记得当年心中的感受。我很想知道，乔治叔叔当年为了面前这位老太太，竟然放弃了自己应该继承的遗产，离乡背井，满世界流浪，现在心中有何感受？

"你结婚了吗，梅多斯船长？"我问他道。

"没有。"他笑了，声音直打颤，"在这个世界上，女人多的是，但我只爱一个。"

"你嘴巴说得好听。"梅多斯太太嘲笑他道,"如果有人说你娶了六位黑人妻子,我绝对深信不疑。"

"艾米丽,中国人是黄皮肤,一点儿也不黑。"

"怪不得你的皮肤颜色变黄了。第一眼看到你时,我还以为你得了黄疸病①呢。"

"艾米丽,除了你,我谁也不娶。"

乔治叔叔的这句话绝对是在陈述一个事实,没有任何客套或怨恨的成分。就像你听到有人这样说:"我说过我能连续走二十英里。你看,我做到了。"他感到非常自豪,就连语气也带着一丝得意。

"好吧。如果你真娶了我,你现在肯定会后悔的。"梅多斯太太回答道。

乔治叔叔和我聊起了中国。

"中国的所有港口我都去过。可以这么说,凡是船只能够到达的地方,我一个都没有落下。而且,个个了如指掌。我这辈子的所见所闻,连续说一年都说不完。这绝对不是吹牛!"

"好吧,乔治。你走南闯北,这也干了,那也做了,但据我了解,至少有一件重要的事情你没做。"梅多斯太太戏弄他道,但没有一丝恶意,"那就是发大财。"

"我不喜欢攒钱。挣钱就是为了花的。我经常对自己说,如果有来世,我还会这样度过我的一生。当然,像我这样过一生的人应该不会很多。"

"的确不多。"我应和道。

---

① 黄疸病(Jaundice),由于血液中胆红素浓度超过正常值而使巩膜、黏膜、皮肤及其他组织被黄染的现象。

我两眼盯着乔治叔叔，心里充满了钦佩与尊敬。他的牙齿已经掉光，行走非常困难，而且身无分文，但活得很快乐、很享受。我向他告辞时，他叮嘱我第二天再来看他，并且许诺我说，如果我真的对中国感兴趣，他会把我想知道的一切和盘托出。

第二天早上，我去看望乔治叔叔。我沿着那条林荫大道一直走到花园，看到梅多斯太太正在采摘鲜花。听到我向她问好，她便站起身来，怀里抱着一大束白色鲜花。我瞥了一眼那座老宅子，发现百叶窗尚未拉开，感到很意外。梅多斯太太非常喜欢阳光。她总是这样说：

"等你百年以后，有的是时间享受黑暗。"

我问她道："梅多斯船长呢？"

"他这个人总是不按常规出牌，神出鬼没，防不胜防。"梅多斯太太回答说，"今天早上利兹给他送茶时，发现他已经死了。"

"死了？"

"是的。是在睡梦中死去的。我刚刚采摘了一些鲜花，要放在他的房间里。不管怎样，他能够从外面跑回来，死在这座老宅子里，我为他感到高兴。这对梅多斯家族来说，无疑也是一件好事。"

昨天晚上，为了说服他早一点儿上床睡觉，梅多斯一家费了好大的劲儿。他向他们讲述了自己漫长人生的各种经历。他说，回到老宅子非常开心。他说，不用人搀扶走完门前的林荫大道非常自豪。他还夸口说，自己还能再活二十年。然而，命运是不可抗拒的：他的人生道路画上了句号。

梅多斯太太低头闻了闻抱在怀里的鲜花。

"他能回来，我很高兴。"她轻声说道，"实话说，自从他离家出走以后，我心里一直在嘀咕：我是否嫁对了？"

（薄暖　薄振杰　译）

127

水塘

我是从阿皮亚大都市酒店老板查普林那里知道劳森这个人的。记得那是一天清晨，我坐在这家酒店的大厅里，一边品尝鸡尾酒，一边听查普林讲述这座岛上的人和事。说实话，当时我对劳森的印象并不好。

查普林是一位优秀的采矿工程师。也许是性格的原因，他选择定居在这样一个无法发挥其所学专长的地方，从事着这样一种无法发挥其专业能力的职业。查普林身材矮小，不胖不瘦，头发稀疏灰白，胡须不多而且不整齐。因为常年日晒和酗酒的缘故，一张脸总是红彤彤的。酒店虽然名字很气派，但规模并不大，只是一座小小的两层楼。名义上讲，查普林是老板。实际上，酒店由他夫人掌管。查普林夫人是位澳大利亚人，四十五岁，四肢修长。虽然面孔有点儿憔悴，但身强力壮。她精明干练，但独裁专断，家里大小事务均由她一个人说了算。查普林爱冲动，是个性情中人，见酒没命，经常喝得东倒西歪。邻居经常听到他们夫妻两人吵嘴。每次都是查普林夫人动用拳脚迫使其屈服。有一次，查普林喝得酩酊大醉，查普林夫人把他关在房间里，二十四个小时后才放他出来。查普林不敢强行出来，只好乖乖地待在里面。

有人亲眼看见他一个人可怜巴巴地站在阳台上，和街上行人说话来消磨时光。查普林夫人也因此而闻名全岛。

查普林待人非常热情，喜欢和人聊天。无论他的话是真是假，我都喜欢听。我们聊着聊着，劳森突然进来，打断了我们的谈话。说实话，我心里有点儿不高兴。尽管中午还没有到，查普林显然已经喝多了。他一再坚持请我再喝一杯，出于礼貌，我只好表示同意。鉴于礼尚往来，我理应回请他一杯才是。转念一想，就凭他现在的状态，倘若再喝一杯，十有八九会醉酒的，那我就无法向查普林夫人交代了。于是，我放弃了请他再喝一杯的这个想法。

劳森长相平平。他个子不高，脸色蜡黄，眉毛浓粗，鼻子硕大，下巴窄小，一双黑色的大眼睛炯炯有神，整天乐呵呵的。在我看来，他看上去开心快活只是表面现象——一张骗人的面具，并非发自内心。我甚至觉得，这张面具下隐藏着他不可告人的目的：急于展现自己是一个讨人喜欢的人。看来这家伙非常狡猾，颇有心计。劳森说话声音沙哑、刺耳，和查普林争着给我讲述他们醉酒的故事：在英国人俱乐部玩乐时喝醉、外出打猎时喝醉、去悉尼游玩时更是醉得一塌糊涂。两人从下船上岸到坐船离开，中间究竟发生了什么，一点儿也不记得。真是一对酒鬼！此时此刻，他们已经四杯鸡尾酒下肚。虽然都喝了不少，但仪态迥异——查普林言辞粗鄙，劳森仍旧很绅士。

劳森慢慢从椅子上站起身来。

"好了，我该回家了。"他口齿还很清楚，"晚餐前见。"

"你老婆还好吧？"查普林嘴里咕哝道。

"好。"

他的回答虽然很简短，只有一个字，但语气明显不同。我不禁抬起头，看了看他。

"这伙计人不错！"查普林已经吐字不清了。这时，劳森已经出了酒店大门，踏进阳光里了。"这伙计绝对是个好人。只是他妈的太贪杯了。可惜啊！"

事实证明，查普林对他的评价还是很中肯的。

"一旦喝醉了酒，就打仗闹事。"

"他经常喝醉吗？"

"每周平均醉个三四次吧。都是因为这座岛，还有埃塞尔。"

"埃塞尔？埃塞尔是谁？"

"他老婆，老布雷瓦德的女儿，一个混血儿。他曾经带她去了苏格兰，但她在那里待不住，又跑回来了。他日子过得不顺心，经常喝醉。好人呐！除了贪杯，没有其他毛病。"

查普林打了一个响亮的酒嗝。

"我得去冲个凉。真不该喝最后那杯鸡尾酒。把人灌醉的往往是最后一杯。"

他站起身来，看着楼梯，犹豫了一下，好像在认真考虑去哪里洗浴。

"和劳森这样的人交谈，你不会浪费时间。"他表情也变得严肃起来，"这伙计脑子聪明，书也读了不少。他清醒的时候，肯定让你刮目相看。如果有时间，多和他聊一聊。"

通过这次交谈，我便对劳森这个人有了一个大致的了解。

傍晚时分，我骑着马从海边回到酒店，发现劳森已经过来了。他瘫坐在娱乐室的一把藤椅里。见我进来，他瞥了我一眼，目光呆滞，满脸愠怒。显然易见，他下午又喝酒了。

我觉得，他没有认出我来。三两个男人就坐在他旁边摇骰子，没有一个人搭理他。看来大家经常见他这副模样。于是，我也坐下加入他们，开始玩了起来。

突然，劳森骂了一句："你们这帮家伙可真会玩！"

他从椅子里站起身来，两腿弯曲，踉踉跄跄向酒店门口走去。我看到他这副模样，既感到可笑，也觉得可恶。他走后，有个人笑话他道：

"劳森今天又喝大了。"

"如果喝点儿酒就变成这副德行，"另一个人接话道，"要是我，早就戒酒了[①]，而且一辈子滴酒不沾。"

谁（包括刚才笑话劳森的那个人）能够想到这位老兄以前根本不是这样的人？谁（包括刚才笑话劳森的那个人）能够想到这位老兄的人生具备了人生悲剧产生的各种要素呢？

接下来的两三天，我没有见过他。

一天晚上，我正坐在酒店二楼的阳台上向大街上张望，劳森来了。他拉过一把椅子，在我身旁坐下。他那天似乎比较清醒，和我打了个招呼，见我一副爱答不理的样子，便笑了笑，用抱歉的语气说道：

"那天，我喝得太多了。"

我没吭声，真的是无话可答。我一边大口抽着烟斗，希望能够熏走蚊虫，一边看着大街上下班回家的人群，其中有当地土著萨摩亚人，有契约劳工所罗门岛人，还有一个白人。萨摩亚人走路步子很大，但速度很慢，而且都打着赤脚，脚板拍打马路发出的声音柔和但很奇特。他们身材高大，体格健壮，头发有直有卷，上面覆盖着一层白色石灰[②]，看上去与众不同。所罗门岛人比萨摩亚人矮小、瘦弱，肤色更深，头发染成红色的大脑袋毛茸茸的。他们一边走，一边嘴巴里哼着小曲儿。那个白人赶着一辆轻便马车，也许是从这里经过，也

---

① 英语谚语，字面意思为：爬上马车不下来。
② 萨摩亚人的一种习俗，白天在头发上撒满石灰，晚上洗掉。

许是要进酒店。远处礁湖水面平静，散落着三两只纵帆船。

"这个鬼地方，除了喝酒，我真不知道该做什么好。"劳森又说了一句。

"你不喜欢萨摩亚？"我没话找话。

"这里是挺不错的……"

在我看来，这座岛屿之美难以想象。仅仅用"挺不错"来描写它是远远不够的。我笑了笑，扭头瞥了他一眼，不禁大吃一惊：他那双黑色的大眼睛里流露出一种无法抑制的痛苦的神情。然而，那神情转瞬即逝，他笑了起来，笑容很单纯，还有些许率真。他的面容随之发生了改变。我对他的反感也随之发生了改变。

"我来到这里以后，就走遍了岛上的各个角落。"他沉默了一会儿，继续说道，"三年前，我离开这里，说再也不回来了，可现在我又回来了。"他有点儿迟疑，"我妻子非要回来不可。她就是在这里出生的。"

"嗯，我知道。"

他再次陷入沉默，然后说起了罗伯特·路易斯·斯蒂文森。不知为何，他试图努力讨好我。他问我是否去过威利玛①。随后，话题转到了伦敦。

"考文特花园②以上演歌剧著称。"他说道，"我现在非常怀念住在伦敦时去考文特花园看歌剧的日子。你看过《特里斯坦和伊索尔德》③吗？"

---

① 威利玛（Valima），萨摩亚阿皮亚南部的一个村落，距离阿皮亚四英里，斯蒂文森在此度过晚年，死后也埋葬于此。

② 考文特花园（Covent Garden），英国伦敦一家著名的歌剧院，建于 1731 年，1858 年更名为皇家歌剧院。

③《特里斯坦和伊索尔德》（Tristan and Isolde），简称为《特里斯坦》，是德国作曲家、剧作家理查德·瓦格纳（1813—1883）作曲作词的三幕歌剧。1865 年，在德国慕尼黑皇家宫廷与国家歌剧院首度上演。该歌剧为西方古典音乐划时代巨作，对西方古典音乐作曲家影响巨大。

我漫不经心地回答道:"看过。"

他听后似乎很高兴,又开始谈起了瓦格纳。他告诉我说,让他得到情感慰藉的是作为普通人的瓦格纳,而不是作为音乐家的瓦格纳。具体原因他也说不清楚。

"真应该抽时间去拜罗伊特①看看,只可惜我一直经济比较拮据,没有这个福气。"他叹了一口气,"灯光、音乐以及女人的服饰都很棒。《女武神》②第一幕就很不错,你说对不对?还有《特里斯坦》的结束部分,精彩极了!当然,如果和考文特花园相比较,整体上讲,它还是差了那么一点点。"

此时此刻,他容光焕发,两眼有神,蜡黄、瘦削的脸颊上泛起了红晕,似乎完全变了一个人。他的声音也不再刺耳。相反,我第一次觉得他挺有魅力的。

"说实话,我恨不得今天晚上就飞回伦敦去。你知道帕玛③饭店吗?我过去常去那里就餐。皮卡迪利④广场上商铺灯火通明,人山人海,公交车和出租车川流不息,让人看得目瞪口呆。我也喜欢斯特兰德大街⑤。那首关于上帝和查令十字街⑥的诗句是怎么写的来着?"

我吃了一惊,根本没有料到他会问我这个问题。

"你指的是汤普森⑦的那首诗?"我反问他道。

---

① 拜罗伊特(Bayreuth),德国巴伐利亚州的一座城市,著名的大学城和音乐戏剧表演城市,瓦格纳在此自建剧院,《尼伯龙根的指环》在此首演。

② 《女武神》(Die Walküre),《尼伯龙根的指环》第二部。

③ 帕玛(Pall Mall),伦敦的一条街道,以俱乐部数量众多而出名。

④ 皮卡迪利(Piccadilly),皮卡迪利大街是伦敦最繁华的街道之一。

⑤ 斯特兰德大街(Strand Street),又名河岸街,位于泰晤士河不远处,建筑很气派。

⑥ 查令十字街(Charing Cross),英国伦敦著名的书店街。街上除了连锁书店,还有各种主题书店。

⑦ 汤普森(Francis Thompson,1859—1907),英国诗人,代表作品为《天堂的猎犬》等。

见他点头，我便吟诵道：

既已如此悲伤，

就不会再增加几分。

哭泣吧，

为你的痛哭和损失。

雅各之梯在天堂和查令十字街之间熠熠生辉，

照亮了通往天堂的路。①

他轻轻叹了口气。"我读过这首《天堂的猎犬》②，写得不错。"

"大家都这么看。"我小声嘀咕道。

"这个鬼地方的人什么书也不读。他们认为，读书只是为了显摆而已。"

他的表情很复杂，说不清是痛苦，还是期待，也许两者都有。霎那间，我似乎明白了他来见我的原因——我能够使他回忆起他过去生活的那个世界。他热爱伦敦，而我刚刚从那里来，鉴于此，他对我充满了羡慕和妒忌。他足足沉默了五分钟。然而，等他再度开口，声音很大而且言辞激烈，吓了我一大跳。

"我已经受够了！"他吼叫道，"真的受够了！"

"你为何不一走了之？"我问他道。

他的脸色顿时阴沉下来。"我的肺出了问题。回到英国，冬天实在是很难熬的。"

这时，阳台上又上来一个人。劳森便不再说话，但情绪愈加低

---

① 这几句诗出自汤普森的《主之领地》(The Kingdom of God)，大意是上帝无处不在。
② 汤普森的长诗，将上帝之光比作猎犬，原罪者的灵魂无处可逃。

落了。

"过会儿再聊。现在该去喝一杯了。"新来的人问我们道，"你俩谁愿意陪我去喝杯苏格兰威士忌？劳森？"

劳森似乎突然清醒过来。他站起身来。

"我去楼下酒吧喝一杯。"他对我说道。

劳森下楼去了。意想不到的是，我竟然对他产生了好感。说实话，我对他捉摸不透，从而引起了我的好奇心。几天后，我见到了他的妻子。尽管他们已经结婚四五年了，但她非常年轻。我猜，嫁给劳森时，她顶多十四五岁。她个子不高，身材苗条，五官精致，手脚小巧，肤色比西班牙人还白，模样可爱极了。混血儿通常外表毛糙、粗犷，而她看上去却精巧、灵秀，令人惊叹不已。她身穿一件细布连衣裙，头戴一顶草帽，却显得气质优雅，富有教养，堪比拿破仑三世皇宫里身穿绫罗绸缎的绝世美女。劳森第一次见到她时，一定被她迷得神魂颠倒。

劳森之所以离开英国来到萨摩亚，完全是因为他就职的那家英国银行在此开设了一家分行。他是旱季之初抵达萨摩亚的。他找了家酒店，租了个房间住下，很快就跟这里的人们混熟了。他在这座岛上过得惬意、自在。他经常在酒店娱乐室闲聊，经常在英国人俱乐部打台球。他喜欢坐落在礁湖岸边的阿皮亚，那里有商铺、平房和当地土著居住的村落。每逢周末，他就骑马来到某个种植园，在山上住上一两个夜晚。在这里，他第一次体会到了什么是自由和安逸。在这里，他第一次体会到了什么是阳光明媚、土地肥沃、物产丰富。有些地方还是原始森林，奇树林立，灌木丛生，既令人感到神秘，又让人心里不安。他骑马穿过树林，陶醉其中，常常流连忘返。

距离阿皮亚一两英里远的地方有一个水塘。晚上，劳森经常跑去那里洗澡。那里有一条小河。清澈的河水从岩石上汩汩流过，注入此处的一个深潭，然后继续向前流去。当地人偶尔到此洗澡或洗衣服。岸边椰树密密麻麻、枝繁叶茂，藤蔓满身，倒映于水面。这跟德文郡①的山间景致有点儿类似。不同的是，这里洋溢着热带地区所特有的一种气息：热烈、懒散、自然、清新，仿佛要把人融化掉似的。河水清冽，经过白天阳光的暴晒，水温适中。在这里洗澡，不仅能使身体恢复活力，还能使灵魂得到净化。

劳森第一次来这里洗澡时，没有碰到一个人。他一会儿懒洋洋地浮在水面，一会儿任凭夕阳将自己的身体晒干，尽情享受着这份令人愉悦的独处时光。那个时候，他一点儿也不后悔放弃伦敦的生活来到这个地方，因为眼下的生活很舒适，很惬意，近乎完美。

就是在这里，劳森第一次遇到了埃塞尔。

那是一个晚上。因为邮船每月一次，而且第二天就要离开，为了把信件及时发出去，他一直忙到家家户户几乎都已经熄灯了。他一个人骑马来到水塘洗澡。他把马拴好，慢慢逛到水塘边，发现一个女孩正坐在那里。女孩看见有人来了，便滑入水中，悄无声息，就像被凡人惊动的仙女娜依德②，受了惊吓而突然消失一样。他既感到意外又觉得有趣，很想知道她躲到哪里去了。他顺着河水往下游游去，很快就发现她正坐在河中的一块岩石上。女孩看见他，丝毫不感到惊讶。他用萨摩亚语和她打招呼道：

"你好！"③

女孩回应了一声，笑了笑，便立马钻入水中。她游得轻松自如，满头秀发在身后飘散开来。她游到水塘对面，爬到岸上。和所有当地

---

① 德文郡（Devonshire），英国郡名，位于英格兰西南部。
② 娜依德（Naiad），希腊神话中的水泉之神，住在河滩、湖泊、泉水中，美丽、天真、快乐、仁爱。
③ 原文为萨摩亚语：Talofa。

土著一样，她也穿着一件宽大的长罩衣。衣服已经湿透，紧紧贴在她的身上。她拧干头发，甩了甩小脑袋，看上去很像一个河水中或树林里的小精灵。她原来是个混血儿。劳森游了过去，上岸后用英语说道：

"这么晚了，你还来游泳？"

她把头发往后一甩，头发便在肩头披散开来。

"我喜欢一个人游。"她回答说。

"我也是。"

她哈哈大笑起来，显现出当地土著特有的天真和坦诚。她脱下湿漉漉的宽大的长罩衣，换上一件干的，然后把湿衣服拧干。她迟疑了一下，似乎有什么话要说，但最终还是没有说，随后便离开了。夜幕降临了。

劳森回到酒店。娱乐室里有几个人正在玩掷骰子罚酒游戏。他向他们简单描述了一下女孩的长相，很快就弄清了她是谁家的姑娘。她父亲是个挪威人，名叫布雷瓦德，经常来本酒店酒吧喝兑了水的朗姆酒。他身材矮小，满手老茧，面部粗糙，就像一棵千年古树。四十年前，他身为一艘帆船上的大副，来到这座岛上。他干过铁匠、商人、种植园主，一度相当富裕。九十年代①的一场飓风让他变得一贫如洗。现在，他仅仅拥有一小块椰子树种植园。他先后娶过四位当地土著女子做妻子，孩子多得几乎数不过来。有的已经死了，有的到外面闯荡去了，现在只有埃塞尔留在他身边。

"这可是个漂亮妞儿！"尼尔森，莫阿纳号货船的一位货物安全员，感叹道，"我向她抛过好几次媚眼，但她不搭理我。"

"我说哥们儿，老布雷瓦德可不傻。"一个叫米勒的人插嘴道，

_____

① 此处指的是 19 世纪 90 年代。

"他想要一个女婿，一个能够让他安度晚年的女婿。"

　　他们竟然用这种口吻谈论这个女孩，劳森对此非常反感。于是，他便说起那艘即将启航的邮船，借此来转移话题。第二天晚上，劳森又骑马来到了水塘。埃塞尔也在。天边的夕阳、幽深的池水、摇曳的椰树，都为她的美丽增添了魔力，从而激发起他心中一种莫名的情感。然而，不知什么原因，劳森没有跟埃塞尔说话。埃塞尔也没有搭理他，甚至都没有瞥他一眼。她在清澈的水塘中游来游去，游累了便坐在水塘边休息，一副旁若无人的样子。劳森感到很奇怪：难道自己是个隐形人？这时，不知什么原因，他的脑海中浮现出早已遗忘一大半的诗章，还有几句学生时代学过的希腊文。还没等他缓过神来，埃塞尔已经换好衣服，姗姗离去了。劳森在她换衣服的地方发现了一朵木槿花。这是埃塞尔来游泳时戴在头上的。下水前，她把它摘下放在岸边，走的时候忘了戴，也许是不想戴了。劳森把花捧在手里，仔细端详着，心情很复杂：既想保存它，又嗔怪自己过于多情。考虑再三，还是把它扔掉了。看着它沿着河道缓缓远去，劳森感到一阵心痛。

　　劳森心想，这个女孩一定有什么不同常人之处，否则她决不会一个人这么晚来到这个水塘游泳。这里的土著喜欢玩水，他们每天至少游一次泳，有时游两次，但都是成群结队，甚至全家人一起出动，欢声笑语不断。在这里，你经常会看到一群女孩子，其中不乏混血儿，在浅滩上的溪流中戏水。阳光穿过茂密的树丛照在她们身上，洒下斑驳光影。也许这个水塘里有什么东西，将她吸引至此。

　　现在，夜幕已经完全降临了，四周一片寂静。劳森轻轻入水，尽量不发出声响。他在黑暗中缓缓游动。河水温暖舒适，似乎还散发着她纤纤玉体的幽香。游完上岸，他头顶满天繁星，策马扬鞭回到酒店。此时此刻，他觉得这个世界上的一切都非常美好。

他每天晚上都去水塘游泳，每次都能见到埃塞尔。劳森很快就消除了她的胆怯心理。埃塞尔待人友好，喜欢开玩笑。水塘里水流很快，他们有时坐在水塘边的岩石上，看着河中的水流，有时躺在水塘边的岩石上，看着暮色渐渐变浓。他们在水塘相会的消息很快就传遍了全岛——南太平洋群岛上的居民之间似乎没有秘密可言，酒店里的人们都和劳森开玩笑，有些玩笑很粗俗。劳森听了，只是微微一笑，任凭他们胡说八道。他觉得，和他们多费口舌不值得。他对埃塞尔的感情非常纯洁。他爱埃塞尔，就像诗人喜欢月亮。他并没有把埃塞尔仅仅当成一个女人来看待。在他看来，她绝对不是凡人。她是这个水塘的女神。

有一天，劳森经过酒店吧台，看见了老布雷瓦德。和往常一样，他还是穿着那身破旧的蓝色工装裤。因为他是埃塞尔的父亲，劳森想和他攀谈几句，于是走到吧台跟前，向老人点点头，邀请他一起喝一杯。他们聊了几分钟，虽然聊的都是当地发生的事情，但劳森感觉浑身不自在，因为眼前这位挪威人的一双蓝眼睛一直在上下打量他。这位在与命运抗争过程中屡受打击的老人表面上唯唯诺诺，低声下气，但骨子里依然凶悍好斗。劳森记得很清楚，他曾经是一艘纵帆船的大副，曾经做过贩卖黑奴的行当。这种纵帆船在太平洋一带被称作"黑奴船"。他胸口有块伤疤，就是那时跟所罗门岛上的居民打仗留下的。这时，铃声响了，午餐时间到了。

"我得走了。再见！"劳森告辞说。

"找个时间来我家坐坐吧。"老布雷瓦德瓮声瓮气地说道，"家里布置得很寒酸，但我们全家都欢迎你来。埃塞尔你也认识。"

"我会的，谢谢！"

"最好是周日下午。"

在距离通往威利玛的那条大路不远的地方，有一个椰树种植园。

老布雷瓦德的小破平房就建在这里。房子周围生长着一丛丛高大的芭蕉树，叶子已经衰朽，看上去就像衣衫褴褛的美丽少妇，有一种凄美感。这里的一切都好像无人照料。猪宝宝身体瘦弱，背脊高耸，四处游荡，小鸡叽叽喳喳，在随处可见的垃圾中觅食。三四个当地人聚在一起在闲聊。劳森正准备向他们打听老布雷瓦德的住处，那挪威老头儿沙哑的声音传了过来。他坐在客厅里，嘴里叼着一只破旧的石楠木烟斗。

"坐吧。别见外。"他告诉劳森说，"埃塞尔在梳洗打扮。"

不一会儿，埃塞尔走了过来。她身穿衬衫和短裙，头发梳成欧洲人喜欢的样子。这身打扮虽然看上去不再像那个每天晚上都去水塘游泳的、野性十足的羞涩少女，却显得更容易接近。她和劳森握了握手。这是劳森第一次触碰埃塞尔的肌肤。

"请和我家人一起喝下午茶吧。"她轻声说道。

劳森知道，埃塞尔读过教会学校，应该学过一些社交礼仪。然而，他还是被她主动和他握手这一举动给逗笑了，同时也被深深打动了——她在尽力用他习惯的方式来招待他。茶点在桌子上刚刚摆好，老布雷瓦德的第四任妻子就端着茶壶过来了。她年龄和老布雷瓦德相差不大，身材矮小，模样俊俏，满脸笑容，和蔼可亲，还能够说几句英文。这顿下午茶非常丰盛。餐桌上摆满了面包、黄油以及各式各样的甜点。交谈方式正式，气氛庄重。这时，一位满脸皱纹的老太太慢慢地走了进来。

"这是埃塞尔的奶奶。"老布雷瓦德介绍说，然后朝地上吐了一口痰。

老太太坐在椅子上，姿势很不自然，这说明她平时很少这样坐，通常都坐在地上。她没有说话，两眼盯着劳森，目光灼灼。突然，厨房里传来了六角手风琴①的琴声。两三个人在唱赞美诗歌。他们的声音越来越大。需要说明的是，他们唱赞美诗纯粹是因为喜欢音乐或者感到快乐，并非出于虔诚、有信仰。

劳森回到酒店，心中感到莫名兴奋。他们的生活方式深深打动了他。挪威小老头儿传奇的经历，布雷瓦德太太善意的微笑，埃塞尔奶奶灼人的目光，全都不同寻常，令他欣喜若狂。这才是生活！它更真实，更自然，更接地气！那一刻，他对文明的城里人感到反感，喜欢上了淳朴的乡下人。和他们在一起，他觉得无比自由。

劳森搬出了酒店，住进一幢白色整洁的小平房。房子面朝大海，五彩斑斓的礁湖尽收眼底。他喜欢这座美丽的岛屿。对他来说，英格兰和伦敦已经不算什么。能够在这个被世人遗忘的角落度过余生，劳森觉得很满足。这里有这个世界上最宝贵的财富——爱情和幸福。他打定主意，无论遇到什么艰难险阻，都会娶埃塞尔为妻。

事实上，劳森根本不会遇到什么艰难险阻。老布雷瓦德家都很喜欢他。无论是埃塞尔的奶奶，还是埃塞尔的父母都对他很满意。老布雷瓦德家亲戚不多，而且几乎都没见过他。仅仅有一次，他在老布雷瓦德家碰到了一位高个子年轻人。他身穿印花布短围裙，身上刺着文身，头发上撒着石灰，坐在老布雷瓦德身边。有人告诉劳森，这是老布雷瓦德第四任妻子的亲侄子。埃塞尔天真烂漫，漂亮迷人，和他在一起非常开心。她看他的眼神总是充满了喜悦。她给他讲述自己念书时所在的教会学校。电影院每两周放一次电影，她每次都陪着他去看。电影结束后接着是舞会，她会继续陪他跳舞。乌波卢岛上娱乐活动很少，人们几乎都跑到这里来跳舞，有白人，有土著，还有混血

---

① 六角手风琴（Concertina），一种小型手风琴，通常为正六边形或正八边形，是一种常见的欧美传统乐器。1829 年，由英国人查尔斯·温彻斯顿发明。由于在国内正六边形最为常见，故通常被称为六角手风琴。

儿，形形色色。白人妇女打扮讲究，混血儿身穿美式服装，土著女孩身穿白色的宽大的长罩衣，土著男孩则身穿细帆布裤子和白色的鞋子。这一切都令人十分愉快。一位白人崇拜者伴随自己左右，埃塞尔非常得意，她的女性朋友们非常嫉妒。劳森要娶埃塞尔为妻的消息不胫而走。一个混血女孩能够嫁给一位白人男子，这可是一件值得羡慕的事情。即便最后两人分道扬镳，也比什么都没有发生过好。劳森是位银行经理。毫无疑问，他是目前岛上最抢手的钻石王老五之一。假如他对埃塞尔没有如此痴迷，一定会注意到好多白人女孩都在盯着他呢。

过了几天，快到上床睡觉的时间了。几个住在酒店里的男人在喝威士忌。突然，尼尔森说了一句：

"我听说，劳森要和那个混血女孩结婚。"

"真是个傻瓜！"米勒回答说。

米勒是个德裔美国人，原名叫穆勒。他身材高大、肥胖、秃头、圆脸、胡子刮得干干净净，带着一副大号的金边眼镜，细帆布衣服一尘不染。米勒嗜酒成性。每次喝酒，只要其他人不说结束，他绝对奉陪到底。奇怪的是，从来没人见他喝醉过。他为人随和，看起来和蔼可亲，但非常精明，从来没因为喝酒而影响到生意。他是旧金山一家公司派驻当地的销售代表，负责销售印花棉布、机械等物品。广交朋友是他的一种营销手段。

"劳森不知道这样做后果很严重。"尼尔森说，"我觉得应该提醒提醒他。"

"要我说，你最好不要多管闲事。"米勒阻止道，"就让他自食其果好了。"

"这种事，我见过很多，最后的结局都不好。"查普林当时也在场，他开口说道，"找个当地女孩子，包括混血儿玩一玩，我没意见，但结婚绝对不行。这一点，我可以明确告诉你们几位。"

"你应该找他谈谈，查普林。"尼尔森建议道，"你和他比较熟。"

"查普林，别管他。由他去吧。"米勒阻止道。

即便在那个时候，大家也不太喜欢劳森。没人真心愿意帮他。查普林夫人和两三个白人女士谈起过这件事情，她们的反应仅仅是表示惋惜而已。当然，当她们知道这件事时，劳森已经铁了心了，谁劝也不管用了。

整整一年的时间，劳森过得很幸福。他在阿皮亚海湾拐角处买了一座房子。它紧挨着一个当地土著村落，掩映在椰树丛中，面朝蔚蓝色的太平洋。埃塞尔在房前屋后忙忙碌碌，但步履轻盈、举止优雅，恰似一只在森林中玩耍的可爱小精灵。他们时而窃窃私语，时而开怀大笑。晚上，劳森租住酒店时结识的熟人会来拜访他们。周末，他们则会去拜访和当地人结婚的种植园主。如果在阿皮亚经商开店的混血儿举行派对，他们也会参加。混血儿对待劳森的态度完全改变了。他们把劳森当作自己人，亲切地称呼他"伯迪"，热情地拥抱他，拍打他的肩膀。看到混血儿这样对他，埃塞尔笑了，笑得那么快活。看到她幸福的笑脸，劳森非常开心。有时，埃塞尔的家人和亲戚也会来看望他们。比如说，老布雷瓦德夫妇、埃塞尔的表亲等。不分年龄大小，女的一律身穿宽大的长罩衣，男的一律身穿印花布短围裙，头发染成红色，身上刺着精美的文身。劳森从银行下班回来，发现家里已经坐满了埃塞尔的家人和亲戚。他笑着警告埃塞尔道：

"如果这样下去，总有一天会把我们吃穷的。"

"他们都是我的亲人。他们来看我们，我总不能不让他们来吧。"

劳森知道，白人娶了土著或混血儿后，肯定会被妻子娘家当成摇钱树。他双手捧着埃塞尔的脸颊，亲吻着她红润的双唇。他心里非常清楚，自己的那点儿薪水供养自己还行。倘若用来供养一个家庭，必须精打细算。埃塞尔年纪太轻，这一点她还想不到。后来，埃塞尔怀孕了，生了一个男孩。

劳森第一次看到孩子时，感觉就像心被针狠狠扎了一下：只有四分之一的土著血统，这孩子怎么长得这么黑？好像没有一点儿白人血统似的。他蜷缩在自己怀里，头发漆黑，肤色土黄，眼睛又大又黑，分明就是一个土著人家的孩子。自从他和埃塞尔结婚开始，岛上的白种女人就不怎么搭理他了。就连单身时经常去蹭饭的那几家白人朋友，在路上遇到时神色都很不自然。为了掩饰窘迫，他们表现得过于热情。

"劳森夫人好吗？"他们会说，"你这家伙太幸运了，娶了一位天仙一样的夫人！"

倘若他们和夫人一起出来，碰巧遇到劳森和埃塞尔，他们的夫人态度傲慢，从来不主动和他们打招呼，甚至连头都不点一下。遇到这种情况，劳森总是一笑了之，一点儿也不介意。

"这帮家伙好比茅厕里的石头，又臭又硬，让人恶心。他们喜欢不搭理我们，我们还不喜欢搭理他们呢！"

不过，这个小家伙的长相确实让他感到心里不舒服。

看着尚在褓褓中的儿子，劳森想起了阿皮亚的混血儿——一个个脸色蜡黄，看上去很不健康，而且早熟得吓人。最令人恼火的是，岛上学校少得可怜，而且都不接收土著孩子。他亲眼看见一些土著孩子乘船前往新西兰读书。他们喜欢和土著孩子待在一起，彼此之间讲土著话，既胆小怯弱又肆无忌惮。等到长大就业，由于血统的缘故，薪水微薄。姑娘们有可能会嫁给白种男人，小伙子们娶白种女子的可能性几乎为零。他们要么迎娶一位混血姑娘，要么迎娶一位土著女子。劳森下定决心，决不让儿子过这种生活。无论付出多大代价，他都要回到欧洲。他回到家中，看到埃塞尔躺在床上，身体羸弱但楚楚动人，几个土著妇女围在她的身边，他的决心更加坚定了。只有把埃塞尔带回到他的家乡，才能彻底拥有她。他对埃塞尔的爱非常强烈，虽然已经得到她的肉体，却渴望完全占有她的灵魂。劳森心里很清楚，埃塞尔根深蒂固的土著生活方式，使他们无法走近对方灵魂深处。

劳森悄悄开始行动了。他有一个表兄，是阿伯丁^①一家船运公司的合伙人。他写信给表兄说，自己的健康状况（这是他来这里工作的原因之一）已经大为好转，故打算回国。他恳请表兄帮他在迪赛德^②找份工作，即便薪水低一点儿，也没关系。迪赛德的气候特别适合像他这种患过肺病的人。书信从萨摩亚寄到阿伯丁通常需要四五周时间。当然，这么大的事情仅仅靠这一封信显然不行，至少需要三五封，所以他有足够的时间留给埃塞尔作准备。埃塞尔知道后开心得像个孩子，跟亲戚朋友炫耀说，她马上就要离开这里去英国生活，成为一名英国人了。对她来说，这绝对是件光彩的事情。终于，电报来了：金卡丁郡^③的一家银行答应雇用劳森。埃塞尔高兴极了，完全可以用"欣喜若狂"这个词来形容。

经过长途跋涉，他们来到了苏格兰，在一个到处都是花岗岩建筑的小镇上安了家。再次回到自己的同胞当中，和他们一起生活，劳森感到很满足。自己在阿皮亚度过的那三年，简直就是被"流放"！现在，他又能打高尔夫球了，又能钓鱼了——真正意义上的钓鱼。在太平洋的那个小岛上，鱼多得吓人，而且又笨又懒，行动迟缓。只要你把渔线扔进水里，一条接着一条，只管往岸上拖就是。根本没有任何乐趣可言！还有，现在每天都能读到当天的报纸，和自己的生活习惯、价值观念等完全相同的男男女女谈天说地！而且，现在每天都不

---

① 阿伯丁（Aberdeen），苏格兰主要城市之一，位于苏格兰东北部，是北海海滨的主要海港。
② 迪赛德（Deeside），英国地名，位于英格兰和威尔士交界处。
③ 金卡丁郡（Kincardineshire），英国苏格兰东北部的历史郡名，位于阿伯丁以南的北海沿岸。

再吃冷冷的冻肉，不再喝罐装的牛奶。最令他高兴的是，现在埃塞尔完全属于他一个人了。结婚两年多了，他对她的爱不仅没有减少，而且比以前更加强烈了，一分钟看不见她就会想念得不行。当然，他也非常希望妻子能像他一样。然而，让他意想不到的是，除了刚刚来的那几天，埃塞尔似乎不怎么喜欢这里的生活，天天昏昏欲睡，无精打采。随着冬季的来临，她开始抱怨天气太冷。她每天起床都很晚。起床后，除了偶尔读读小说，基本上就是窝在沙发里发呆，好像很不开心。

"亲爱的，你很快就会习惯这里的生活的。"劳森安慰她道，"到了夏天，这里和阿皮亚一样炎热。"

他自我感觉无论是身体还是心情，都比待在萨摩亚时好了很多。

埃塞尔不太擅长做家务。这在萨摩亚无所谓，但来到苏格兰，就成问题了。劳森不想客人看到家里凌乱不堪。尽管如此，他只是笑着揶揄妻子几句，然后自己动手收拾。埃塞尔好像没有听到一样，只是懒洋洋地站在一旁，看着他一个人忙活。她每天的工作就是陪儿子玩耍，用自己的母语和他交谈。为了帮助妻子尽快适应这里的生活，劳森硬着头皮和邻居们交朋友，然后带她参加邻居们举办的家庭聚会。聚会时，女士们低声哼唱民谣，男士们满脸笑容，静静地倾听。埃塞尔好像很害羞，总是一个人远远地坐着。看得出来她很无助，可是劳森却再也想不出更好的办法了。

"你不快乐，对吗？"

"不，我很快乐。"每次劳森这样问她，她总是这样回答。

虽然她嘴巴上这样说，但她的眼神却告诉劳森，她心事重重。他心里清楚，自己现在对她的了解并不比第一次见到她时多多少。他为此感到心神不安，总觉得可能有什么不幸的事情会发生。他非常爱她，这令他痛苦万分。

"离开阿皮亚，你后悔吗？"他问她道。

"不，不后悔。这里挺好。"

因为心中焦虑，劳森数落了埃塞尔的家乡和家人几句。她听后笑了笑，没有接话。每当收到萨摩亚寄来的信件，她就会面色凝重，一连几天坐立不安。

"说什么我都不会再回那个鬼地方了。"有一次，他这样对埃塞尔说，"那根本不是人待的地方。"

劳森发现，他不在家时，埃塞尔经常哭泣。在阿皮亚时，埃塞尔根本不是这个样子。那时她很健谈，绝对是一个话痨。无论是家长里短，还是娱乐八卦，她都津津乐道。来到苏格兰后，她变得沉默寡言。尽管他拼命逗她开心，但始终未能如愿。她对家乡和亲人的思念开始使她从情感上疏远劳森。他开始嫉妒那座小岛，嫉妒那座小岛所在的大海，嫉妒老布雷瓦德，嫉妒深色皮肤的土著。只要她一提到萨摩亚，他就会发疯，他就会恐惧。春末的一个夜晚，白桦树的叶子刚刚长出来。劳森打完高尔夫回到家中，发现妻子没有像往常一样躺在沙发里，而是站在窗子跟前。她显然是在等他回来。他一开房门，她就开口说话了。令他感到吃惊的是，这一次她说的是萨摩亚语。

"我实在是受不了了，一天也待不下去了。我讨厌这里！我讨厌这里！"

"看在上帝的分上，请你说英语，好不好？"他有些怒不可遏。

她一步跨到他面前，双手搂住他，动作笨拙，而且一点儿也不温柔。

"我们走，我们一起回萨摩亚。如果继续待下去，我肯定活不长的。我要回家。"

她的情绪突然爆发，瞬间哭成了一个泪人。看到她这个样子，他的气也消了，让她坐在自己的膝盖上，耐心向她解释说，回到萨摩亚，既没地方住，也没工作做。他在阿皮亚的那份工作早就有人做了。待在这里，这都不成问题。而且，他的工作薪水不低，足以养活他们一家三口。他使出浑身解数，费尽口舌，试图让她明白，回萨摩亚有两大弊端：不仅生活没有保障，而且不利于儿子的成长和未来的发展。

"对我们来说，苏格兰社会保障体系相对健全，就业机会更多；对我们的儿子来说，留在苏格兰可以接受更好的教育，长大后可以去阿伯丁上大学，得到更多的发展机会。更重要的是，他会成为一个真正的苏格兰人。"

他们给儿子起名叫安德鲁。劳森希望儿子成为一名医生，娶一个白人女子为妻。

"土著怎么啦？我就是半个土著。"埃塞尔一脸的不悦。

"亲爱的，你说得对。"

他们脸颊贴在一起。妻子柔嫩的脸颊把他给融化了。他顿时变得柔情似水，轻声说道：

"我对你的爱，超出你的想象！只要你能真心实意跟我在一起，要我做什么都可以。我别无他求。"

她的双唇好软。他轻轻地吮吸着，仿佛害怕会吻痛她一般。

夏天到了。苏格兰高地阳光明媚，生机盎然。峡谷中、山坡上树木林立，花木丛生。从洒满阳光的大道至劳森的住处，需要穿过一片白桦树林。白桦树树干高大，枝叶茂密，凉爽宜人。埃塞尔没有再提回萨摩亚。在劳森看来，她的心已经被他的爱完全占据，再也没有空余之地容纳她的家乡和亲人了。至此，他一直悬着的一颗心总算落了下来。

一天，当地的一位医生在街上拦住了他。

"劳森，请转告你夫人，千万不要再跑到高地的小溪中洗澡了。

我们这里可不是太平洋。"

"有这事？我一点儿也不知道。你是不是搞错了？"

那位医生笑了，脸上写满了嘲讽。

"很多人都亲眼看见过。而且，已经有人说闲话了。她可真会选地方。高地的小溪上有一座石桥，桥下有个溪水积成的水塘。一方面，池水源自山泉，太凉，不太适合洗澡。另一方面，桥上人来人往，一个女人家在那里洗澡不太雅观。当然，她这样做并不违反法律。"

劳森知道这位医生口中所说的水池。它有点儿像乌波卢的那个水塘。来苏格兰之前，埃塞尔几乎每天晚上都去那里洗澡。他的脑海中立刻浮现出这样一幅画面：一条小溪在苏格兰高地的乱石间蜿蜒流淌，水流清澈，水花飞溅，在一座石桥下形成一个宁静幽深的水塘以及一小块沙滩。四周树木林立，但不是椰子树，而是山毛榉。阳光透过枝叶，映照水面，波光粼粼。埃塞尔每天都去那里，换好衣服，滑入冰冷的水中。尽快水温比她家乡水塘里的水要低很多，但多少能够帮她找回一些昔日生活的那种感觉，帮她再次成为他眼中那个奇异、狂野的水中精灵。那天下午，他沿着溪流去找寻那个水塘，一路上小心翼翼，蹑手蹑脚，几乎没有发出声响。没过多久，他就看到了那个水塘，看到埃塞尔坐在水塘边，两只眼睛呆呆地望着水面。她静静地坐着，一动不动，似乎在倾听池水的呼唤。劳森很想知道，此时此刻埃塞尔的脑海里究竟会出现什么。突然，她站起身来，在他的视野里消失了。仅仅过了一两分钟，她又出现了，身穿宽大的长罩衣，赤着双脚，越过长满青苔的沙滩，慢慢滑入水塘中，没有一丝水花。她在水中游来游去，恬静悠然，超凡脱俗。劳森始终没搞明白：为何看她游泳时，自己竟然会产生这种感觉。他默默地眺望着，等待着，直到她爬出水塘，宽大的长罩衣已完全湿透，紧紧贴在她的身上，身体曲线暴露无遗。她用手轻轻拉了拉胸部的衣服，轻轻叹了一口气，神情极其兴奋愉快，然后就不见了。看到这一切，劳森终于明白了，自己根本不了解埃塞尔。她爱家乡、爱家人远远胜过爱他。劳森很痛苦，转过身子，独自一个人回家了。

劳森对此只字未提，就像这件事根本没有发生过似的。他一方面对妻子更加疼爱，希望以此打消她内心深处的那个渴望，一方面对妻子充满了好奇，密切关注妻子的一举一动。

有一天，他下班回到家，发现妻子不在。

"夫人哪里去了？"他问女仆道。

"先生，夫人带着孩子到阿伯丁玩去了。她说乘坐末班火车回来。"女仆回答说。

"好的，我知道了。"

劳森非常恼火：埃塞尔这次出远门，事先没有和他打招呼。尽管如此，他也没有往别处想。因为最近一段时间，埃塞尔经常去阿伯丁。再说，他也不愿意埃塞尔天天窝在家里。出去逛逛商店，看看电影，散散心，岂不更好！于是，他决定去火车站迎接她和孩子。遗憾的是，大人孩子都没接到。劳森感到大事不妙，急忙回到家中，冲进卧室，发现化妆洗漱用品不见了，衣柜、抽屉空空如也——埃塞尔带着孩子逃走了。

劳森连急带气，几乎快要疯了。但他对此很清楚：现在打电话到阿伯丁，不仅时间上不太合适，而且于事无补。埃塞尔这次离家出走，绝对不是一时冲动，而是经过深思熟虑的结果。她很聪明，选择劳森工作最忙的时候，即银行做周期报表的时候行动。劳森拿起一份报纸，看到明天早上有艘船从伦敦开往澳大利亚，估计她现在一定是在去伦敦的路上。他感觉胸口一阵疼痛，索性放声大哭起来。

"能做的我都做了。"他哭喊道，"她却这样对我。太狠心了！太狠心了!"

过了两天,劳森收到了一封信。信是埃塞尔写来的。字写得歪歪
扭扭,好像出自小学生之手。

亲爱的伯迪,

我实在是忍受不了了。我回家了。

再见!

埃塞尔

信中没有一句表示歉意的话,也没有一个字恳求劳森跟她回萨摩
亚。劳森非常失望。他查找到那艘船经过的第一站。虽然他非常清
楚,埃塞尔这一去,再也不会回来了,但还是发了一封电报恳求她回
来。他可怜巴巴等待着埃塞尔的回信。哪怕回信中只有一两个充满爱
意的字,劳森也会感到心满意足。遗憾的是,埃塞尔没有回信。他内
心的思想斗争非常激烈:一会儿决心从此和她一刀两断,一会儿又决
定通过不支付赡养费,迫使埃塞尔带着孩子回到他身边。最后,还是
对儿子和妻子的思念占了上风。没有他们,他根本活不下去。经过反
复考虑,劳森最后决定,跟随埃塞尔去萨摩亚。他的愤怒和未来规划
就像一副多米诺骨牌。愤怒是第一张,规划很多,恰似其他一张张按
照一定间距摆好的骨牌。一旦怒气消了,也就意味着第一张骨牌被碰
倒了,其余的骨牌就会依次倒下,即未来规划全部作废。在劳森看
来,世界上任何事情都没有埃塞尔回到他的身边更加重要。他要尽快
去找埃塞尔。于是,他找到银行经理,要求马上辞职,拖延一分钟也
不行。经理没有批准,理由是太突然,这会影响银行业务的正常开
展。此时此刻,劳森已经失去理智,跟他讲道理已经毫无用处。他满
脑子只有一个念头:立刻辞职,变卖家产,赶到阿伯丁乘坐下一班轮

船，离开苏格兰，去萨摩亚找埃塞尔。这段时间，劳森做的唯一一件还算靠谱的事情就是，发电报告知远在阿皮亚的埃塞尔，说他马上就坐船来找她。只要能够亲眼见到埃塞尔，劳森可以放弃一切。只有亲眼见到埃塞尔，劳森才会恢复理智，变得和以前一样。

到了悉尼，劳森又给埃塞尔发了一封电报。轮船终于抵达了阿皮亚海岸。当时天刚刚破晓，看到散落在海岸的一座座白色房屋，劳森长长地松了一口气。然而，他并不知道埃塞尔是否也乐意看到他。他坐上汽艇，来到码头，扫视着前来迎接家人或客人的人群。里面没有埃塞尔。他的心猛地往下一沉。然而，他看到了身穿蓝色旧衣服的老布雷瓦德，心中顿时升起了一股暖意。

"埃塞尔呢？"劳森跳上岸，大声问道。

"她在家，和我们住在一起。"

劳森很沮丧，努力装出一副快活的样子。

"哦。能够住得下吗？恐怕要借住一两个星期才行。"

"能。没问题。"

出了海关，他们先到查普林的酒店里坐了坐。一些老朋友为劳森接风洗尘。他们喝了好几轮才得以脱身，高高兴兴地向家中走去。劳森终于见到了埃塞尔。他伸出双臂，把埃塞尔紧紧搂在怀里，霎那间心中所有的不快乃至怨恨烟消云散。埃塞尔的母亲以及满脸皱纹的奶奶见到劳森分外高兴。老布雷瓦德家中挤满了人，有土著，也有混血儿。他们围坐在劳森身旁，满脸笑容。老布雷瓦德手拿一瓶威士忌，在座的每个人都能分得一口。劳森把儿子接过来，放在大腿上。儿子皮肤黝黑，光着屁股——一到阿皮亚，他就变成这个模样了。埃塞尔身穿宽大的长罩衣，坐在丈夫和儿子旁边。他有一种游子回家的感觉。下午，他又去了一次查普林的酒店，回来时已经喝得烂醉如泥。埃塞尔和母亲知道他这副德行，早已见惯不怪了。她们相视一笑，扶他上床睡下。

过了一两天，劳森便开始忙着找工作。他心里很清楚，再想找一份他回英国前那样的好工作几乎是不可能的了。当然，凭他所学的专业和业务能力，应聘到一家贸易公司应该不是什么困难的事，或许还会因"祸"得"福"呢。

"干银行只是挣死工资，"他自言自语道，"做贸易才能赚大钱。"

他的计划是，先在贸易公司好好干，争取得到提拔和重用，然后和别人合伙一起做。如果一切顺利，用不了几年，他就会成为一个富人。

"等我找到工作，领到薪水，我们就搬出去住。"他告诉埃塞尔说，"这里临时凑合凑合还可以，长期住下去可不行。"

老布雷瓦德家人多，房子面积又小。住在这里，既不安静也无隐私可言。劳森根本找不到机会和埃塞尔单独相处。

"嗯，不用太着急。如果找不到更合适的地方，住在这里也挺好。"埃塞尔回答道。

劳森每天东奔西走，整整花了一个星期才找到一份工作。他进了一家公司，老板名字叫贝恩。这时，埃塞尔又怀孕了。他再次和埃塞尔谈论搬出去住。埃塞尔回答说，她想继续住在父母家，一直住到孩子出生。劳森试图说服她。

"如果你不喜欢住这里，那就自己一个人去酒店住好了。"

"埃塞尔，你怎么能这样说话！"劳森的脸唰地一下变得非常苍白，就像白纸一样。

她耸了耸肩，坚持道："既然爸妈都愿意我们住这儿，干吗非要花钱出去租房子住呢？"

劳森只好表示同意。

一天，劳森下班后回到家，发现屋子里挤满了当地土著。他们有的在抽烟，有的在喝卡瓦酒①，有的在打瞌睡，有的在喋喋不休。屋内一片狼藉。儿子满地乱爬，跟当地土著孩子打闹玩耍。萨摩亚语满屋乱飞，一个英文单词也听不到。只有喝醉了酒，他才可以面对那群友好的当地土著，才可以度过那样的夜晚。而且，尽管他比以前更加爱埃塞尔，但她似乎正在慢慢疏远他。鉴于此，他养成了在下班回家路上跑去酒店、喝几杯鸡尾酒的坏习惯。第二个孩子出生后，劳森再次乞求埃塞尔搬出去住，但又被她拒绝了。也许正是在苏格兰生活的那段时间大大增强了她对同胞的依赖感。现在总算再次回到了同胞中间，于是她便以极大的热情，全身心投身于同胞的生活中，完全不顾丈夫劳森的感受，几乎到了肆意妄为的地步。劳森酒喝得更凶了。几乎每个星期六晚上，他都跑去英国人俱乐部喝个烂醉。

　　劳森有个坏毛病，就是醉酒后老是与人发生争执。有一次，他和雇主贝恩发生了激烈的争吵。贝恩一怒之下把他给解雇了。他只好再找工作，接连两三个星期无所事事。为了消磨时光，他整天跑到酒店或英国人俱乐部喝酒。这总比在家里待着时间过得快。米勒，那个德裔美国人，出于同情，在他的办事处为劳森提供了一个职位。虽然劳森精通金融财会，是个人才，但米勒是个商人，付给劳森的薪水很低。在当时的情况下，即便这是自他开始工作以来薪水最低的一次，他也无法拒绝。埃塞尔和老布雷瓦德都不同意劳森干这份工作，因为有个叫彼得森的混血儿给他的薪水更高。然而，劳森不喜欢为混血儿做事。对他来说，听混血儿发号施令，是种羞辱。一天，他又听到埃塞尔为此唠叨，勃然大怒道：

　　"我宁可去死，也不会为一个黑人工作！"

---

① 卡瓦酒（kava），南太平洋群岛国家盛产的一种酒，似同甘露，萨摩亚人将卡瓦酒盛在椰子壳中饮用。饮用卡瓦酒有特定仪式。

"那你就去死吧。"埃塞尔冷冷地回答他道。

又过了半年，劳森越来越离不开酒了，整天喝得醉醺醺的，工作也一塌糊涂。虽然米勒警告过他一两次，但劳森没有引以为戒。有一天，两人争吵起来，劳森便拿起帽子，往脑袋上一扣，扬长而去。由于坏了名声，没人敢雇用他。而且，由于没钱买酒，劳森患上了震颤性谵妄①。后来，病虽然好了，但身体变得更差了。最后，他实在没有办法了，只好拉下脸面，请求彼得森给他一份工作。雇用白人为他工作，彼得森感到非常有面子，而且，劳森在数字处理方面很在行，肯定不会吃闲饭。

从那时起，他在人们心目中的形象更是一落千丈。无论是白人、土著还是混血儿，都讨厌他。只是出于对他喝醉耍酒疯感到恐惧，才没有完全不搭理他。他也变得更加敏感，总觉得别人处处和他作对，看谁都不顺眼。

现在，尽管他的生活圈子里基本上都是土著和混血儿，但似乎他已经不再享有白人的尊贵。一方面，作为白人，劳森鄙视土著和混血儿。另一方面，土著和混血儿认为，现在的劳森和他们已经没有什么两样，甚至还不如他们混得好。变化最明显的人当属老布雷瓦德。以前，他一直讨好劳森，而现在对劳森根本不屑一顾。他感到最后悔的事情就是把女儿埃塞尔嫁给他。有一两次，这两个男人甚至大打出手，很不光彩。每当丈夫和父亲发生冲突，埃塞尔总是站在她父亲一边。值得一提的是，埃塞尔全家都喜欢劳森喝醉——他喝醉时要比清醒时好得多。他喝醉了酒，要么往床上一躺，要么就睡在地板上，人事不省，至少不会惹是生非了。

---

① 震颤性谵妄（Delirium tremens），又称撒酒性谵妄或戒酒性谵妄，一种急性脑综合征，多发生于酒依赖患者突然断酒和突然减量。症状为意识清晰度下降，定向力障碍。

有一天，劳森突然觉得，埃塞尔一家似乎有什么事情在瞒着他。

　　劳森每天下班回到家，迎接他的都是不合其口味的残羹剩菜，而且很少见到埃塞尔。如果问一句埃塞尔去哪里了，老布雷瓦德总是说，她去朋友家吃饭。有一次，劳森立即跑去老布雷瓦德说的那个朋友家，但没有找到埃塞尔。等埃塞尔回到家，劳森问她去哪里了。她狡辩说，是父亲记错了，其实她是去另外一个朋友家了。劳森心里很清楚，埃塞尔在撒谎——这些日子，她变得爱打扮了，而且，面对他时神情非常不自然。

　　"你是我的女人。千万不要做对不起我的事！"他警告她说，"一旦被我抓到，我会让你吃不了兜着走！"

　　"你还是喝你的酒去吧。"她轻蔑地瞥了他一眼。

　　又过了一段时间，劳森发现埃塞尔的妈妈和奶奶还是没有好脸色给他，但老布雷瓦德对他和气多了。在劳森看来，这个老家伙非常狡猾，一定是在打他的什么主意。就这样，劳森的疑心越来越重。而且，每当他来到酒店里的酒吧，在场的人们突然都不吭声了。他怀疑他们刚才一定是说他的闲话。一定发生了关于他的什么事情。这件事大家都知道了，只有他一个人还蒙在鼓里。他坚信，一定是埃塞尔红杏出墙了。那个王八蛋到底是谁呢？他把所认识的白种男人逐个想了一遍，但一无所获。他像疯了一样四处乱跑，很想马上找到这个家伙发泄一下他心中的愤怒。不幸的是，他找错了人。事情是这样的：一天下午，他正坐在查普林的酒店里生闷气，查普林走过来，坐在他的身边。如果说这个岛上还有人同情他，那就是查普林了。他们各自点了一杯威士忌，聊了一会儿即将举行的赛马比赛。然后，查普林说道：

　　"看来我们又要节衣缩食为老婆添置新衣服了。"

　　劳森觉得他话里有话。在查普林家，掌管经济大权的是他老婆。

即便为了观看赛马比赛真的要买衣服，他老婆也不会管他要钱。劳森笑了笑，没有说话。

"你夫人好吗？"查普林继续说道。

"关你屁事？"劳森顿时浓眉倒竖，厉声喝问道。

"我只是出于礼貌，别无他意。"查普林解释道。

"你还是关心关心你自己的老婆吧。"劳森不依不饶道。

查普林本来就是个暴脾气，再加上天气闷热、家务事烦心，而且又刚刚喝了杯威士忌等因素，一听劳森这样说话，顿时火气就上来了。

"我说，老兄，这个酒店是我开的。如果你再敢对我出言不逊，我就叫你立马滚蛋！"

劳森满脸涨得通红，嘴巴依然逞强道：

"我警告你，也请你转告其他人，都给我记好了，千万不要打埃塞尔的主意。"

"你怀疑我？"

劳森大叫道："你不要以为我喝醉了。我没醉。我心里一清二楚。我不是傻子，什么都逃不过我的眼睛。如果有人打埃塞尔的主意，一旦被我发现，我非杀了他不可。"

"好了好了。你最好现在马上走，等酒醒后再来。"

"如果我想走，自己会走。根本不用你来多嘴。"

查普林管理酒店多年，处理这种事情很有经验。劳森话音未落，就被查普林一把拽住衣领，拧住胳膊，扔到了酒店的大门外。酒店外阳光很刺眼，他跌跌撞撞地走下了台阶。

值得一提的是，正是这次不愉快导致了劳森有生来第一次和埃塞尔动手打架。

因为被查普林赶出了酒店，那天下午劳森比平常回家早了很多。

他一到家，正碰上埃塞尔在梳洗打扮准备出门。她平时喜欢光着脚，身穿宽大的长罩衣，头上插朵鲜花，但现在的她脚蹬白色丝袜和高跟皮鞋，身穿粉红色细布裙。

"打扮得这么漂亮。"劳森问妻子道，"要去哪儿？"

"克罗斯利家。"

"我也去。"

"你去干吗？"她语气冰冷。

"我想陪你一起去。"

"人家没有邀请你。"

"我不管。如果不让我去，你也甭想出门。"

"你先上床休息一会儿。等我收拾好了，一定叫你。"

埃塞尔以为丈夫喝醉了，躺在床上很快就会睡着的。然而，劳森没有上床休息，而是一直坐在椅子上吸烟。埃塞尔看看他，越发感到讨厌。等她准备好了，他立刻从椅子上站起身来。有些事情就是这么巧。此时此刻，家里只有他们俩。老布雷瓦德去种植园干活了，夫人去了阿皮亚。埃塞尔眼睛盯着丈夫，一字一句地说道：

"你不能去。你喝醉了。"

"我没醉。不让我去，你也休想。"

她耸耸肩膀，想从他身边过去。他一把抓住她的胳膊，抱住了她。

"放开我，讨厌！"她用萨摩亚语大声斥责道。

"说，为什么不让我去？我早就警告过你，不要和我耍花招！"

埃塞尔握紧拳头，奋力一击。这一拳正中劳森的面门。因为这一拳，他所有的怨恨和不满一齐涌上心头。因为这一拳，他彻底失去了理智。

"你竟敢打我！"他气急败坏道，"看我怎么教训你！"

劳森随手抓起一条马鞭，开始抽打她。埃塞尔疼得破口大骂。埃塞尔的叫骂声惹恼了劳森。他越听越气，越气越打，一鞭接着一鞭，抽打个不停。打完后，他把她推倒在床上，大步冲出了房间。埃塞尔躺在床上，哭喊不止，哭声里充满了痛苦和恐惧。直到确定丈夫已经走远，她才停止了哭泣。她先是看了看四周，然后慢慢从床上爬起来。她浑身疼痛，但伤势不重，身上穿的衣服也没有损坏。在当地，女人遭丈夫打骂并不是什么稀罕事，所以埃塞尔并没有把这当回事。她对着镜子，整理了一下头发，眼睛便又开始闪闪发光了。

　　劳森一路狂奔，一直跑到种植园的一棵大树下，一屁股坐在那里。他感到疲惫不堪，索性躺在了地上。这时，他想起了埃塞尔，想起了当初两人美丽的邂逅，想起了过去两人幸福的时光，不敢相信自己刚才竟然做了这种蠢事。他痛苦、羞愧。突然，他觉得自己比以往任何时候都更想见她，比以往任何时候都更想把她抱在怀里。劳森挣扎着站起身来，向家中走去。他身体非常虚弱，走路一摇一晃。他走进屋子，看见妻子正坐在卧室里照镜子。

　　"埃塞尔，原谅我！我也不知道刚才是怎么了。"

　　他跪在她的面前，满眼泪水，双手抚摸着她的裙子。

　　"太不可思议了！我一定是疯了。我永远都不会原谅自己。在这个世界上，我最爱的人是你。只要能够弥补我对你的伤害，让我做什么都行！看在上帝的分上，你就原谅我吧。"

　　埃塞尔冷冷地看着他，没有说话。劳森把脸贴在她的双腿上，虚弱的身体因为哭泣而微微颤抖，就像一只匍匐在主人脚下的癞皮狗。埃塞尔丝毫不为之所动，而且更加鄙视他。一点儿骨气都没有！跟其他女人一样，她讨厌自轻自贱的男人。此时此刻，她非常后悔，后悔自己竟然嫁给了这种男人。

　　"滚！我恨你！"她抬腿踢了他一脚。

劳森试图去抱她，但被她一把推开。她站起身来，脱掉裙子、鞋子和袜子，换上了宽大的长罩衣。

"你去哪儿？"

"关你什么事？去水塘。"

"带我去吧。"他哀求道，语气特别像个央求大人的孩子。

"你就不能让我一个人静一静吗？"

劳森双手捂脸哭了起来。埃塞尔瞥了他一眼，神情冷漠，径直走了出去。

从此，埃塞尔对他心如死灰。虽然房小人多（劳森一家四口、埃塞尔的爸妈和奶奶，这就是七口，再加上一些说不清什么关系的亲戚和食客等），大家都无视劳森的存在，好像这个家里根本就没这个人似的。他吃过早餐出门，晚上之所以回来完全是为了填饱肚子。他不再与埃塞尔吵闹。有时因为缺钱，不能去英国人俱乐部喝酒，晚上就待在家里和老布雷瓦德等人打打纸牌。在埃塞尔眼里，他就是一条狗，不喝酒时，胆小怯懦、非常温顺，一旦喝了酒，狂躁不安，令人恐惧。最让埃塞尔感到恶心的是，每次发疯过后，他就开始哭哭啼啼，悔过求饶，气得她恨不得往他脸上吐口水。如果他动手打她，她就用脚踢他，用手抓他，用牙咬他，坚决还击，绝不束手待毙。而且，几次打斗下来，劳森并没有占上风。时间不长，整个阿皮亚都知道他们俩感情不好，但几乎没有人同情劳森。反而，大家都对老布雷瓦德这次脾气这么好，没有把他赶出家门感到惊讶。

"老布雷瓦特这老家伙可不是好惹的。"他们当中有人这样说道，"如果有一天突然听说他一枪把劳森给打死了，我是丝毫不会感到惊讶的。"

埃塞尔几乎每天傍晚都会跑到那个静谧的水塘洗浴。就像美人鱼迷恋清凉咸涩的海水一样，这似乎对她有着一种超乎寻常的吸引力。

有时候，劳森也会偷偷跟着去。没有人知道他这样做究竟是为了什么。毋庸置疑，埃塞尔一点儿也不喜欢他跟着她。也许他想再次体验一下他俩初次相见时的美好；也许他像许多痴情汉一样，总以为只要自己坚持对她好，总会有一天，她就能回心转意。一天傍晚，劳森又来到这里，心中有种前所未有的感觉。他突然觉得心清气爽，整个世界不再与他格格不入。暮色已经降临，微风轻轻吹拂，一轮新月挂在椰子树梢上，树冠看上去好似朵朵云彩，摇曳生姿。劳森悄悄来到水塘边，一眼就看见埃塞尔正仰面浮在水中。她秀发散开，手擎一大枝紫色木槿花①，简直就是莎士比亚笔下的奥菲利亚②。他停下脚步，心中不由得啧啧称奇。

"嗨，埃塞尔！"他满怀喜悦，大声喊叫道。

埃塞尔吃了一惊，手中的木槿花落入水中，缓缓漂走了。她双手在水中划动了几下，等脚触及水底后，站起身来。

"走开！"她非常生气，"给我走得越远越好！"

"不要老是一个人游。我俩一起游岂不更好？"劳森哈哈大笑道。

"你能不能离我远点儿？我不想看到你。"

"瞧你说的，我也得洗澡啊！"他依旧心平气和。

"那你到桥下去洗好了。不要在这里烦我！"

"很抱歉，恕我难以从命。"他面带微笑说道。

他开始脱衣服，丝毫没有注意到埃塞尔已经被他激怒了。

"滚开！"她大声尖叫道，"我不和你一起洗。你给我滚开，马上！"

---

① 木槿花（Hibiscus），一种非常常见的庭院灌木花种，锦葵科。
② 奥菲利亚（Ophelia），莎士比亚剧中的人物，哈姆雷特的恋人，纯洁善良，无忧无虑，但由于父亲和恋人之间的对立而迷失了自我。最后，她身着盛装，自溺在一条撒满鲜花的溪流里。

"别这样，亲爱的。"

她弯下腰，捡起一块尖尖的石头朝他扔了过去。他躲闪不及，石头击中了太阳穴。他感觉非常疼痛，大叫了一声，然后用手一摸，发现流血了。埃塞尔仍然站在那里，大口大口地喘着粗气。劳森脸色苍白，一言未发，穿上衣服，转身走了。埃塞尔把身子浸入水中，仰面朝天，随着水流朝浅滩方向漂去。

劳森的头部被砸了一个锯齿状的大口子，伤势挺重，只好缠上了绷带。碍于面子，他还特意为此编造了一个借口，以防别人问起。令劳森更加难过的是，压根儿就没有人问他怎么受的伤。他始终没有机会说出自己编造的这个借口。劳森发现，他们只是偷偷瞥他一眼。这意味着他们似乎能够猜到他受伤的缘由。所以，他更加确定，埃塞尔有了外遇。大家都知道是谁，唯有他被蒙在鼓里。然而，他从未见过埃塞尔和谁走得很近，也没有看出谁最有这种可能性。他怒不可遏，但是无处发泄。他酒喝得更凶了。就在我来到这座岛之前不久，他又犯了一次震颤性谵妄。

我第一次见到埃塞尔，是在卡斯特家，距离阿皮亚大概有两三英里。卡斯特夫人也是一个当地土著。那天，我和卡斯特先生在他家院子里打网球。感觉打累了，卡斯特先生提议喝杯茶休息休息再打。一进屋，正好碰到埃塞尔和卡斯特夫人坐在客厅里聊天。

"你好，埃塞尔，"卡斯特先生问候道，"见到你很高兴！"

我非常好奇，上下仔细打量着她。我很想知道，她身上究竟有什么东西使得劳森魂不守舍，甚至于堕落到今天这个样子。当然，这种事也许根本就没有人能够说得清楚。不可否认，埃塞尔长相甜美，惹人喜爱，就像紫色的木槿花。这种花高洁娇美，生命力极强，在萨摩亚遍地都是。最令我吃惊的是，尽管我对她和劳森的事情已经略知一二，仍然觉得她文静羞涩、清纯可爱，绝对不像大多数混血儿那样个性泼辣、热情奔放。如果没有亲眼看见，没有人会相信她竟然是位悍妇。她身穿粉色长裙，脚蹬高跟鞋，看上去很像欧洲人。这样一位女子竟然喜欢生活在这样一个穷乡僻壤，真令人意想不到！也许这就是她的魅力所在：让人琢磨不透。在我看来，她这个样子并非好事。如果一个男人和她生活一段时间后热情消失殆尽，我一点儿也不会感到吃惊。她就像人们脑海中一个一闪而过的念头，还没来得及找到合适的言辞来表达就消失了。当然，这只是我的个人看法。如果我在今天见到她之前对她一无所知的话，那我对她的评价就是，一个长得漂亮的混血女孩。

听说我刚刚来到萨摩亚，她和我聊了很多话题，全都是客套话。我们聊到了旅行。她问我去没去帕帕西阿①滑过水岩②，是否打算在这里常住下来。我们还谈到了苏格兰。她在描述自己当时的住处时有些夸大其辞。她还问我认不认识这个夫人、那个太太，都是她在苏格兰生活时认识的。

过了一会儿，米勒来了。他和大家握了握手，点了一杯威士忌加苏打水。这个德裔美国人嗓门洪亮，身材肥胖，总是大汗淋漓。他摘下金丝儿眼镜，擦了擦镜片。如果隔着又大又圆的镜片来看，他原本精明、狡猾的一双小眼睛还算可亲、善良。他非常健谈，而且嘴巴很甜。他一来，原来的沉闷气氛便被打破了。两个女人，即埃塞尔和卡斯特夫人，被他的俏皮话逗得前仰后合，笑声不断。在这座岛上，米勒以很讨女人喜欢而闻名。你可能会问，这个又老又胖又丑的家伙是如何让女人迷恋他的？今天我算是见识了：一是他善于揣摩女人的心思和喜好，二是他的西方人口音，三是他说话幽默风趣。最后，他转

---

① 帕帕西阿（Papaseea），水岩景区，位于萨摩亚首都阿皮亚。
② 水岩（water rock），地质作用过程中，水溶液与矿物岩石间物质成分的相互交换作用发生化学反应而成的自然现象。

身对我说道：

"好啦，时间不早了。你若想回去吃晚饭，最好现在就走。如果不介意，可以坐我的车一起回去。"

我向他表示感谢，然后站起身来。他和其他人握手道别，大步走出屋子，钻进车里。

"劳森的妻子长得好漂亮啊！"车子开动后，我和米勒搭讪道，"我听人说，劳森对她不好，经常打她。我讨厌打女人的男人。"

"一听说他要娶她，我就知道，这家伙是个蠢蛋。只有不娶她，主动权在手，她才会乖乖地听话，让她干啥就干啥。现在可倒好，当牛做马人家都不稀罕。活该！"车子开了好大一会儿，他才接话道。

新年将至，我离开萨摩亚的日子也快到了。我定的是一月四号开往悉尼的船票。圣诞节是在酒店过的。为了迎接圣诞节，酒店举办了具有当地特色的庆祝活动，但大家都把它看作是迎接圣诞到来的一次预演。那些经常在酒店休息室见面聊天的人，一致同意在平安夜玩个痛快。平安夜到了，我们在酒店吃过丰盛的晚餐后，一起来到英国人俱乐部——一幢简易的木板房——打桌球。为了更加有趣，我们增加了一些彩头，即规定胜者赢钱、猜对胜者的人也赢钱。一时间，击球声、下注声、说笑声响彻整个俱乐部……米勒虽然酒喝得并不比其他人少，年纪也不比其他人轻，但他视力依旧敏锐，出手更加稳健。我亲眼看着他一边口中说着笑话，一边把钱收入自己囊中。看了大约一个小时，我感觉有点儿疲惫，便走出俱乐部大门，穿过马路，来到海边。海边伫立着三棵高大的椰子树，犹如等待情郎出海归来的三位少女。我坐在其中一棵脚下，一会儿看看眼前的泻湖湖面，一会儿望望空中的点点繁星。

劳森是在晚上十点到十一点之间来俱乐部的。在这之前，我不知道他躲在什么地方。我亲眼看见他独自一个人走在空空荡荡的大街上，脚步沉重，步履蹒跚，寂寞落魄。他进入俱乐部后没有直接进桌球室，而是来到酒吧要了一杯威士忌。如果不喝酒，一看到白人，他就不敢上前。他需要威士忌给自己壮壮胆儿。这时，米勒身穿衬衫，手握球杆，走了进来。他看了看劳森，又看了看侍者。

"杰克，你先出去。"他命令侍者道。

侍者是个当地土著，身穿白色夹克和印花布短围裙。他没有吭声，转身出了酒吧。

"劳森，我一直想和你单独聊聊。"米勒说道。

"嗯，这可是这座该死的岛上不用花钱就能办到的事情。"劳森回答道。

米勒把金丝眼镜往鼻梁上方推了推，两眼盯着劳森，目光冰冷、坚定。

"嘿，小子，据我所知，你经常动手打老婆。如果你再不停手，我就把你身上的骨头一根一根都弄折！"

此时此刻，劳森恍然大悟——自己苦苦找寻的那个王八蛋远在天边，尽在眼前。他上下仔细打量着这个老色鬼：肥胖、秃顶、圆脸、双下巴、没有胡须、戴金丝儿眼镜，面相和善精明，活脱脱一个离经叛道的老牧师。他又想了想埃塞尔的样子：年轻、天真、瘦弱。他怒火中烧，用尽全身力气挥拳朝米勒打去。米勒迅速用握球杆的那只手一挡，另外一只手猛地一挥，一拳正中劳森的一只耳朵。劳森虽然比米勒年轻，但米勒比他高一头、粗一腰，而且劳森本来身体就很瘦弱，再加上刚刚生过病——当然，最要命的是酗酒——显然不是老米勒的对手。他像块木头一样重重地摔倒在地，躺在吧台脚下，昏了过去。米勒扔下球杆，摘下金丝儿眼镜，掏出手帕擦了擦。

"我想，你现在一定知道今后该怎样对你老婆了。这一下只是警告，你最好给我牢牢记住！"米勒捡起球杆，回到了桌球室。桌球室内声音嘈杂，没有人知道刚才发生的事情。过了一段时间，劳森感觉自己耳朵嗡嗡作响。他用手摸了摸耳朵，慢慢从地上爬起来，悄悄溜出了俱乐部。

我看见一个人在过马路，但没看清楚是谁。他朝海边走来，看到我坐在椰树下，便走过来看了看我。原来是劳森。看他好像是喝酒了，我就没有和他打招呼。他迟疑了一下，继续向前走，刚刚走出去两三步远，又转身回来了，弯下腰，仔细看了看我。

"真的是你啊。"

他在我身边坐下，然后掏出烟斗。

"俱乐部太吵，而且太热。"我回答说。

"你坐在这里干吗？"

"等教堂的午夜弥撒①。"

"如果你不介意，我和你一起等。"

这次劳森没有喝醉。我们坐在椰树下，默默地抽着烟。泻湖中不时有大鱼跃出水面，溅起很多水花。远处泻湖入口处，几艘纵帆船灯光闪烁。

"听说你下周要乘船回国，是真的吗？"他轻声问我道。

"是的。"

"真的很羡慕你啊！唉，我是回不去了。我的身体受不了寒冷的天气啦。"

"这里热得难受，家里点着火炉还冷得直发抖。真的是很奇怪啊！"

今晚似乎被施了什么魔法，一丝风也没有。我只穿了一件衬衣和一条细帆布裤。借着夜色，我把四肢充分伸展开来，尽情享受这份随

① 午夜弥撒（midnight mass），亦称子夜弥撒。

心所欲和慵懒闲适。

"在这样的夜晚，怎能制定出积极进取的新年计划呢?"我笑着说道。

劳森没有接话。当然，我只是随口一说而已，也不想知道他是怎么想的。也许是我的信口之言引发了他的共鸣。他突然又说话了。虽然嗓音低沉，不带任何感情色彩，但语音、语调规范、地道，一听就知道受过高等教育。自从来到这里，我的耳朵天天都被语调粗俗、鼻音严重的英语所折磨。今晚听他说话，无疑是一种解脱。

"毋庸置疑，我把一手好牌打得一团糟。现在我已经坠入万丈深渊，难以自拔。'两极之间，黑暗无边'①。"他在引用这句诗时，我注意到他竟然在微笑，"不瞒你说，我至今不知道自己究竟是哪一步走错了。"

我屏住呼吸。对我而言，这个世界上再也没有什么能比一个男人向你袒露心扉更令人肃然起敬的了。无论一个人如何卑微、如何低贱，他身上都有值得肯定的闪光点。

"如果我能知道自己哪一步走错了，心里肯定会好受一些。是的，我现在每天都喝得醉醺醺的。如果事情没有发展到现在这种地步，我根本不会成为一个酒鬼。其实，我并不喜欢喝酒。也许我不该和埃塞尔结婚。如果不和她结婚，我就不会变成现在这个样子。但是，我真的非常爱她。"

他迟疑了一下，继续说道:"她这个人不坏，真的，她心眼不坏。我们本来可以过得很幸福。也许是活该我倒霉。当初她想离开苏格兰回来时，我就应该放手。但是，我做不到——我真的非常爱她。再

---

① 出自威廉·恩内斯特·亨利（William Ernest Henley，1849—1903）的著名诗作《不可战胜》(Invictus)。作者从小体弱多病，一生都在与病魔抗争，不向命运屈服。

说，我们已经有了一个孩子。"

"你喜欢那个孩子吗？"我问他道。

"以前很喜欢。从苏格兰回来后，我们又添了一个。说实话，对我来说，他们现在并没有那么重要了。他们都已变成地地道道的当地人。和他们说话，需用萨摩亚语才行。"

"你现在重新开始还不晚。为何不离开这里，开始新的生活呢？"

"我已经力不从心了。不行啦。"

"你现在还爱你的妻子吗？"

"现在不爱了，现在不爱了。"他说了两遍，声音带着恐惧和不安，"我现在不仅一无所有，而且一无是处，已经没有这个奢望了。"

这时，教堂的钟声响了。

"如果你真的想去参加午夜弥撒，那我们现在就得出发。"我建议道。

"那就走吧。"

我们站起身来，沿着大路向教堂走去。白色教堂面朝大海，气势恢宏、壮观。旁边的新教教堂有点儿像贵格会[①]的礼拜堂。路边停靠着两三辆大马车以及许多两轮轻便马车。岛上居民从四面八方赶来参加弥撒，可谓人山人海，其中有白人，有混血儿，但绝大多数是当地土著。土著男人都身穿长裤[②]。教堂大门洞开，里面灯火辉煌，祭坛高耸。我们在后面靠近大门的地方找了个位子坐下来。这时，顺着劳森的目光，我看到埃塞尔和几个混血儿一起走了进来。她们个个衣着华丽，光彩照人。男人衣领高耸，皮靴锃亮；女人帽子硕大，服装艳丽。埃塞尔一边向前走，一边向朋友们微笑致意。弥撒开始了。

---

① 贵格会（Quaker），基督教新教的一个派别，成立于 17 世纪的英国。
② 教会禁止土著男人身穿传统的印花布短围裙进入教堂。

弥撒结束后，我和劳森站起身来，但没有立即向外走，而是看着人们慢慢散去。

"晚安！"劳森和我握了握手，"祝你归途顺利！"

"谢谢！我走之前，希望还能见你一面。"

他黯然一笑。"但愿你见到的是清醒时的我。"

他转身离开了。在我的记忆中，他眉毛粗，眼睛大，眼珠黑，身上散发着狂野之气。我毫无倦意，但又不知道该去哪里，最后决定去俱乐部待上一个小时。一进门，我发现桌球室空无一人，酒吧里有四五个人围着一张桌子在玩扑克牌。看见我进来，米勒抬起头来。

"快来，坐下玩一把！"他冲我嚷嚷道。

"好的。"

我买了一些筹码，玩了起来。扑克牌应该是这个世界上最有趣的游戏之一，令人欲罢不能。我本来打算只玩一个小时，后来延长到两个小时，最后延长到三个小时。酒吧侍者是个当地土著。尽管时间已经很晚，但他依然精神抖擞，不仅为我们倒酒，还为我们找来火腿和面包。事实上，喝到现在，大家几乎已经不知道怎么要牌了，下注也有些忘乎所以了，但没有一个人提出不玩了。我玩牌很理智，既不想输，也没打算赢。我大多数时间都在仔细观察米勒。他酒喝得不比其他人少，但头脑一直非常清醒。他面前的筹码越来越多，筹码旁边还有一张小纸片，上面清楚地写着他借给对手钱款的数额。值得一提的是，每次他赢了，在将对手的筹码拿到自己面前时，都会朝对手友好地笑一笑。他不停地说笑话、讲段子，却从来没有漏摸过一张牌，也从来没有乱下过一次注。更重要的是，他一直在密切关注对手的面部表情。黎明终于偷偷从窗户缝里爬了进来，带着几分羞涩，带着几分歉意，似乎它不应该来这里似的。

"可以了。"米勒打出手中最后一张牌，"我们以这种方式迎接新的一年也算是别具一格了。我们再玩一圈累积赌注①，然后上床睡觉。我今年正好五十岁，不像你们年轻人那样能折腾了。"

清晨空气清新，气温适宜。我们走出酒吧，来到门廊。礁湖就像一块彩色玻璃。有人提议，上床睡觉前最好先去礁湖洗个澡。礁湖湖水又黏又稠，没人愿意去礁湖洗澡。米勒的车子就停在门口。他主动要求带我们去水塘。大家上了车，沿着空旷的大路朝水塘驶去。到达水塘时，天尚未大亮。池水掩映在绿树当中，夜色得以在此蛰伏。我向来做事谨慎，心想既没有拿毛巾，也没有带替换衣服，洗完澡后如何擦干身体。大家兴致都很高。我还没有考虑清楚，他们就把衣服脱光了。尼尔森，那个货物安全员，衣服脱得最快。

"我要潜到水塘底部瞧一瞧。"他说道。

尼尔森第一个潜入水中。不一会儿，另外一个也跟着他潜入水中，然而很快就钻出了水面。随后，尼尔森也钻出来了。他一边游向岸边，一边大声叫喊道：

"快，快拉我上岸。"

"怎么了？"

尼尔森满脸恐惧，显然是出事了。两个同伴伸手把他拖到岸上。

"下面有个人。"

"胡说八道。你不是没喝醉吗？"

"如果没有人，就让我得震颤性谵妄。下面真的有个人，可把我吓死了。"

米勒仔细看了他一眼。这个小个子男人脸色苍白，浑身抖个不停。

"过来，卡斯特！"米勒招呼那个身材魁梧的澳大利亚人道，"我

---

① 累积赌注（Jackpots），一种扑克牌游戏。

们俩下去看看。"

"他站在水里。"尼尔森继续说道,"穿着衣服。我看到他了。他还用手抓我呢。"

"把嘴巴闭上!"米勒狠狠瞪了他一眼。

米勒和卡斯特潜入水中。我们坐在水塘边静静等候。他们在水下待的时间似乎大大超过了人类可以屏住呼吸的极限。卡斯特首先钻出了水面,紧接着米勒也钻出了水面。两个人憋得满脸通红。他们身后拖着一样东西。另一个同伴急忙跳下水去帮他们。三个人一起用力把它拖到水塘边。

是劳森。一块大石头紧紧捆绑在他的外套和双脚上。

米勒用手擦了擦眼,赞叹道:"嗯,这件事,他干得还是蛮不错的。"

（薄振杰　译）

麦金托什

太平洋的海水咸咸的、黏黏的、暖暖的，但这个地方水却很浅，根本无法游泳。想去水深的地方游，又担心有鲨鱼，于是，仅仅在水里扑腾了一小会儿，他便决定不再游了。他爬上岸，朝浴室走去。浴室的水温显然要比海水低一些，但洗起来舒服多了。洗完澡，刚好七点钟，他没有感到很精神，反而想睡觉。他擦干身子，裹上浴袍，吩咐中国厨子准备早餐，五分钟后开始。他赤脚走过一片丛生的杂草——行政长官沃克尔自豪地称之为草坪——回到住处。他很快就换好了衣服，一件衬衫、一条帆布裤，然后朝住在另一头的沃克尔家走去，准备和他一起吃早餐。那个中国厨师告诉他，沃克尔早上五点钟就骑马出门了，估计一时半会儿回不来。

麦金托什看着眼前的食物，木瓜和培根煎蛋，根本没有胃口。他昨晚睡得很不好，快被蚊子折磨疯了。蚊子成群结队，残忍无情。它们围着他的蚊帐飞来飞去，嗡嗡直叫，就像远处有架风琴一直在弹奏同一个音符。他刚迷迷糊糊地睡着，马上就被惊醒，感觉仿佛有蚊子飞了进来。天太热了。他赤条条躺在床上，辗转反侧。外面浪打礁石，涛声阵阵，过去非常悦耳动听，今晚却单调刺耳；

过去置若罔闻，今晚却如雷贯耳。一想到这声音来自无情霸道的大自然，谁都拿它没办法，而且会一直这样持续下去，他几乎快要疯掉了。他紧握双拳，牙关紧咬，竭力控制着自己的情绪。此时此刻，天空晴朗无云，恰似一个倒扣过来的大碗，将一切囊括其中。他望着窗外，耸了耸肩，毫无兴致。他点燃烟斗，翻看着前段时间从阿皮亚寄来的奥克兰①报纸。最新的一期都已经是三个星期之前的了，而且内容沉闷乏味。

麦金托什走进办公室。偌大的房间仅仅摆放着两张办公桌，靠墙的地方有条长凳。长凳上挤满了当地土著，其中还有两三个妇女。他们都是来找沃克尔办事的。看见麦金托什来了，急忙用当地语言和他打招呼。

"你好！"

他也向他们问好，然后走到办公桌前，开始写报告。这报告上面已经催过好几次了，但沃克尔做事拖拉，一直没有动笔。麦金托什一边写，一边心里直嘀咕：沃克尔之所以迟迟不写，是因为他这个人不仅文化水平低，而且非常讨厌舞文弄墨。每当遇到这种情况，他都是坐等下属把报告写好。最讨厌的是，他不仅不表扬替他写报告的人，反倒吹毛求疵一番，然后才把报告交给上面，好像是他亲手写的一样。事实上，如果沃克尔真的拿起笔，修改或者增加只言片语，那就麻烦。他写东西不仅逻辑不通，而且满是拼写、语法错误。别人给他指出来，他不但不虚心接受，而且还非常不高兴，大声吼叫道：

"我管它什么语法不语法？老子喜欢怎么写就怎么写，想写什么就写什么！"

麦金托什越想越生气。

---

① 奥克兰（Auckland），地名。新西兰北部最大的滨海城市，被誉为"帆船之都"。

沃克尔终于来了。土著兴奋极了。他们一拥而上，纷纷抢着说自己的事情。他满脸不高兴，命令他们都闭嘴、坐好、排好队等着。如果再继续吵闹，就把他们全撵出去，谁的事情也不处理。然后，他瞅了麦金托什一眼，摇晃着脑袋说道：

"麦克，你总算起床了。千万不要把一天中最美好的时光都浪费在床上。我天不亮就起床，而且天天如此。你怎么不学学我？你这个懒鬼。"

他重重的身子往椅子上一坐，一边用印花毛巾擦脸，一边嘴里直嚷嚷：

"天呀，渴死我了。"

门口站着一个警察，身穿白色上衣和印花布短围裙。沃克尔命令他把卡瓦酒拿来。装卡瓦酒用的碗是用椰子壳做的，办公室的一个角落里堆放了很多。那个警察取了一只，倒了半碗酒，递给沃克尔。沃克尔先往地上洒了几滴，祷告了几句，便大口喝了起来。喝到最后一口时，他让那位警察按照尊卑长幼给等候办事的土著也各自倒上一口，然后按照当地的饮酒礼节和大家一饮而尽。

沃克尔开始工作了。他个子矮小，比中等身材的人还要矮很多，但非常敦实。一张胖乎乎的大脸，两腮堆满了肥肉，下巴颏足足三个，五官全都深陷在肥肉里。他的头发几乎全掉光了，只是后脑勺上还剩下一小撮白发，呈月牙状，胡子刮得干干净净。他这副尊容不仅让人想起匹克威克先生[1]。沃克尔这个人虽然古怪有趣，但令人心生敬畏。大大的金丝边眼镜后面，一双蓝眼睛精明灵动，坚决果敢。他已经是位六十岁的老人了，但与生俱来的生命力并没有因为岁月的流

---

[1] 匹克威克先生（Mr. Pickwick），英国作家狄更斯（Charles Dickens，1812—1870）小说《匹克威克外传》的主人翁，一张胖胖的圆脸，秃顶，善良、仁慈。

逝而减少丝毫。他身材肥胖，但动作敏捷。他步履沉重踏实，好像故意要让大地领教他的体重似的。他嗓门粗大，好像故意要让人们知道他的存在似的。

沃克尔在萨摩亚群岛的这座小岛——塔鲁阿岛——担任行政长官已经长达四分之一个世纪了，在南太平洋一带赫赫有名，无人不晓。两年前，麦金托什接受任命，给沃克尔做助理。在此之前，他早就听说过沃克尔的大名。他充满好奇，期待着尽快和他见面。然而，由于种种原因，上任前，他在阿皮亚待了几个星期。无论是在查普林的旅馆住宿，还是到英国人俱乐部玩耍，他都听到过这位行政长官的一些趣闻。当时听得津津有味（后来还多次听沃克尔本人亲口讲过），现在回想起来，觉得非常可笑。沃克尔也知道自己是个名人，并为此感到非常自豪。他一方面刻意用行动来维护他的"名声"，另一方面，通过语言来传播他的"名声"。如果有人讲述时出现错误，他就会大发雷霆，样子非常吓人。

刚开始，麦金托什非常崇拜沃克尔，是沃克尔的忠实粉丝。无论沃克尔讲什么，他都相信。无论沃克尔怎么讲，他都喜欢。总体来说，沃克尔这个人虽然粗鲁、自负，但幽默、热情。至于麦金托什，他过去一直在伦敦的政府部门供职，过着养尊处优的生活，直到三十四岁那年染上了肺炎，因害怕转成结核病，才跑到这里工作。对他来说，沃克尔的经历非常传奇，而且励志。刚满十五岁，沃克尔就在一艘运煤船上做铲煤工。因为身体矮小，同事都对他很友善。也不知道什么原因，船长就是不喜欢他，动不动就对他拳打脚踢，经常打得他遍体鳞伤，因为疼痛无法入睡。沃克尔恨死他了。后来，沃克尔得到一场赛马的内幕消息，便向贝尔法斯特[1]的一位朋友借了二十五

---

① 贝尔法斯特（Belfast），爱尔兰首府。

个英镑，一下子全押在一匹看似毫无胜算的马上。要是赌输了，他根本偿还不起。然而，他自我感觉鸿运当头，于是孤注一掷，结果那匹马胜出了，他一下子赚了一千多英镑。有了这笔钱，报仇就有了可能。没过多久，机会来了。沃克尔听说那艘运煤船——当时停靠在爱尔兰海岸——要出售，便找到镇上最好的律师，让他帮自己把这艘船买下来。律师看到这位小客户只有十六岁，觉得很有趣，便答应了。最后，不仅顺利成交，而且花钱不多。就这样，沃克尔成了那艘船的新主人。船一到手，他马上把船长解雇，限他半小时内离开，提拔大副当了船长。九个月后，他把船卖掉，大赚了一笔。沃克尔说，这是他人生中办得最得意的一件事。

二十六岁那年，沃克尔来到了塔鲁阿岛，当上了种植园主。在德国人占领期间，他是住在这座岛上为数不多的白人之一，而且有一定的影响力。鉴于此，德国人让他负责管理这座岛。他一干就是二十年。英国人占领这座岛后，他继续干。他铁腕治岛，而且十分成功。这是麦金托什崇拜他的另一个原因。

麦金托什又高又瘦，肩窄胸狭。他脸色蜡黄，双颊凹陷，一双大眼睛目光阴沉，而且举止笨拙。他和沃克尔志趣一点儿不相投。麦金托什酷爱读书。每次有新书寄到，沃克尔都会跑过来看一看，讥笑他道：

"你干吗把这些垃圾弄到这里来？"

"你认为这是垃圾。我很遗憾。"麦金托什脸涨得通红，"我就喜欢看书。"

"听说你带了很多书过来。有侦探小说吗？"

"我对侦探小说不感兴趣。"

"你真是个傻瓜！"

"随你怎么想！"

每次取邮件，都有沃克尔的一大堆东西：新西兰的报纸和美国的杂志。尽管麦金托什喜欢读的那些东西，他不以为然，但看到麦金托什对他喜欢看的这些东西不待见，沃克尔很恼火，在他看来，读吉本①的《罗马帝国衰亡史》和伯顿②的《忧郁的解剖》的人都是在装模作样。而且，他这个人向来口无遮拦，就连对自己的助理也是恶言相向，无所顾忌。麦金托什算是看透他了，表面上脾气好、性格好，实际上，粗俗狡诈、虚荣狂妄，而且心胸狭窄。他往往通过言辞来评判别人是好还是坏。如果你说话不像他那样张口闭口淫言秽语，他就会鄙视你。晚上，他和麦金托什一起玩皮克牌③。尽管他牌技很差，却自我感觉水平很高，赢了喜形于色，输了就大发雷霆。有时候，岛上的几个种植园主或商人也会开车过来和沃克尔一起打打桥牌。这时，他的无赖本性就会暴露得更加彻底，而且我行我素，没有一点儿团队精神，经常和人争吵或者反悔耍赖。和人争吵时，嗓门很大；反悔耍赖时，可怜巴巴，不停地央求道："哦，我年纪大了，眼神不好。你总不能和我这个老头子斤斤计较吧？"他难道不知道大家都在哄他高兴，根本没打算严格按照规则玩吗？麦金托什冷冷地看着他，目光中充满了蔑视。打完牌，他们一边吸烟喝酒，一边闲聊。沃克尔兴致勃勃，主动告诉大家说，他在自己的婚宴上喝得烂醉如泥，把新娘子都给吓跑了，而且之后再也没有回来。他还大谈特谈他在这座岛上的多次艳遇，简直是恬不知耻。这对麦金托什的耳朵来说，无疑是一种极大的侵害。沃克尔无聊下作，但自我感觉良好。在他看来，麦金托什这个可怜的家伙，过于洁身自好，完全是在装模作样。

---

① 吉本（Edward Gibbon，1737—1794），英国杰出的历史学家，史学名著《罗马帝国衰亡史》的作者，十八世纪欧洲启蒙时代历史学的卓越代表。
② 伯顿（Robert Burton，1577—1640），英国作家，代表作《忧郁的解剖》。
③ 皮克牌（Piquet），一种纸牌牌戏，供两人玩，另有供三人或四人玩的变种。

麦金托什为人规规矩矩，做事有条不紊，各种规章制度全都牢记在心，张口就来。他办公桌上的文件总是摆放整齐，查找快速容易；各种办公用品井然有序，需要时得心应手。这也是沃克尔不喜欢他的原因之一。

　　"你这完全是吃饱了没事干撑的！"沃克尔大声吼叫道，"二十多年来，这座岛我一个人说了算。既不靠这些条文，也不靠那些框框。你看，一切不挺好的嘛。"

　　"省得你找封信也要费半天工夫。这样做不好吗？"麦金托什非常不解。

　　"你这个一根筋的家伙！不过，这倒不是什么大毛病。在我这里待上一两年，你就会开窍的。你最大的短板是不会喝酒。在这个地方，一周不喝醉一两次，会被人耻笑的。"

　　非常奇怪，沃克尔根本没意识到，麦金托什对他的不满正与日俱增。更加奇怪的是，尽管他把麦金托什看作一个怪人，经常讽刺挖苦他，时间一长，却慢慢喜欢他了。这一点他自己也没觉察到。事实上，沃克尔只有通过讽刺挖苦别人，才能实现他的一个重要才能——幽默。在他看来，麦金托什戒酒禁欲、洁身自好、做事守规矩，无疑是他施展这种才华的最佳缘由。就连他的苏格兰名字沃克尔也不放过。每当几个人聚在一起，沃克尔就会讽刺挖苦麦金托什，逗得大伙儿哈哈大笑，他自己也乐在其中。这种时候，麦金托什所学的萨摩亚语完全派不上用场。听到沃克尔用一些难听的话说他，看到其他人被逗得开怀大笑，他总是一笑了之，表现得很大度。

　　"麦克，你听我说，"沃克尔嗓音粗哑，"我刚才说的只是一个笑话。"

　　"是笑话吗？"麦金托什笑了笑，"我没有听出来。"

"《苏格兰勇士》[①]！"沃克尔大吼一声，"这个世界上，只有一种方法能够让苏格兰人听懂笑话，那就是把他们送进医院，换个脑子。"

沃克尔全然不知，麦金托什最无法忍受的事情就是被人愚弄。沃克尔不假思索、随口而说的几句玩笑话，会让他一连几天闷闷不乐，甚至会在睡梦中突然惊醒。这些话一遍遍在他耳畔回响，他非常愤怒，心里一直在盘算，如何才能出这口恶气。事实上，他曾经反击过一次，但沃克尔天生善于诡辩，污言秽语张口就来，而且嗓门又大。最要命的是，无论你明说还是暗示，他都像听不懂似的，无动于衷。麦金托什非常清楚，在这一方面，他根本不是沃克尔的对手。最明智的做法就是：不要和他生气。即便生气也不能让他看出来。鉴于此，麦金托什虽然心里对沃克尔充满了仇恨，但一直不动声色。他仔细观察沃克尔的一举一动，尤其是沃克尔幼稚粗俗的卑劣行径，看在眼里，乐在心里。比如，沃克尔吃东西时喜欢吧唧嘴巴，吃相不端，说话时嗓门大，而且言语污秽，写东西时逻辑不通，而且拼写及语法错误满篇都是。这个傻瓜喜欢自吹自擂，喜欢被人吹捧。实际上，大家都只是在敷衍他。沃克尔竟然对此一无所知。这让麦金托什感到一种奇特的快感。他知道，沃克尔从心里瞧不起他。有一次，他无意中听到沃克尔背后这样谈论他。

"麦金托什是条好狗，对主子忠诚。我要好好调教他。"

麦金托什努力克制着自己愤怒的情绪，好像没有听到一样。

麦金托什头脑清醒，理智胜于情感。他虽然非常憎恨沃克尔，但并不全盘否定他。在他看来，沃克尔也有长处，比如为官公正、清廉，在管理自己的小帝国方面确实有一套。他担任行政长官这么多

---

① 原文为苏格兰语：Scots whahae，是一首苏格兰诗歌，作者是罗伯特·彭斯（Robert Burns，1759—1796）。

年，捞钱的机会多的是，但他却比上任前更穷了，退休后只能靠养老金生活。沃克尔感到自豪的是，手下只有一个白人助理和一个混血职员，就能把这个小岛治理得比拥有众多官员、职员的乌波卢岛^①还要好。当然，他手下也有几个当地土著警察用来维护他的权威，但他从不动用警力。他治理这个小岛有两大法宝：一是虚张声势的恫吓，二是爱尔兰式的幽默。

"他们要我建造监狱，"沃克尔说，"我才不稀罕那破玩意儿呢！要是这座岛上有人犯了事，我知道该怎么收拾他们，但绝不是把他们扔进监狱。"

沃克尔因为声称对这个小岛上的居民具有完全、排他的管辖权，跟阿皮亚的高层领导起了争执。说什么，不管他的孩子们犯了什么罪，都应该由他亲自处理，即便法律部门也不要插手。为此，他和远在乌波卢岛的上级领导通了好几次信，措辞非常不礼貌。这个粗俗、自负、无聊的家伙竟然把这个小岛上的居民当成自己的孩子来看待！他说，他爱这个小岛，爱这个让他作威作福几十年的地方，尚且可以理解，但他说他爱这里的父老乡亲，实在是令人惊讶！

他喜欢骑着他那头灰色老母马在岛上乱转悠。这座美丽的小岛，他百看不厌。他沿着一条条青草丛生的小道在椰林中穿行，细细品味这迷人的美景。路过某个土著村落时，他会停下脚步，喝着族长端给他的卡瓦酒，看着一座座钟形小屋。小屋高耸的茅草房顶好像蜂房似的。他肥胖的大脸上笑容灿烂。最后，他的目光落在郁郁葱葱的面包树上，感叹道：

"天哪，这里简直就是伊甸园啊！"

---

① 乌波卢岛（Upolu Island），萨摩亚独立国两主岛中面积较小的一个，也是人口较多、经济较发达的一个，首都阿皮亚即位于该岛西北部。该岛西隔阿波利马海峡与萨瓦伊岛相望。

有时，他会骑着老母马沿着海边走。大海宽广无垠，海面空无一物。有时，他会爬到山顶，乡村野外尽收眼底。田野、道路错落有致，树林郁郁葱葱，里面躲着一个个小村落。他欣喜若狂，流连忘返，至少要在那里坐上一个小时。这种感受，他不知道该怎么表达。他这个人只会讲粗俗的俏皮话。如果内心情感强烈，非要表达出来不可，粗俗的俏皮话就是他唯一的选择。

麦金托什一直暗中偷偷观察他。沃克尔是个酒鬼，并为自己酒量大而倍感自豪。有一次，他在阿皮亚喝酒，把年纪比他小一半的人都给喝趴下了。他像酒鬼一样喜怒无常。比如说，他会因为在杂志上看到的一篇文章而潸然泪下，却拒绝借一分钱给陷入困境的商人，哪怕他们已经相识长达二十年之久。他把钱看得很重。有一次，麦金托什这样对他说：

"你如果能乐善好施，大家会更加敬重你。"

他好像没有听懂麦金托什的意思，以为是在恭维他。他对这座小岛的喜爱，只不过是一个酒鬼原因不明的多情之举罢了。就连他对当地居民的感情，麦金托什也不以为然：他之所以爱他们，无非是因为他们服从他的管理，就像一个自私自利的人喜爱他的狗一样。他的趣味倒是和他们很相投。他们的玩笑低级下流，他也满嘴胡言乱语。他懂他们心里想什么，他们也理解他需要什么。在当地居民中间很有影响力，这让他颇为自豪。他把他们看作自己的孩子，什么事情都要跑去掺和一下。他非常珍视自己的权威。他实行铁腕统治，容不得任何不同意见。他不容许岛上的白人欺负当地土著。他对传教士严加提防。如果他们胆敢犯事，他就让他们的日子不好过。当地土著对他惟命是从。只要他说句话，他们就会拒绝为传教士干活、提供食物。这样一来，就算他不赶传教士走，他们也会主动离开。他对商人也是如此，一方面确保当地土著无论是出卖劳动力还是卖椰肉干不受欺骗，另一方面警告商人贩卖杂货时不能谋取暴利。只要他觉得哪桩买卖不公平，他就会出手干预，毫不含糊。也有商贩跑到阿皮亚去投诉沃克尔，但他们很快就会明白一件事：无论是说谎、耍赖还是陷害，他们绝对不是沃克尔的对手。如果想要活命，平静地生活，就不要去招惹他。沃克尔心狠手辣，所有招惹过他的商人所开的商店都被烧过好几次。幕后主使显而易见就是沃克尔。有一次，一个一半瑞典血统的本地商人被烧得倾家荡产，跑去当面指责他。沃克尔冲他大声说道：

"你这个狗东西，你怎么胆敢骗当地土著的钱！别忘了，你妈就是土著。你的店被烧完全是上帝的旨意。你听清楚了？上帝的旨意！滚！"

两个土著警察立刻上来把那个商人给轰了出去。这位行政长官哈哈大笑。他又重复了一遍。

"上帝的旨意！"

沃克尔每天的工作都是从给当地人看病开始的——行医是他工作的一个重要内容。他办公室后面有一个堆满药物的小房间。一个老头儿来到他面前。他满头白发，身穿蓝色土著印花围裙，满身刺青，皮肤皱得像堂吉诃德装红酒的羊皮酒囊。

"你怎么了？"沃克尔问他道。

老头儿哼哼唧唧，说他吃什么吐什么，这里疼，那里也不舒服。

"去找传教士。"沃克尔说，"我只给小孩子看病。"

"我去过了。他们说治不了。"

"那就回家等死吧！"

老头儿一听，又哭又闹，但沃克尔置若罔闻。他叫一个抱小孩的女人，把孩子放在他的桌子上，先是问了她几个问题，然后给孩子做检查。

"吃点儿药看看吧。"他冲着那个混血职员喊道，"你去拿俩甘汞片①来。”

他看着孩子喝下一片，然后将另一片递给孩子妈妈。

“好了，回家吧！让孩子穿得暖和一点儿！明天要是死不了，就没事了！”说完，他往椅背上一靠，点燃了烟斗。

“甘汞片真是个好东西。整个阿皮亚数我救活的人多，靠的就是它。”

无知者无畏。沃克尔自以为医术非常高明，就连正规大医院的医生们，他都瞧不起。

“我最喜欢瞧这种病，”他吹嘘道，“等所有医生都说这种病无药可救后，再来找我。我跟你说过那个得了癌症的家伙没有？”

“说了。说了好几遍了。”麦金托什有些不耐烦了。

“三个月，仅仅三个月，我就把他给治好了。”

“没治好的，你从来不提。”

他什么事都管。忙完这，他就开始忙那。比如，一个女人跑来告状说，这日子根本没法过了，要和丈夫离婚。一个男人跑来告状说，他老婆跟着别的男人跑了。

“你太幸运了！”沃克尔回答道，“这种事，好多男人还求之不得呢。”

有的因为巴掌大的一块土地的所有权来找他，有的因为鱼虾分配不公来找他、有的则因为白人商贩缺斤少两来找他。沃克尔认真倾听着，并快速转动脑筋逐一作出判决。之后，无论原告、被告同不同意，判决结果都不会有丝毫更改。接受、走人是他们的唯一选择。不然的话，他就叫土著警察把他们轰出去。总体来说，判决结果还算比较公允。让麦金托什感到恼火的是，他的上司不仅相信自己的直觉胜

---

① 甘汞片（Calomel），一种白色无味盐，可用作泻药、杀虫剂、除菌剂。

过证据、不允许原告和被告进行申辩，而且还胁迫目击证人按照他的意思提供证词。稍有不从，他就会破口大骂，说他们是小偷、骗子。

今天，一位年老的族长带着儿子和村里四五位德高望重的人也来找他了。族长气质尊贵。他身材高大、花白头发剪得很短，身穿崭新的印花布短围裙、手里拿着一把象征地位的大拂子。他们几个坐在办公室的一个角落里。沃克尔故意不踩他们，让他们一直等到最后。沃克尔和他们有过过节，最终以胜利告终。依照他的性子，这次见面，他肯定会旧事重提，再次羞辱对手，回味回味胜利的喜悦。

事情是这样的：沃克尔这个人喜欢修路架桥。他刚到塔鲁阿时，发现这个地方道路不仅稀少，而且互不相连，交通非常不方便。上任以来，他接连修建了好几条大马路，把全岛的各个村落几乎全都连结了起来。毫无疑问，这是该岛居民能够变得富裕的一个重要原因。椰肉干是塔鲁阿岛的主要特产。要想运到阿皮亚去卖，必须先运到海边，然后再通过纵帆船或汽艇运过去。这在以前几乎是不可能的。而现在呢，全岛交通便利，运输成本大大降低。修建一条环岛公路是沃克尔最大的心愿。到目前为止，这个心愿还没有实现。

"大概再有两年时间就能建好。到那时，就是不让我干了，或者让我去死，我都乐意。"

这个世界上，最让他牵肠挂肚的是修路。只要一有机会，他就会跑出来看一看修的路。这些路其实都很简陋。路面虽宽，但杂草丛生，穿过灌木丛或种植园。遇到树木碍事，就连根拔起；遇到石头挡路，就挖掘或爆破。当然，还有路面整平问题。所有这些难题都是沃克尔一个人解决的。最让他自豪的是，所有道路都是他规划设计的。他就像一个技艺高超的日本花艺师。条条参天大树耸立两旁的绿色长廊不仅便利了交通、富裕了民众，还将这座小岛的绰约风姿充分展示出来。他就像一个诗人。条条参天大树耸立两旁的绿色长廊在这座风光旖旎的小岛上穿梭。它们时而笔直前行，时而蜿蜒延伸，真可谓诗意盎然。这样一个粗俗浅薄的人竟然为了修路而如此费尽心思，倾其所有，的确令人感到震惊。上面拨付的修路经费，他也没花多少。就拿去年来说，上面拨付给他一千英镑，他只动用了十分之一。更让人摸不着头脑的是，他征募当地人修路，付给他们的工钱非常少。

"给他们那么多钱干吗？"他厉声说道，"一旦有了钱，他们就纷纷跑到传教士那里买东西，全是些没用的垃圾。"

他之所以这样做，或许是因为有意显示他工作高效、节俭，行政能力强，以期得到阿皮亚上司的赏识吧。谁知道呢！正因为这一点，他跟岛上的一个村落起了冲突。这不，族长带着人找他来了。族长的儿子在乌波卢岛待过一年，见过大世面。同村落里的人听他讲，同样给政府干活，在阿皮亚比在塔鲁阿挣的钱要多得多。族长儿子麦奴马的话激发起了村民的强烈欲望——他们想要更多的报酬。有了钱，他们就可以买瓶威士忌尝尝了——威士忌在这座岛上价钱卖得很贵。而且，岛上的法律明文规定，如果当地土著购买威士忌，必须花双倍的价钱。有了钱，他们就能买个用檀香木做的大盒子，把全部贵重物品都存放在里面。有了钱，他们就可以购买香皂用，买罐装鲑鱼吃。有了钱，他们就可以想买什么就买什么。所以，当行政长官沃克尔召集他们说，政府出资修一条从他们村子一直通到海边的公路，而报酬只给二十英镑时，他们坚决不同意，说给一百英镑才干。

麦奴马身材高大、相貌英俊，皮肤呈古铜色，头发毛茸茸、红彤彤的。他脖子上戴着一个缀满红色浆果的花环，耳朵后面别着一枝鲜花，就像一簇猩红色的火苗，映照着他古铜色的面庞。为了表示自己曾经在阿皮亚工作过，已经不再是一个野蛮人了，麦奴马尽管上身依旧赤裸，但下身换穿了一件粗布裤子。他鼓励村民说，我们态度一定要坚决。既然已经开口要价一百英镑，就绝不能变卦。无论沃克尔说什么，千万不能松口。沃克尔绝不会放弃修路的。只要我们团结，胜利一定属于我们。

听完村民们的要求，沃克尔爆发出一阵大笑，声音低沉、绵长。他警告村民不要光想好事，赶紧回去准备干活。那天他心情好像还不错，承诺村民，等公路竣工时，他请大伙儿吃大餐。后来，他发现村民迟迟没有开工，便跑到村里质问他们到底想干什么。麦奴马已经教过村民该怎么应对了。他们个个表现得十分平静。没有人和他争辩——与人争辩是卡纳卡人的一大嗜好——只是耸耸肩膀，说只要给一百英镑就干。否则的话，要打要骂随他，他们一点儿也不在乎。沃克尔一听勃然大怒，气得脸色发紫，脖子青筋暴起，样子非常吓人。他破口大骂，唾沫星子乱飞。在羞辱人方面，沃克尔绝对是高手。一些年纪大一点儿的村民面色发白、忐忑不安。他们已经招架不住，开始动摇了。要不是怕被麦奴马耻笑，他们早就缴械投降了。最后，见过世面的麦奴马决定站出来，亲自跟沃克尔谈判。

"一百英镑，我们马上开工。"

沃克尔向麦奴马挥舞着拳头，把他能想到的最难听的话冲着麦奴马大喊了一遍。麦奴马骂不还口，面带微笑坐在那里，看似非常自信，实际上是虚张声势。当着大伙儿的面，他必须好好表现。他又重复了一遍刚才说过的话：

"一百英镑，我们马上开工。"

村民都以为，沃克尔这时一定会扑上去打麦奴马。沃克尔动手打当地土著已经不是第一次了。他力气很大。虽然论年龄，沃克尔是麦奴马的三倍，论个头，沃克尔比麦奴马矮了足足六英寸，但论打架，麦奴马根本不是他的对手。而且，这个岛上的土著至今还没有这种想法：遭到行政长官的野蛮攻击时，要奋起还击。然而，意想不到的是，沃克尔竟然扑哧笑了。

"我不想跟你们这帮缺心眼儿的家伙浪费口舌。我出的价钱你们全都知道。你们再合计合计。给你们一周时间。如果到时还不开工，不要怨我对你们不客气。"

沃克尔转身朝他的老母马走去。在他准备上马时，一个年长的土著走过来，帮他紧紧按住他身体另一侧的马镫子。他踩在一块石头上，一个翻身，笨重的身体跌坐在马鞍上。

那天晚上，像往常一样，沃克尔在他家附近的大路上散步。突然，"嗖"的一声，一个东西从他耳边呼啸而过，击中了路旁的一棵大树：有人暗算他。他出于本能躲闪了一下，大声喝问道："谁？"他朝投掷物飞来的方向追了过去，什么也没看见，只听到有人穿过树林逃跑的声音。他知道，自己跑几步就开始气喘吁吁，再加上黑灯瞎火的什么也看不见，根本追不上。于是，他停止追赶，回到大路上。他四处寻找袭击他的那个凶器，找了半天，一无所获。天色太暗了。他回到住处，喊来麦金托什和中国厨师，告诉他们说：

"有个家伙朝我扔东西。走，跟我去找找看，到底是什么？"

中国厨师点上灯笼。他们一起来到刚才那个地方，四处仔细查看。突然，中国厨师尖叫了一声。他俩转身一看，只见中国厨师手中灯笼的光亮驱散了四周的黑暗，一柄长匕首插在一棵椰子树的树干上。投掷人力气很大，他们费了很大劲儿才把它拔出来。

"天哪，要是他投得再稍稍正一点儿，我就见不到你们了。"

沃克尔仔细端详着这把匕首，刀刃十二英寸长，非常锋利，是件杀人利器。它是一件仿制品，原型是一百年前登上这座岛的白人水手用的小刀。现在，人们多用它来切割椰子，做椰肉干。沃克尔扑哧笑了。

"这个不知死活的混蛋！狗胆包天！"

他心里很清楚，袭击他的人一定是麦奴马。仅仅偏离三英寸，让他逃过一劫。他没有暴跳如雷，反而兴高采烈。这次历险令他异常兴奋。回到屋里喝酒时，他双手相互揉搓着，情绪非常高涨。

"我会让他们付出代价的。"

沃克尔就像一只斗志昂扬的雄火鸡，一双蓝色小眼睛闪闪发光。没过半小时，他就要给麦金托什讲讲这次历险的细节，并让麦金托什陪他玩皮克牌。他一边打一边吹嘘自己一定要如何如何。

"你让人家修路，却只给二十英镑。"麦金托什问他道，"你为何不多给点儿呢？"

"就冲我没让他们白给我干这一点，他们就应该感谢我！"

"你这是不讲道理！钱是政府拨下来的，又不是你自己出的。政府拨给你这笔钱，就是要你把它全部花在修路上的。"

"阿皮亚那帮家伙懂什么！"

麦金托什心里很清楚，沃克尔之所以这样做，是为了逞能。他耸了耸肩膀。

"为羞辱阿皮亚的那帮家伙而把自己的性命搭上，得不偿失啊。"

"多谢关心。对于当地土著来说，我就是他们的神。他们还不至于要我死。麦奴马这个傻小子冲我舞刀弄枪，只不过是想吓唬吓唬我而已。"

第二天，沃克尔又骑马去了那个村落。村落名叫马塔乌图。他来到族长的小屋跟前，没有下马。他看到许多村民正围成一圈坐在地上，似乎在讨论什么事情。十有八九是在讨论修路。萨摩亚人的住房四壁都是"透明"的，不是为了节省砖石等建筑材料、降低成本，而是因为当地气候温和，只需遮雨，而无需挡风。沃克尔大声叫道：

"嘿，汤加图，你给我听着，我是来给你们送匕首的！昨天晚上，你儿子把他的匕首落在一棵椰子树上，被我捡到了。"

他把匕首扔在人群中间，笑了笑，骑着马缓缓离开了。

星期一到了。沃克尔出门查看是否已经开工。他骑马穿过村落，看到村民们正在忙各自的事情：一个老人在用露兜树①叶编织席子，另一个老人在制作喝卡瓦酒的碗，孩子们在嬉戏玩耍，女人在忙家务，丝毫没有开工的迹象。沃克尔嘴角挂着微笑，径直朝族长家走去。

"你好！"族长问候说。

"你好！"沃克尔回答道。

麦奴马叼着香烟，正在编织渔网。他抬起头，看了看沃克尔，脸上带着胜利的微笑。

"路，你们到底修不修？"沃克尔问族长道。

"不修。除非你给一百英镑。"族长回答说。

"你会后悔的。"他转身看了看麦奴马，"小伙子，我敢打赌，你很快就会浑身痛得站不起来。"

沃克尔"嘿嘿"冷笑两声，骑马走了。望着他的背影，当地土著心里非常不安。他们对这个心狠手辣的胖老头儿心怀恐惧。不论是传教士对沃克尔的诋毁，还是去阿皮亚见过世面的麦奴马对沃克尔发起的挑战，都无法让他们忘记这位行政长官的阴险狡诈。和他作对的人都没有好下场。一般不出二十四个小时你就会知道他的厉害。这是他的一贯作风。

第二天一早，一大群人涌进了村落，男女老少都有。听领头的那个人讲，他们是来修路的，价格已经跟沃克尔谈好了，二十英镑。沃克尔真的是太狡猾了。波利尼西亚人有一个不成文的规定：如果村落来了陌生人，村民必须无偿为其提供吃住，而且他们想住多久就住多

---

① 露兜树（The pandanus），主要分布于东半球热带地区，多生长于海边沙地，其叶纤维可编制席、帽等工艺品。

久。其效力等同于法律。这样一来，马塔乌图人可就倒大霉了。每天早上，这些人一起出门修路。他们砍树、挖石、平整路面；傍晚时分，他们收工归来，大吃大喝。酒足饭饱后，又说又笑，又唱又跳，好不快活。来这里修路，对他们来说远远胜过一次郊游野餐。管吃、管住、还给钱！没过几天，村民的脸色越来越难看。这帮客人胃口极好：大蕉① 和面包果② 眼看要被他们吃光，本来可以去阿皮亚卖个好价钱的鳄梨③ 也所剩无几。而且，他们只能眼睁睁看着，心里干着急，有苦难言。村民还发现，这些人修路的进度非常缓慢。难道是沃克尔指示他们故意拖延时间？照他们现在的进度，等路修好那一天，整个村落恐怕已经沦落到粮尽财无的地步了。更加闹心的是，这件事很快传遍了全岛，成了一个笑柄。这让马塔乌图人无法接受。他们开始闹内讧。麦奴马不再被村民当作英雄来看待了，甚至有村民开始抱怨他，对他恶语相向。出乎意料的是，沃克尔威胁麦奴马的话竟然成了真：一场激烈的辩论变成了争吵。吵着吵着，四五个年轻人就对麦奴马动了手。他们将他暴打一顿，打得他浑身上下青一块、紫一块，站都站不起来，在露兜树叶编织的草席上躺了整整一个礼拜。

　　每隔一两天，沃克尔就会骑着那匹老母马，来到马塔乌图视察工程进度。他这人就爱大煞手下败将的威风，所以一有空就挖苦、羞辱村民。是的，他赢了。一天早上，村民们把自尊装进口袋收起来——这只是个比喻。他们浑身上下根本就没有一个口袋——默默加入了修路者的队伍。他们期盼尽快把路修完，以免这些外来的家伙把食物全

---

① 大蕉（The Plantains），香蕉的人工选育品系之一，原产于印度，公元六世纪始传至非洲，十八世纪始传入南美洲。

② 面包果（The bread-fruit），属桑科，是典型的热带多年生常绿果树。果实可食用，风味类似面包，因此而得名。

③ 鳄梨（The alligator-pear），又名酪梨、樟梨，含多种维生素、丰富的脂肪和蛋白质，钠、钾、镁、钙等含量也高。

部吃光。全村男女老少都来了。出于愤怒和屈辱，他们都不说话，只是拼命干活，连小孩子也不例外。女人们一边搬运树枝，一边默默流泪。沃克尔看到这一切，高兴得差点儿从马背上摔下来。

这个消息很快又在全岛传开了，整座岛屿沸腾了。这是全岛有史以来最好笑的事情。为了看看这些放着二十英镑工钱不要，执意免费为沃克尔修路的大傻瓜们，好多人特地从远处赶来，有的甚至拖家带口。问题是，当地村民越卖力拼命，那帮外地人就越闲散懒惰，整日磨洋工。话说回来，既然天天免费好吃好喝好住，而且还有工钱拿、有笑话看，人家何必急于把路修完呢！最后，可怜的村民们实在是憋不住了，今天上午主动找上门来，恳求沃克尔把那帮外地人打发回家，并向沃克尔保证，分文不要，把路修完、修好。

这次胜利再次证明，在这座岛上，没人斗得过沃克尔。他是真正的王者。沃克尔躺在椅子里，恰似一只大牛蛙，油光满面的胖脸上堆满了傲慢和得意。看到他如此阴险狡诈，麦金托什感到恶心的同时，心里直打寒战。沃克尔开口说话了，嗓音低沉。

"你们自己想一想，修这条路还不全是为了你们好？对我有什么用处？我能从中捞到什么好处？把路修好，你们走路舒服，卖椰肉干方便。为你们自己干活，我来买单，你们竟然还不领情？那好吧，如果你们能够保证把路修完、修好，并且付给那些马努阿人二十英镑工钱，我就立刻打发他们回家。"

屋子里顿时乱成了一锅粥。有的村民大喊没钱，有的村民试图说服他改变主意。不管他们说什么，得到的只是沃克尔的蔑视和嘲讽。这时，钟声响了起来。

"该吃饭了。"他大喊道，"把他们统统给我轰出去。"

沃克尔从椅子上站起身来，走出了办公室。麦金托什愣了愣神，等他来到餐室，发现沃克尔已经坐在餐桌旁边了。他围着餐巾，举着刀叉，正等中国厨师上菜呢。看得出，他心情很好。

"就应该让他们吃点儿苦头，长长记性。"等麦金托什坐下，他说道，"以后再修路，就不会有麻烦了。"

"我还以为你是在和他们开玩笑呢。"麦金托什声音很冷漠。

"你这话什么意思？"

"你真要他们付二十镑工钱给马努阿人？"

"我发誓，绝对是认真的。"

"你凭什么这样做？"

"你不知道？这里是我的地盘。我想干啥就干啥。"

"适可而止吧！村民们已经够可怜的了。"

沃克尔哈哈大笑起来，满脸肥肉乱跳。麦金托什的话，他不以为然。

"你给我闭嘴。需要你提建议时，我自然会问你。"

麦金托什脸色很难看。除了保持沉默，他别无选择。眼前的食物，他一口也吃不下。看着沃克尔把一块块肥肉塞进他那张大嘴，麦金托什感到恶心。和他同桌吃饭让人反胃。这个粗鄙的家伙太残忍了！麦金托什不禁打了个哆嗦，一股强烈的欲望油然而生：他愿意不惜任何代价羞辱一下这个家伙。他让别人遭受的痛苦，让他自己也尝一尝。麦金托什从来没有像现在这样厌恶这个恶棍。

时间过得很慢。麦金托什本想吃完午餐好好睡一觉，可心中的愤怒让他辗转难眠。他翻开书，一个字也看不进去。烈日炎炎，直射地面。他盼望老天下场大雨。事实上，即便下场大雨，也不会带来凉意，只会更加潮湿、闷热。麦金托什是阿伯丁人。此时此刻，他非常怀念故乡那花岗岩街道上呼啸而过的凛冽寒风。在这座岛上，他就是一名囚徒。造成这种状态的原因，不仅仅是一望无际的大海，还有他对这个可恶老家伙的深仇大恨。麦金托什脑袋疼得厉害，似乎要开裂一样。他两手抱着脑袋，心里在想：杀了他！但理智告诉他，一定要冷静。他需要做点儿什么缓解一下情绪。既然书看不进去，那就整理私人信件吧。他早就想做这事了，但一直拖着没有动手。麦金托什拿出钥匙，打开书桌的抽屉，取出一大堆信件，突然看到了自己的左轮手枪。用它对准自己的脑袋，一扣扳机，他就彻底摆脱目前的这种生活了。这念头在他脑海中一闪而过。因为空气潮湿，手枪已经长了锈斑。麦金托什找出一块软布，倒上汽油，擦拭起来。正擦着，他感觉门口好像有人，便抬起头，大声问道：

"谁？"

片刻寂静过后，麦奴马出现在门口。

"找我有事？"

族长的儿子站在门口，脸色阴沉，没有回答。过了一小会儿，他终于开口了，声音十分沉闷。

"二十镑工钱，我们付不起。我们没有这么多钱。"

"你给我说这个干啥？"麦金托什说，"沃克尔先生是怎么说的，想必你也听到了。"

麦奴马开始哀求他，一半是萨摩亚语，一半是英语，活像一个乞丐。这让麦金托什非常恶心：没用的东西！年纪轻轻的，怎么这样没骨气？！

"我真的帮不上忙。"麦金托什心中很烦躁，"这事，沃克尔先生说了算。你应该知道。"

麦奴马不说话了。

"我身体不舒服。"沉默了一会儿，他突然说道，"你给我拿点儿药吃吧。"

"什么病？"

"不知道。浑身疼。"

"别站在门口。"麦金托什说道，"进来让我看看。"

麦奴马走进房间，站在桌子跟前。

"这里疼……这里也疼。"

他双手按着腰部，脸上的表情很痛苦。突然，麦金托什意识到，麦奴马看到了他的左轮手枪。刚才看到麦奴马站在门口，他便随手把它放在桌子上了。两个人都没说话。麦金托什似乎猜到了这个卡纳卡年轻人的心思。他不敢看麦奴马的眼睛，心脏在剧烈地跳动，觉得自己像着了魔一般，完全被一种陌生的力量所控制。他喉咙发干，用手摸了摸，好像这样能够帮助自己说出话来。

"你在这里等我。"他听上去就像被人捏住了喉管，"我去药房给你拿药。"

他站起身来，走路摇摇晃晃。是幻觉吗？麦奴马站在原地。尽管麦金托什没看他，但心里很清楚，他正两眼望着门外。受刚才那种陌生力量的驱使，他走出房间。出门时，他下意识地随手抓起一把信件盖在那把左轮手枪上，以免让别人看见。他来到药房，取出一粒小药丸，然后找了一个空瓶子里，朝里面倒了些蓝色的口服剂。他不想再回自己的房间，站在院子里，朝麦奴马喊道：

"过来，到这里来！"

他把药递给麦奴马，告诉他如何服用。他心里不明白，究竟是什么东西令他无法直视这个卡纳卡年轻人。他和麦奴马说话时，只是看着他的肩膀。麦奴马接过药，从大门溜走了。

麦金托什来到餐厅，胡乱翻看着几张旧报纸。屋子非常安静。沃克尔在楼上自己的房间里睡觉，中国厨师在厨房里忙活，两个土著警察外出钓鱼去了。静得令人感觉瘆得慌。麦金托什不停地在问自己一个问题：左轮手枪是否还在信件下面？然而，他又不愿意确认。半信半疑让人害怕，事实确凿则令人恐惧。麦金托什冷汗直冒，最后感觉实在是无法忍受了，便决定去杰维斯的店里看一看。杰维斯是个商人，尽管是个混血儿，血管里毕竟流着白种人的血。杰维斯的商店不远，只有一英里路程。他只想逃离那个房子，逃离那个堆放信件的办公桌，逃离盖在信件下面的那把手枪。或许它现在已经不在了。麦金托什沿着大路走着。路过族长的小屋时，两人还相互打了个招呼。他走进杰维斯开的商店，看到店主的女儿正坐在柜台的后面。她皮肤黝黑，脸盘宽大，身穿粉色上衣和白色粗布裙子。杰维斯很有钱，一直想把女儿许配给他，并许诺麦金托什，他会给女儿一大笔钱做嫁妆。看到麦金托什来了，她的脸唰地一下红了。

"今天刚到一批货。爸爸正在验货。我去叫他。"

女孩从商店后门出去了。他找了个座位坐下。不一会儿。杰维斯的老婆进来了。她身材肥胖，年纪偏长，走起路来左摇右摆。身为女族长，她拥有很多土地。她虽然身材胖得吓人，但举止友善、高贵。她朝他伸出一只手。

"欢迎光临，麦金托什先生！特蕾莎今天早上还在念叨你：'怎么见不到麦金托什先生了？'"

一想到给这位老女人当女婿，麦金托什就浑身不自在。尽管在白人眼里，她只是杰维斯夫人，事实上，她是一家之主，生意完全由她掌控。有着白人血统的丈夫对她言听计从。她有贵族血统。父亲和祖父都是族长。杰维斯来了，站在肥硕的妻子身旁显得更加瘦小。他肤色黝黑，胡须灰白，牙齿雪白，身穿帆布衣裤，一双大眼睛炯炯有神。他看上去还有点儿像英国人，但英语说得很烂，好像在说外语，而且夹杂着很多俚语。他和家人说话用当地土著语言——他母亲的母语。他这个人奴性十足，举止唯诺，奉承话不离嘴。

"啊，麦金托什先生，什么风把你给吹来了。特蕾莎，拿瓶威士忌来，我要和麦金托什先生好好喝一杯。"

他看着麦金托什的眼睛，把他听来的阿皮亚的新闻都报告了一遍，以便确定接下来该说些什么。

"沃克尔好吗？最近没有看见他。这个礼拜我夫人打算送只乳猪给他。"

"今天早上我还看见他骑马回家呢。"特蕾莎插嘴道。

"麦金托什先生，先干了这一杯再说。"杰维斯举起酒杯。

麦金托什抿了一小口，看了看两位女士。杰维斯夫人身穿黑色的宽大的长罩衣，沉稳、高贵。特蕾莎每次和他目光一对，就会立刻闪躲，并羞涩地一笑。杰维斯则一直絮叨个不停，令人厌烦。

"沃克尔快要退休了。听阿皮亚那边说，他年纪大了。和他刚上岛时相比，岛上的情况已经发生了很大变化，他却一点儿也没变。"

"有些事，他做得有点儿过头。"老女族长说，"全岛人都对他有意见。"

"修路那件事太逗了！"杰维斯大笑道，"我在阿皮亚讲给他们听时，他们都乐坏了。沃克尔这个老家伙可真有一套。"

麦金托什狠狠瞪了他一眼。这个混血商人怎能这样称呼沃克尔？他应该称呼"沃克尔先生"才对。他本想批评他几句，可不知为何，话到嘴边却没有说出口。

"等他退休后，我们盼望你能接任，麦金托什先生。"杰维斯继续说道，"全岛人都喜欢你。你同情当地土著。现在，他们大多受过教育，不能再把他们当作野蛮人对待了。这座岛需要一位有教养的人来做行政长官。沃克尔只是一个商人，和我一样。"

特蕾莎的眼睛闪耀着光芒。

"到时候，如果需要帮忙，你尽管开口。我一定全力以赴。我可以召集所有族长去阿皮亚请愿。"老女族长承诺道。

麦金托什心烦意乱。他从来没想过，万一沃克尔发生什么变故，将会由他继任，尽管他是这个位置的最佳人选。他猛地站起身来向主人告辞，急匆匆向家中走去。他径直走进自己房间，一把抓起书桌上用来遮盖手枪的信件。

左轮手枪不见了。

麦金托什心跳幅度突然加大，撞得肋骨生疼。他翻箱倒柜，四处找寻——椅子上、抽屉里，甚至房间的各个角落，尽管他心里很清楚结果是什么。突然，身后传来沃克尔粗哑、爽朗的声音。

"麦克，你在找什么？"

沃克尔正站在门口。他心里一惊，下意识地用身体挡住书桌。

"打扫卫生？"沃克尔问道，"我已叫人把马车备好了。去塔夫尼游泳。和我一块去吧。"

"好的。"麦金托什回答道。

只要他跟沃克尔待在一起，就不会出什么事。塔夫尼距离他们的住所大约三英里。那里有一个淡水池塘，与大海仅仅相隔一道窄窄的石坝。这是行政长官派人炸开岩石建成的，供当地人游泳使用。这样的池塘在岛上建了好几个。和温热的海水相比，在清爽的淡水中游泳舒服得多。他们坐着马车，沿着长满青草的大路飞奔，途经几处海水形成的浅滩和两个土著村落——村落中央有座白色小教堂，钟形土著民居散落在它的四周。抵达第三座村落，他们泊好车、拴好马，向池塘走去。四五个姑娘和十几个小孩也来游泳。很快，池塘便开始水花四溅。大家一边戏水，一边说笑。沃克尔穿着当地人常穿的印花布短围裙，游来游去，恰似一只行动不便的胖海豚。为了取乐，他不时地和姑娘们开着下流的玩笑。她们也不时地潜水到他身下。当他试图抓住她们时，她们则扭动着身躯飞快游走了。大家玩得不亦乐乎，很开心。沃克尔游累了。他躺在一块岩石上，姑娘和孩子们则围坐在他的周围，非常像幸福的一大家子人。肥胖的身躯、油光闪亮的秃头顶和后脑勺上呈月牙状的一小撮白发，使他一眼看上去就像一位年迈的海神。令麦金托什感到奇怪的是，此时此刻，他的眼睛里竟然闪烁着慈祥的光芒。

"这些孩子很可爱。"他嘴里嘟囔道，"他们都把我当作父亲。"

话音刚落，他又转过身对着姑娘们说了一句下流话，惹得她们咯咯大笑。麦金托什开始穿衣服。他细胳膊细腿，体型怪异，很像堂吉诃德。沃克尔随即拿他开了句低俗的玩笑，又引起了一阵哄笑。不过，和刚才相比，这一次笑声显然不像刚才那样放肆。麦金托什手忙脚乱，费了好大力气才把衣服穿好。他也知道自己看上去怪模怪样，但不想被人当作笑柄。他满脸怒气，冲着沃克尔大叫起来：

"你若想赶回去吃晚餐，现在就走。"

"你这个家伙不坏，麦克，但是不够聪明。做这件事，就不要想那件事。事情要一件一件做，饭要一口一口吃。"

他嘴上这样说，还是慢慢站起身来，开始穿衣服。他们回到村落，和族长一起喝了碗卡瓦酒，坐着马车回家了。

晚餐后，按照惯例，沃克尔点上一支雪茄，准备出去散步。麦金托什突然感到一阵莫名的紧张。

"夜里一个人外出，你不觉得不太安全吗？"

"见鬼，你说这话什么意思？"沃克尔那双蓝眼睛瞪得圆圆的。

"你还记得那把匕首吗？有人想要你的命。"

"呸！他们敢。"

"那把匕首是怎么回事？"

"他们只是一时糊涂罢了。他们是不会杀死我的。他们把我当作父亲，知道我所做的一切都是为了他们好。"

麦金托什看着他，一脸的不屑：这个老男人自我感觉也太好了吧。然而，心中莫名的紧张感促使他继续劝说道：

"即便如此，今晚待在家里不出去，难道不行？来，我和你玩皮克牌。"

"等我散步回来再玩不迟。让我改变生活习惯的卡纳卡人还没出生呢。"

"那我和你一起去。"

"不用。你还是在家待着吧。"

麦金托什耸了耸肩。既然已经再三提醒过他，就由他去吧。沃克尔戴上帽子出去了。麦金托什开始看书，突然间想起一件事：最好让大家都能证明他今晚人在什么地方，干了什么事情。于是，他首先跑到厨房，找了个借口和那个中国厨师聊了一会儿。然后，他回到自己房间，拿出留声机，放入一张唱片。来自伦敦音乐厅的哀怨曲调在房间里回响起来。尽管乐声很大、嘈杂，而他却被一种特殊的静谧所包围。他支起双耳，努力捕捉夜色中是否有那个声响。他听到了海浪拍打礁石发出的咆哮声，他听到了微风吹拂椰林发出的悲鸣声。还要等多久？太难熬了。

正在这时，他听到了一阵嘶哑的笑声。

"总会有奇迹出现。麦克，很少听见你放曲子听啊！"

沃克尔站在窗户跟前，脸膛红红的，打趣他道：

"瞧瞧，我这不活得好好的嘛。你怎么听起这个来了？"

"我在为你播放安魂曲。"

"名字叫什么？"

"'半杯苦啤和一瓶黑啤'。"

"很好，我喜欢。希望经常听一听。来吧，我们牌桌上见！看我是怎么收拾你小子的。"

他们开始打牌。沃克尔就是沃克尔。对手犯了错误，他就不停地嘲笑人家；对手犹豫不决，他就不停地催促人家。就这样，连蒙加赖，连吓唬加嘲笑，大获全胜。他高兴极了。麦金托什就是麦金托什。他像平时一样冷静，好似一个局外人，带着一副超然物外的心态来看待这个蛮横的老家伙。他隐约感觉到，麦奴马正躲在某个地方，耐心等待着时机的到来。

沃克尔赢了一局又一局。结束时，他把赢来的钱都装入自己的腰包，高兴坏了。

"麦克，若想赢我，你还需努把力。实话告诉你，我天生就是块玩牌的料。"

"我不这样认为。谁抓到好牌，谁赢。"

"玩牌高手才能抓到好牌。"沃克尔反驳道，"当然，你的那把烂牌如果让我来打，照样赢。"

沃克尔开始大谈自己辉煌的过去，说他无论在什么地方和什么人打（包括臭名远扬的老千们），都从来没有输过。他大言不惭、自吹自擂。麦金托什认真倾听，一声不吭。他现在想做的事情就是努力积攒自己对沃克尔的仇恨。沃克尔的一言一行，一举一动，无不令他讨厌、愤怒。最后，沃克尔站起身来。

"我该睡觉了。"他打了个哈欠，"明天忙得很。"

"忙什么？"

"我要赶着马车去岛的另一端看看。早上五点钟就得出发。估计很晚才能回来。"他们通常都是晚上七点钟吃晚餐。

"那就把晚餐往后推半个小时，改在七点半开始。"

"嗯，就这样定了。"

沃克尔把烟斗里的烟灰清理干净。他精力旺盛，活力四射，可死神偏偏就喜欢他这种类型，你说奇怪不奇怪？麦金托什冷冷地看着他，忧郁的大眼睛里闪过一丝淡淡的笑意。

"要我陪你一起去吗？"

"除非我疯了。那匹老母马拉我一个人已经是勉为其难了。拉着我们俩走三十英里，它是绝对不会同意的。"

"看来你是真的不了解卡纳卡人在想什么。我是担心你的安全。"

沃克尔瞥了我一眼，大笑起来。

"我可不是被吓大的。若论动摇军心，你倒是挺在行。"

麦金托什眼中淡淡的笑意此时已蔓延到了嘴角。他嘴角抽搐了一下。

"上帝欲使其灭亡，必定先使其疯狂。"①

"你说什么?"沃克尔问道。

"拉丁文。"麦金托什转身出门了。

走了一段距离，麦金托什忍不住轻声笑了出来。他突然心情大变。该说的他都说了。即便沃克尔真的出事了，也怨不着他了。几周以来，他那天晚上睡得最为香甜。第二天早晨一醒来，他就起床出门了。清晨空气清新，轻风习习，湖水荡漾，涟漪点点，天空澄碧，纤云不染。他感觉自己更加年轻了，精力更加充沛了，工作更有激情了。吃完午餐，他小睡了一会儿。黄昏时分，他骑上枣红马，在椰林间闲逛。他用全新的目光看着眼前的一切，感觉舒适亲切。不可思议的是，他竟然将沃克尔完全抛到了脑后，就像这个人压根儿就不曾存在过似的。

麦金托什回来时已是傍晚时分。因为出了很多汗，他便出去游了个泳。游泳回来，穿好衣服，他坐在房子的游廊上，抽着香烟，看着太阳在湖面上慢慢落下。夕阳下，礁湖泛着玫瑰色、紫色、绿色，瑰丽万分。他觉得自己的内心和自然界非常和谐。当中国厨师过来问他：晚餐准备好了，要不要等等长官，麦金托什对他友善地笑了笑，

---

① 原文为拉丁语：Quem deus vult perdere prius dementat。

然后看了看手表。

"已经七点半了，我们不等了。说不定长官已经在外面用过餐了呢？"

中国厨师点了点头，很快就端着一大碗冒着热气的汤进了餐室。麦金托什站起身来，懒洋洋的。他走进餐室，开始用餐。那件事发生了没有？他即紧张又激动，禁不住偷偷笑了起来。今天的晚餐似乎比过去可口了很多。尽管仍然是牛肉馅饼——可能中国厨师就会做这个——但吃起来格外香。吃过晚餐，麦金托什踱着方步，回到房间。夜幕降临，繁星点点。他心情十分愉悦，叫人把灯点上，准备看书。中国厨师赤着脚走了进来。他把灯轻轻放在桌子上，然而蹑手蹑脚退了出去。灯光刺破了屋子里的黑暗。突然，麦金托什呆住了——他的左轮手枪又出现在了那堆信件里。他浑身冷汗直冒，心提到了嗓子眼儿：那件事成了。

他捧着手枪，两手直打哆嗦，打开弹夹一看，发现里面竟然少了四颗子弹。他发了一会儿呆，向外看了看——外面漆黑一片，一个人也没有。他迅速添满弹夹，关好保险，把枪锁进抽屉。

他坐在椅子上，等待着。

一个小时过去了，又一个小时过去了，什么动静都没有。他坐在办公桌前，似乎在写什么东西。实际上，他什么也没写，而是竖着耳朵在听。他听到了脚步声。是中国厨师来了。

"阿宋！"他大声喊道。

中国厨师站在门口。

"长官太晚了。"他说，"晚餐不好了。"①

中国厨师英语很烂。麦金托什看着他，努力猜测他是否已经知道

---

① 中国厨师的英文不好。实际上，他想表达的意思是：长官到现在还没回来。晚饭都凉了。

沃克尔会出事，是否会怀疑沃克尔出事与自己有关。然而，中国厨师天天面带微笑，从来不多言多语，只知道做饭，工作按部就班。没人猜得出他心里在想什么。

"他说不定已经用过晚餐了。"麦金托什回答说，"嗯，千万不能让饭菜凉了。"

话音未落，一阵骚动打破了夜晚的寂静。院子里闯进来一群光着脚板的土著，男女老少都有。他们来到麦金托什跟前，你一言、我一语，七嘴八舌说个不停。麦金托什不仅听不懂，而且听不清。这群土著满脸惊恐，有的甚至还哭了起来。麦金托什急忙从人群中挤出来，朝大门口走去。他虽然没有听懂他们在说什么，也能猜个八九不离十。他刚刚走到大门口，就看到那辆双轮轻便马车回来了。一个高个子卡纳卡人牵着马走在前面，车上两个人搀扶着沃克尔。几个土著簇拥着车厢跟在后面。

马车缓缓驶进院子，土著全都涌上前去。麦金托什大声命令他们向后退。这时，那两个土著警察不知道从哪里冒了出来，奋力把他们推开。刚才那群土著想表达的意思，现在麦金托什完全搞清了：几个土著年轻人捕鱼后回村，路过一处海水形成的浅滩时发现了这辆马车。那匹老母马低头吃草。沃克尔瘫倒在马车座位和挡泥板之间。一开始，他们误以为这个白人老头儿喝多了，于是，一边"嘿嘿"直笑，一边伸着脑袋朝马车里面张望。他们听到了沃克尔痛苦的呻吟声，感觉不对劲，便派人跑回村来喊人帮忙，一下子去了五十人。大伙儿仔细一看，发现沃克尔中枪了。

麦金托什非常紧张。不管是死是活，先把他从马车上抬下来再说。由于沃克尔身体过于肥硕，四个大壮汉费了好大劲儿。突然，沃克尔呻吟了一声，声音很沉闷。他还活着。人们赶紧把他抬进屋子，来到楼上，放在床上。刚才，院子里只有四五盏防风煤油灯，看什么都模模糊糊的。现在，麦金托什终于看清楚了：沃克尔脸色苍白，双眼紧闭，脉搏微弱，白色亚麻裤子上满是血迹，抬他上楼的那几个人手都染红了。毫无疑问，他伤势很重。麦金托什未曾想到，这个场面竟然如此恐怖。他声音嘶哑，大声命令那个混血职员跑到药房取针拿药，给沃克尔止血、止痛。一个土著警察拿来一瓶威士忌。麦金托什往沃克尔的嘴巴里灌了一口。闻讯赶来的当地土著挤满了房间。他们围坐在地板上，一声不响，偶尔有人哀号一声。天气明明闷热得很，麦金托什却感到阴冷异常。他手脚冰凉，四肢发抖。沃克尔是否还在流血？如果给他打上针，还是流血不止该怎么办？混血职员把针和药都拿来了。

"针你来打。"麦金托什命令他道，"干这事，你比我强。"

他头疼得厉害，感觉脑袋中好像有好多小虫子想从里面爬出来。大家都在等待打针的效果。过了一会儿，沃克尔慢慢睁开眼睛，似乎不知道自己身处何地。

"别说话。"麦金托什安慰他说，"你到家了。没事了。"

沃克尔嘴角露出一丝笑容。

"我栽在他们手里了。"他声音很微弱。

"我叫杰维斯骑着摩托艇去阿皮亚给你请医生。明天下午医生一准能到。"

过了好大一会儿，沃克尔才开口说道：

"我恐怕熬不到那时候了。"

麦金托什脸色苍白。他强作欢颜。

"别瞎说！你会没事的，我保证！"

"给我来口喝的。"沃克尔说道，"来口够劲儿的。"

麦金托什双手直打哆嗦。他倒了半杯威士忌，又加了半杯水，端到沃克尔的嘴边儿。沃克尔接连喝了几口。喝完酒，他那堆满肥肉的大脸上有了点儿血色。他长长叹了一口气。麦金托什不知道究竟该怎么办好。他站在那里，两眼盯着沃克尔。

"你有什么要求？我马上就办。"麦金托什问道。

"没有。我只想一个人静一静。太累了。"

这个又白又胖、精力充沛的老头儿突然变成了这副模样，虚弱、憔悴，叫人心痛。他歇了一会儿，头脑似乎清醒了许多。

"你是对的，麦克。"他说道，"你提醒过我。"

"我非常后悔当时没有坚持跟你一起去。"

"你人不错，麦克。唯一的不足是不会喝酒。"

又不吭声了。沃克尔身体越来越虚弱。这一定是失血过多的缘故。就连对医学一窍不通的麦金托什也能看得出，他的长官最多能撑一两个小时了。他站在床边看着沃克尔，一动不动。沃克尔闭着眼睛躺了大概半个钟头，又睁开了眼睛。

"他们会让你接替我。"他声音低沉、缓慢，"上次我去阿皮亚，跟他们说了。你各方面都很优秀。帮我把路修完吧。路修不好，我死不瞑目。一定要修完这条环岛公路。"

"我不接替你。你会没事的。等你好了，接着修。"

沃克尔摇了摇头，非常疲惫。"不，我不行了。你给我记住，公平对待他们。这一点非常重要。他们是孩子，知道吗？对待他们一要严厉，二要公正，三要出于善意。我沃克尔从来没从他们身上赚过一个先令。二十年来，我的所有积蓄加起来连一百个英镑都不到。修路是件善事。你一定要把这条路修完。"

麦金托什喉咙里发出一种声音，怪怪的，听上去很像呜咽声。

"你人不错，麦克。我挺喜欢你的。"说完，沃克尔眼睛闭上了。

麦金托什以为这双眼睛再也不会睁开了。他突然觉得口干舌燥。他让中国厨师搬来一把椅子。他坐在沃克尔身边，等待着。突然，一个土著男人就像小孩子一样号啕大哭起来，哭声格外洪亮，打破了黑夜的宁静。麦金托什这才看到，房间里挤满了当地土著。男女老少都有。他们围坐在地上，眼睛却都盯着床上躺着的沃克尔。

"你们进来干什么？"麦金托什大声吼叫道，"出去！把他们统统赶出去！"

没想到，他这一吼竟然把沃克尔给喊活了。沃克尔眨巴眨巴眼睛，似乎想对他说点儿什么，但声音太微弱了。麦金托什把耳朵凑到他的嘴角，还是听不太清楚。

"不要赶他们走。他们都是我的孩子。让他们待在这儿。"

麦金托什扭头对当地土著喊道："都别走！沃克尔不让你们走！保持安静！"

老头儿苍白的脸上露出了一丝笑容。

"靠我近点儿。"他说道。

麦金托什俯下身子。沃克尔两眼紧闭，嘴里嘟囔道：

"再给我来杯威士忌。我还有话说。"

麦金托什赶紧给他倒了一杯威士忌。沃克尔用尽了最后一点儿力气。

"记住，千万不要把这件事情闹大。九五年这里出过一次乱子。几个白人被杀，阿皮亚派舰队包围了整个村庄，许多无辜的土著惨遭杀害。他们这帮蠢猪！如果他们稍稍动动脑子，找出那个该受惩罚的人并不难。"

他歇了一会儿，继续说道：

"答应我，就说这是一次意外，不要责怪任何人。"

"我听你的。"麦金托什轻声回答道。

"嗯，好样的。他们都是孩子，我是他们的父亲。做父亲的有责任保护孩子们。"

他喉咙里冒出来的笑声非常怪异，令人不寒而栗。

"麦克，你信教。那句宽恕别人的话是怎么说的来着？"

麦金托什的嘴唇抖个不停。他费了好大劲儿才控制住。

"赦免他们，尽管他们做了，但不是故意的。"①

"就是这句。赦免他们。我爱他们，一直很爱他们。"

沃克尔长长叹了一口气，嘴唇不住地抖动。为了能够听清楚他的话，麦金托什只好又向他靠近了一点儿。

"来，我们俩握握手！"沃克尔的手粗糙、冰冷、无力。麦金托什倒吸了一口凉气。他紧紧握着老头儿的手，听到他喉咙里发出一长串鸣叫声。那声音太恐怖了，吓得他差点儿从椅子上跌落下来。沃克尔走了。当地土著，男女老幼，泪流满脸，捶胸顿足。

麦金托什松开老头儿的手，出了房间，一路东倒西歪，踉踉跄跄。他来到办公桌前，打开抽屉，拿出那把左轮手枪，来到海边，走入水中。他在水中小心翼翼地行走着，以免触碰到珊瑚礁，直到海水淹没他的肩膀。他举起手枪，对着自己的脑袋开了一枪。

仅仅过了一个时辰，四五条身体瘦削的棕鲨②游了过来，在他倒下的地方争斗起来。

（薄振杰　译）

---

① 出自《圣经·新约》的《路加福音》23：34。

② 棕鲨（brown shark），一种分布于热带和温暖海域的大型鲨鱼，行动迟缓但很具攻击性，一般体长小于 3 米。

表象与现实

　　这个故事是一位大学教授亲口告诉我的。这位教授在英国一所大学教法国文学，据说治学很严谨。至于本故事是否真实，我不敢保证。我觉得，像他这种身份的人，绝对不会信口开河。他上课时，一直要求学生重点关注三位法国作家。在他看来，不认真阅读这三位作家的作品，就无法深入了解法兰西人民。如果他说了算，一定会下达这样一道命令：所有和法国人打交道的官员，必须参加以这三位作家的作品为全部内容的资格考试。通过者才有资格入职。这三位法国作家，一是 gauloiserie[①] 的拉伯雷[②]，二是 bons sens[③] 的拉封丹，三是 panache 的皮埃尔·高乃依[④]。Panache 在此特指全副武装的骑士头盔上的羽毛装饰，象征着尊严和自负、勇敢和狂妄、虚荣和张扬。正是这个 panache 使

[①] 此为法语，意思是"言辞粗俗"。拉伯雷擅长夸张讽刺、寓庄于谐。

[②] 拉伯雷（Rabelais，即 Francois Rabelais，约1494—1553），文艺复兴时期法国人文主义作家，主要著作是长篇小说《巨人传》。

[③] 此为法语，意思是"常识"。拉封丹喜欢用民间语言、动物形象讽刺法国上层社会，嘲笑教会和经院哲学。

[④] 皮埃尔·高乃依（Pierre Corneille，1606—1684），法国古典主义戏剧早期的代表剧作家，写作语言崇尚典雅，时代气息较强。主要著作《熙德》《梅利特》等。

得法国人在丰特努瓦 ① 战役中面对英荷联军敢于说："请你们先开火！"正是这个 panache 使得言语粗俗的康布罗纳 ② 在滑铁卢战役中喊出了这样的豪言壮语："禁卫军宁愿战死也不投降！"正是这个 panache 使得一个穷困潦倒的法国诗人 ③ 获得诺贝尔奖后，奖金分文不取，悉数捐出。这位教授告诉我的这个故事很好地展现了法国人的这三种重要品质，具有重要的教育意义。

《表象与现实》 ④ 是一本书的名字。我之所以把这个故事如此命名，是因为我认为该书可以称得上我们国家十九世纪最重要的哲学著作之一（至于我的这个判断是否准确，在此姑且不论）。该书晦涩难懂，但能够给人以启发。作者文笔优美，风趣十足。尽管一般读者难以领会其精妙所在，但基本能够体会到在形而上学深渊上走钢丝的紧张感，以及掩卷之时的释然感。简言之，以这本哲学著作来命名这则小故事，只有一个理由：它再适合不过了。

从某种意义上讲，人人都是哲学家。这样说来，丽赛特也是一位哲学家。她对现实的感受非常敏锐，对表象的认识非常深刻，在很大程度上化解了这对难以调和的矛盾，进入了许多哲学家难以达到的境界。丽赛特是个法国人。她每天的工作就是在巴黎一家高档时尚商店接连数小时换穿时装。对于身材姣好的年轻女性而言，无疑这是一份好工作。简言之，她是个时装模特儿。她身材高挑，身着长裙优雅异常。她身材高大，身着运动服英姿飒爽。她双腿修长，身着睡衣别具

---

① 丰特努瓦（Fontenoy），地名。1745 年，法国军队与英国、荷兰、汉诺威、奥地利联军在图内奈（Tournai，今比利时境内）附近的一个小村子丰特努瓦展开激战，法国军队大获全胜。
② 康布罗纳（Cambronne，1770—1842），法国将军，在滑铁卢战役中，面对敌人的劝降，他的回答只有一个字："Merdel"（法语：屎；滚）。
③ 指的是苏利·普吕多姆（Sully Prudhomme，1839—1907）。
④ 《表象与现实》（Appearance and Reality），英国哲学家弗朗西斯·布拉德利（Francis Bradley）于 1893 年撰写的一部学术专著。

一格。她腰肢纤细、乳房娇小，身着泳衣夺人心魄。她穿什么衣服都好看。一件普通的栗鼠毛皮大衣，一旦披在她的身上，即便花钱最理性的人也会说，这件衣服绝对物有所值。店中的扶手椅里坐满了女人，胖的、瘦的、丑的、俊的、老的、少的无不慷慨解囊。丽赛特嘴巴很大，嘴唇红润。她拥有一双棕色的大眼睛，面部皮肤白净但长有几颗雀斑。作为模特，似乎总要作出一副傲慢冷漠、目空一切的样子，走路步态夸张但从容优雅。然而，丽赛特不是这个样子。她那双棕色的大眼睛顾盼生辉，红润的嘴唇一直颤动，白净的面部笑意微微。正是她的这副神情引起了雷蒙德·勒苏尔先生的注意。

　　勒苏尔先生坐在一把仿路易十六时期式样的椅子上。他的夫人坐在他身边（另一把式样相同的椅子上）。他是在妻子的竭力劝说下，才答应陪她来观看这场春季时装预展的。这也足以说明勒苏尔先生性情随和，和蔼可亲。他工作很忙。毫无疑问，和花费一个钟头观看十几个年轻貌美的姑娘身穿五花八门的衣服在面前走来走去相比，他一定有许多比这更重要的事情要做。而且，他坚信，这些服装的任何一款都不会让妻子发生根本性的改变。他妻子今年五十岁，个子很高，五官偏大。她身体瘦弱，皮包骨头。他和她结婚，绝对不是因为喜欢她的长相。即便是在新婚蜜月期，她对此也心知肚明。他之所以和她结婚，完全是为了把她继承的钢铁厂和他自己经营的机车制造厂联合起来。他们的联姻非常成功。她给他生了一儿一女。儿子很优秀，多才多艺。他不仅是个网球好手（网球打得和职业选手一样棒）、舞蹈高手（舞蹈跳得和专业舞者一样美），而且是个桥牌好手（桥牌玩得和职业高手一样好）。至于女儿，凭借他所提供的一份异常丰厚的嫁妆，嫁给了一个货真价实的王子。他为自己的两个孩子感到骄傲。凭着坚忍不拔的毅力和一定程度的诚信，他的财力日益雄厚起来。他现在是一家制糖厂、一家电影公司、一家汽车制造公司和一家报社的大股东。他花钱买通了某个选区的选民，进入了参议院。他衣冠楚楚，大腹便便，满面红光，头发稀疏，头顶光秃秃，灰黑的胡须修剪得整整齐齐，脖子上囤积了一层厚厚的脂肪。不用看他黑色外套上的红色纽扣就能猜得出他是个重要人物。他脑瓜灵活，行事果断。当妻子离开服装店去打桥牌时，他说有件国家大事需要他尽快处理。为了锻炼身体，他决定步行去参议院。然而，他根本没去参议院，只是在服装店后面那条街上来回踱步。他的判断是对的：服装店的年轻姑娘们下班后一定会经过这条路。他等了不到一刻钟，就有三五个姑娘过来了。他知道，自己等待的那个姑娘很快就会出现。又过了两三分钟，丽赛特从服装店里出来了。她走在大街上，步履轻盈。参议员心里很清楚，年轻漂亮的女性是不可能对他这种外貌和年龄的男人一见钟情的，但他也知道，他的财富和地位足以弥补这些不利因素。值得一提的是，丽赛特不是一个人，还有一个女伴和她同行。一般人遇到这种情况很可能不敢上前搭讪。勒苏尔先生一点儿也没有犹豫。他举步向前，轻轻抬了抬帽子，但没有露出光秃秃的头顶。

"晚上好，小姐！"[1] 他笑了笑，殷勤问候道。

丽赛特瞥了他一眼，红润的嘴唇仅仅抖动了一下算是回答，便立即转过头去，一边和女伴继续交谈，一边向前走去，表现得非常冷漠、高傲。参议员没有因此感到困窘。他转过身来，跟在两个姑娘后面，始终保持几码远的距离。她们先是沿着这条街道走了几分钟，然后在马德兰广场上了公交车。参议员心中窃喜：首先，她和一个女性朋友搭伴回家，说明她还没有追求者；第二，他和她搭讪，她仅仅瞥了他一眼便扬长而去，说明她谨慎稳重、正派检点；第三，她头戴黑色帽子，身穿外套、裙子和人造丝丝袜，非常朴素，而且是乘公交车

---

① 原文为法语：Bonsoir, Mademoiselle。

回家，说明她家境并不富裕。值得一提的是，即便这身打扮，她依然和在服装店展示服装时一样漂亮迷人。勒苏尔先生内心有种奇特的感觉，既感到心情愉快，又觉得心中很痛。很多年前，他曾经有过这种感觉。他想起来了。

"爱情！这是爱情！挺奇怪①！"他喃喃自语道。

参议员做梦也没有想到自己会再次产生这种感觉。他挺起胸膛，自信满满，大步向前走去。他来到一家私人侦探所，要求他们搞到一个年轻姑娘的详细资料，姑娘名叫丽赛特，在某某时装店做模特儿。然后，他乘出租车来到参议院。今天参议院讨论美国债务问题。他来到气势恢宏的参议院大楼，进入图书馆，那里有把扶手椅他非常喜欢。他坐在扶手椅里美美得睡了一觉。仅仅三天，私人侦探所便搞到了他所需要的全部资料，而且收费不多。丽赛特小姐住在巴黎巴蒂尼奥勒区一套两居室的公寓里，和丧偶的姑妈一起住。公寓租金每月两千法郎。她的父亲是一位英雄，在二战中受过伤，现在法国西南部的一个乡村小镇上经营一家烟草店。丽赛特小姐生活很有规律，喜欢看电影。她今年十九岁，没有恋人。公寓门房对她赞赏有加，店里的同事也很喜欢她。毫无疑问，她是一个正派女子。勒苏尔先生认为，一个经营好几家大企业，而且还日夜为国家操劳的男人需要放松，需要休息，丽赛特小姐无疑是最佳人选。

勒苏尔先生究竟是用什么手段达到目的的，我在此不想赘述。他是个大忙人，显然没有时间亲自操办。不过，他有一位私人秘书。该私人秘书擅长搞定手握选票的选民，想必也不难说服一个贫穷而单纯的年轻女性结交像他雇主这样的老男人。事情的经过大致是这个样子的：私人秘书首先去拜访丽赛特丧偶的姑妈——萨拉丹夫人，告诉她

---

① 奇怪（By blue），来自法语 parbleu，用来表轻微的感叹。

勒苏尔先生向来与时俱进。最近一段时间，他对电影产生了浓厚的兴趣，打算投资拍电影 (这充分表明，有些事在一个普通人看来毫无利用价值，但在一个聪明人眼里则会用来决定一个人、乃至一个国家的命运。) 前几天，勒苏尔先生陪夫人观看春季时装预展，丽赛特小姐的表演天赋和花容月貌给勒苏尔先生留下了深刻印象。勒苏尔先生认为，丽赛特小姐非常适合担任他投资制作的电影中的女主角 (跟所有聪明人一样，参议员的谎言听起来比事实更加真实)。然后，私人秘书代表其雇主邀请萨拉丹夫人和丽赛特小姐共进晚餐，以便参议员进一步判断丽赛特小姐是否如他所想，具有很高的表演天赋。萨拉丹夫人个人认为，这事应该没问题，但必须征得她侄女的同意。

萨拉丹夫人很快就把勒苏尔先生的邀请转达给了丽赛特，并夸赞参议员如何尊贵、如何有钱、如何慷慨、如何有头脑等。丽赛特小姐听了，很不以为然。

"这个老男人。"[1] 她耸了耸肩膀。

"如果让你拍电影，而且担任女主角，是否是老男人又有什么关系？"萨拉丹夫人感到不可思议。

"Et ta sœur." 丽赛特小姐回答说。

这是一句法语。将其直译为汉语就是：以及你的姐妹。乍一听，不知她想说什么，但无伤大雅。我个人认为，这句话意思大致类似"别有用心""黄鼠狼给鸡拜年"等，但用词更加粗俗。一个有教养的年轻女子应该不会轻易说出口。如果将其如实翻译过来，一定会玷污我手中的这支笔的。

"不管怎样，至少我们能够免费品尝丰盛的大餐。"萨拉丹夫人劝说道，"而且，你已经长大成人，应该多参加一些社交活动才是。"

---

① 原文为法语：Cette vieille carpe。

“他说去哪儿？”

“大名鼎鼎的马德里堡。这个世界上最奢华的一家酒店。”

萨拉丹夫人的话尽管有些夸张，但基本属实。该酒店菜肴精美，藏酒众多。若于初夏的夜晚在此用餐，尤其令人心旷神怡。丽赛特白净的脸颊酒窝突显，红润的嘴唇笑意盈盈，洁白的牙齿排列整齐。

“我去店里借套衣服。”她低声说道。

没过几天，参议员的私人秘书乘坐出租车，把萨拉丹夫人和她迷人的侄女接到了布洛涅森林[①]。丽赛特小姐身穿店里设计最成功的服装，更加美丽动人。萨拉丹夫人身穿黑色缎子衣服，头戴丽赛特为她专门定制的帽子，更显端庄体面。私人秘书将两位女士引见给勒苏尔先生。勒苏尔先生非常亲切、热情，如同一个政治家接待一位重要选民的妻子和女儿，并足以令所有看到这一幕的熟人都误认为真的是这样。由此可见，参议员非常高明。双方都很满意。不到一个月，丽赛特就住进了一套高档小公寓，距离她上班的地方和参议院都很近。房子装修风格非常现代。参议员支持丽赛特继续工作。在他忙于各种事务的时候，她也有事可做。这样一来，她既没时间也没心思去做蠢事。而且，他心里非常清楚，一个整天无所事事的女人远比一个职业女性开销大。

参议员非常爱她，而且出手大方。然而，丽赛特天生节俭，从不肆意挥霍，衣服都是换季打折时才买。对于公寓的各项开支，她精打细算。令他吃惊的是，丽赛特喜欢存钱，每个月都给老父亲寄钱。她父亲用这些钱购置了几小块地。她的生活平静、朴实，和以前完全一样。希望儿子进政府部门工作的门卫偷偷告诉勒苏尔先生，迄今为止，只有她姑姑和一两个商店里的女同事来公寓看望过她，没有一个

---

① 布洛涅森林（Bois de Boulogne），一座森林花园，位于巴黎城西。

陌生人。参议员听了十分高兴。

　　勒苏尔先生从来没有如此开心过。人们常说，善有善报、恶有恶报。果然如此。那天下午，他本来应该去参议院讨论美国债务问题的。然而，他却出于善心，被妻子硬拉到服装店观看时装展示，从而遇到了迷人的丽赛特。他对她越了解，反而越喜欢。丽赛特活泼开朗，温柔体贴，聪慧过人，是个好伴侣。参议员谈论公事时，她悉心倾听；参议员疲惫不堪时，她让他休息；参议员郁郁寡欢时，她使他振作。参议员只要有时间，就回来看她，通常从下午五点待到七点。他来时，她开开心心迎接。他走时，她依依不舍送别。她给参议员的感觉是，不仅是情人，而且还是朋友。每当参议员留下来用餐，可口的饭菜、温馨的氛围，令他深深沉醉其中，不能自拔。他的好朋友都这么说，他看上去年轻了二十岁。他自己也这样认为。他觉得自己非常幸运。然而，转念一想，自己一辈子工作勤恳、为人真诚，这是他应得的报酬。

　　参议员做梦也没有想到，这种快乐幸福的生活仅仅持续了两个年头儿就烟消云散了。一个周末，他跑到自己的选区看望选民。本来计划下周一回去，由于一切顺利，周日清晨就回到巴黎了。他掏出钥匙，轻轻打开房门，蹑手蹑脚走进公寓，打算给尚未起床的丽赛特一个惊喜。他推开卧室，一下子愣住了：丽赛特正在床上和一位年轻男士用早餐。参议员不认识这个混蛋，但认得他身上穿的睡衣——参议员自己新买的。丽赛特大吃一惊。

　　"天啊！"她问道，"你怎么回来了？你不是说明天才能回来吗？"

　　"部里进行人事调整，要求我尽快赶回来。"他胡乱回答道，"也许我要当部长了。"然后，他狠狠瞪了那年轻男子一眼，大声喝问道：

　　"他是谁？"

　　丽赛特红润的嘴唇，绽开了迷人的笑容。

"我的情人。"

"你以为我傻吗?"参议员吼叫道,"我知道他是你的情人!"

"那你为何明知故问?"

勒苏尔先生是个实干家。他一步跨到丽赛特面前,左右开弓,狠狠打了她两个耳光。

"畜生!"丽赛特高声尖叫道。

那个年轻男子见此场面,又惊又怕。勒苏尔先生两眼盯着他看了一会儿,然后用一根手指指着房门。

"滚出去!"他大声吼叫道,"马上!"

按理说,勒苏尔先生见多识广。无论是面对倍感失落的众多股东,还是面对满腔怒火的纳税人群,他都能轻松搞定,从来没有皱过眉头。今天这种情况,那个年轻男子应该落荒而逃才对。然而,这家伙却站在那里,纹丝未动,令人难以置信。他耸了耸肩,两眼看着丽赛特,似乎在恳求什么。

"你还等什么?"参议员大喊道,"等我动武?"

丽赛特插话道:"他穿着睡衣,怎么出去?"

"睡衣我不要了,送给他了。"

"他要拿走自己的衣服。"

勒苏尔先生四周看了看,只见他身后的椅子上堆放着几件男士衣物。

"小子,拿着你的衣服,赶快滚!"参议员轻蔑地看了他一眼,冷冷地说道。

年轻男子把衣服抱在怀里,从地上拎起鞋子,迅速逃离了房间。勒苏尔先生本来口才就好,但从来没有一次发挥得像今天这么好。他对丽赛特一顿痛斥。他搜肠刮肚,寻找最恶毒的字词,责骂她忘恩负义。他呼唤天上神灵前来作证,天下从来没有一个女人如此辜负一个正人君子对她的信任。总之，他非常失望、怒不可遏。丽赛特没有为自己辩护。她耷拉着脑袋，用手撕扯着由于参议员突然现身而没有吃完的面包片。勒苏尔先生看了一眼丽赛特手中的面包片，火气更旺了。

"为了尽快告诉你这个好消息，我一下火车就马上赶过来了。我本想坐在床上，和你一起吃早餐①呢！"

"亲爱的，你还没吃早餐？我现在就给你做！"

"我现在什么都不想吃！"

"瞎说！你即将肩负更大的责任，必须保重身体。"

她拉了拉铃，女仆进来了。她告诉女仆马上为勒苏尔先生煮咖啡。咖啡煮好后，丽赛特急忙倒了一杯递给勒苏尔先生。一看参议员不接，她又急忙拿起一块面包，在上面涂上黄油递给他。参议员耸了耸肩膀，吃了起来。他一边吃，一边责骂丽赛特背信弃义。丽赛特一直没有吭声。

"迄今为止，你没有为自己辩解一句。这说明你多少懂得一点儿什么叫厚颜无耻。"勒苏尔先生最后说道，"你知道，我这个人爱憎分明。人不负我，我不负人。人若负我，我必负人。早餐后，我马上就走，再也不来了。"

丽赛特叹了口气。

参议员继续说道："有件事，我觉得应该告诉你。我本打算给你一笔钱，以纪念我们在一起两周年。即便我出了什么意外，这笔钱也足够你衣食无忧。"

"多少钱？"丽赛特问道。

"一百万法郎。"

---

① 原文为法语：petit dejeuner。

她又叹了口气。突然，一个软软的东西击中了参议员的后脑勺。

他大声叫喊道："什么东西？"

"你的睡衣。"

那个年轻男子推开卧室门，把睡衣往参议员头上一扔，然后迅速把门关上了。睡衣缠在参议员的脖子上，他费了好大劲儿才把它扯下来。

"穿了我的睡衣，竟然以这种方式还我？真没教养！"

"他和你当然没法比啦。"丽赛特闷声说道。

"他很聪明？"

"不。"

"他很有钱？"

"身无分文。"

"那你看上他什么了？"

"年轻。"丽赛特笑了笑。

参议员垂下肥胖的大脑袋，一滴眼泪顺着脸颊滚落到他的咖啡杯里。丽赛特看着他，眼神非常温柔。

"我可怜的朋友，一个人不可能什么都有。"

"我知道我老了，但我有钱，有地位，有活力。有的女人就喜欢上了年纪的男人。一些著名女演员还以成为部长的情人为荣呢。我是一个有教养的人，按道理不应该这样说你，但事实就是事实，你就是一个时装模特。如果没有我的帮助，你至今还住在房租一年两千法郎的公寓里呢。"

"我的职业虽然不怎么高大上，但我正直、清白。我虽然挣钱不多，但收入足够维持我的生活。我从来没有因为这一点而感到自卑、羞愧。我决不允许你拿它说事。"

"你爱他？"

“爱。”

“不爱我?”

“也爱。你们两个,我都爱,只是原因不同而已。我爱你,是因为你太优秀了。你讲话风趣幽默、富有哲理。我爱你,是因为你为人宽容和善、亲切大方。我爱他,是因为他眼睛很大,头发飘逸,舞姿优美。”

“你知道,以我的身份和地位,是不能公开带你去参加舞会的。我敢说,等他到了我这个年纪,头发绝对不会有我这么多。”

“那很有可能。”丽赛特表示同意,但和现在的话题没有多大关系。

“你这样干,假如被你姑姑——尊敬的萨拉丹女士——知道了,她会怎么想?”

“她不会感到惊讶的。”

“你的意思是说,那位令人尊重的女士会支持你? 世风日下,人心不古! ① 你们俩交往多长时间了?”

“从我进店工作第一天就开始了。他为里昂一家很大的丝绸公司推销商品。那一天,碰巧他带着样品来我工作的那家商店,我们一见钟情。”

“你姑姑有责任保护你,确保你这样的年轻姑娘抵制巴黎的种种诱惑。她应该反对你和这个穷小子来往。”

“这件事,我没有征求她的意见。”

“你也不想想你的老父亲! 他之所以获得烟草营业执照,绝对是因为他作战勇敢。我是内政部长,烟草专卖局归我管。我完全可以以你行为不检点为由,吊销他的营业执照。”

“我知道你是个正人君子,不会如此卑鄙无耻。”

---

① 原文为拉丁语: O tempora,o mores。

他听了很高兴，挥了挥手，动作有些夸张。

"你不用害怕。尽管你的不端行为严重损害了我的尊严，我也不会借此报复一位为国家作出贡献的老英雄。"

参议员继续用早餐。丽赛特没有再说话。他吃饱喝足后，心情好了许多。他不再认为对方可恨，开始觉得自己可怜。可笑的是，他根本不懂得女人的心思，依然打算通过装可怜让丽赛特产生悔恨之意。

"习惯一旦养成，是很难改变的。我天天事务缠身，抽身来你这里，顿时感到宽慰、舒畅。丽赛特，你这样做，对得起我吗？"

"当然对不起了。"

他长长叹了口气。

"我做梦也没有想到，你竟然会欺骗我。"

"你最无法容忍的事情原来是被欺骗。"丽赛特若有所思，喃喃低语道，"你们男人真的很可笑。一旦被欺骗，就无法释怀。究其原因，在我看来，就是因为爱面子。把一些无关紧要的事情看得太重。"

"你和穿着我睡衣的年轻男子共进早餐，这事无关紧要？"

"别忘了，你是我的情人。他有可能成为我的丈夫。"

"你的意思是说，被欺骗的人是他，丢面子的人是他。"

"简言之，只要我嫁给他，你就不会再恨我了。"

参议员一时没有反应过来。突然，他恍然大悟，迅速瞥了丽赛特一眼。丽赛特棕色的大眼睛闪闪发亮，红润的嘴唇绽放着俏皮的笑容，可爱、迷人。

"不要忘了，作为参议员，我可是国家传统美德和良好行为的重要捍卫者。"

他抚摸着自己修剪整齐的胡子，神情非常严肃、庄重。

"难道不可以灵活一点儿吗？"丽赛特问道。

"完全可以。"他的回答有种高卢人特有的豪放。他的那些保守的支持者们听了，一定会大吃一惊的。

"他会与你结婚吗？"参议员问道。

"当然会了。他非常爱我。如果他知道我有一百万法郎，他还要求什么呢？"

勒苏尔先生瞥了她一眼。刚才出于一时愤怒，说给她一百万法郎，本想让她明白背叛自己需付出多么大的代价，并非真的打算给她这么一大笔钱。然而，事关面子，他即便有一万个不舍，也不能食言。

"嗯，对他这种人来说，这笔钱还是非常有诱惑力的。他本来就喜欢你，再加上这笔钱的诱惑，应该会时时刻刻缠着你的。"

"他是个生意人，整天跑东跑西。只有周末，他才来巴黎。"

"这样还可以。"参议员点了点头，"他不在巴黎时，应该乐意我来看你吧？"

"绝对乐意。"丽赛特回答道。

为了方便交谈，她站起身来，坐到了参议员的大腿上。参议员握住她的手，柔声说道：

"丽赛特，我非常喜欢你。婚姻大事一定要慎重，千万不能看走了眼。这小子真的能让你幸福？你确定？"

"我确定。"

"我得找人好好调查调查这小子。绝对不能嫁给一个性格和道德有问题的人。在这小子进入我们的生活之前，必须把他的情况搞个一清二楚，确保万无一失。"

丽赛特没有表示异议。她知道，参议员做事认真、谨慎，讲规则、讲程序。参议员要走了。他要把那个好消息——当内政部长——尽快告诉勒苏尔夫人，还要通知自己所在议会派别的那些人。

"还有一件事，"他在向丽赛特深情道别的同时，提醒她道，"如果你真的要结婚，就不要再去工作了。妻子就应该待在家里。已婚妇女不能跟男人抢饭碗。这是我一直信奉的原则。"

丽赛特听了，没有吭声，心想：一个个身材魁梧的年轻男子身穿各种时装，在商店大厅里扭着屁股走来走去，样子一定滑稽可笑。尽管如此，她还是选择尊重参议员所信奉的原则。

"亲爱的，我听你的。"

调查结果令人满意。结婚所需的各种手续办妥后，婚礼在一个星期六的早晨举行。内政部长勒苏尔先生和萨拉丹夫人担任证婚人。新郎身材修长，鼻梁高挺，眉清目秀，一头黑色卷发从额头向后梳起。一眼看上去，与其说他是一个丝绸推销商，倒不如说是一名网球运动员。部长依据法国人的传统习俗，发表了一通热情洋溢的演说，前边讲的内容两位新人都知道。部长告诉新郎，其父母令人尊敬，其工作非常体面。祝贺他在许多年轻人只顾自己吃喝玩乐的时候，毅然选择进入婚姻殿堂。部长告诉新娘，其父亲是一位战争英雄，从事烟草销售是政府对他的奖励。她来巴黎后，入职一家足以体现法国人品位和奢华的商铺，凭借自己的努力过上了体面的生活。然后，部长谈到了文学作品中的金玉良缘，比如罗密欧和朱丽叶。两人的爱情终结于一个误解。保尔和薇吉妮①。薇吉妮宁愿葬身海底，也不愿脱掉衣服或接受赤膊水手的救援。达夫尼斯和赫洛亚②。他们正式结为夫妻之前，一直没有越雷池半步。他讲得绘声绘色，丽赛特都落泪了。部长还对萨拉丹夫人赞不绝口，正是她的以身作则和教育有方使得她年轻貌美的侄女成功规避了一个年轻女孩在大城市生活时可能遇到的种种危险。最后，他恭喜这对新婚夫妇，能够让内政部长欣然同意为其证

---

① 保尔和薇吉妮（Paul and Virginia），法国作家贝纳丹·德·圣比埃（Bernardin Saint-Pierre，1737—1814）代表作《保尔和薇吉妮》中的男女主人公。

② 达夫尼斯和赫洛亚（Daphnis and Chloe），古希腊作家朗戈斯（Longus）公元二世纪的作品《达夫尼斯和赫洛亚》中的男女主人公。

婚，足见其优秀和值得信赖。当然，部长这一举动表明，这位实业精英、政坛巨子是一个有行动力、亲民的好部长。部长的这一举动表明，他已经充分认识到婚姻和家庭对于法国的重要性；他已经充分认识到只有人丁兴旺才能进一步提高法国这个美丽国度的国际地位和影响力。部长的讲话精彩极了！

婚宴在马德里堡举行。勒苏尔先生和丽赛特小姐第一次会面，选择的就是这家酒店。参议员（不，我们现在应该称呼他为部长）兴趣广泛。其中之一便是汽车。他送给新郎的新婚礼物就是他自己的工厂生产的一辆豪华双座汽车。宴会结束后，这对年轻夫妇将开着这部车子去度蜜月。值得一提的是，蜜月只能安排在周末度过，因为其他时间新郎必须回工作岗位，去马赛、土伦和尼斯等地推销丝绸。丽赛特依次和姑姑、部长吻别。

"星期一下午五点钟，我在家等你。"她低声对部长说道。

"好的。"他回答道。

新郎和新娘开车走了。勒苏尔先生和萨拉丹夫人站在路边，看着那辆漂亮的黄色敞篷跑车渐行渐远。

"但愿他能让丽赛特开心！"萨拉丹夫人叹了口气。她午餐从来不喝香槟。这或许是她感到惆怅的原因。

"如果他不能让她感到开心，我会找他算账的。"部长先生正色道。

这时，他的车子开了过来。还有许多国家大事等他处理呢。

"再见，夫人！纽伊利大街有公交车站。"

部长钻进汽车，长长地松了口气。现在，他不再是参议员，而是内政部长。他的情妇不再是一家服装店里的小模特，而是一个体面的已婚女人。一句话，感觉好极了！

（薄振杰　付秦有　严琦琦　译）

三个胖女人

　　有三个女人，一个叫里奇曼太太，是个寡妇；一个叫萨克利夫太太，是个美国人，离过两次婚；还有一个叫希克森小姐，是个老姑娘。她们年纪差不多，都是四十岁左右，而且衣食无忧。萨克利夫太太的名字非常奇特：Arrow[1]。年轻时，她身材苗条，这个名字倒是很适合她。虽然也经常被人拿来开玩笑，但都是在恭维她。另外，Arrow 意味着直接、快速、坚定，她认为自己的性格就是这样，所以一直很喜欢这个名字。然而，随着身体越来越胖，四肢粗壮，臀部肥大，原本精致的五官完全走样，她便开始讨厌这个名字了。她发现，想找件穿起来好看的衣服变得越来越难。而且，人们不再拿她名字当面和她开玩笑了。当然，人们现在会怎么说她，她也心知肚明。尽管如此，她丝毫没有人到中年不再像年轻人那样注重打扮的想法。为了使眼睛显得清澈有神，她仍然选择穿蓝色系衣服；为了使头发显得柔软顺滑，她经常给头发做营养护理。她之所以喜欢比阿特丽斯·里奇曼和弗朗西斯·希克森，至少有以下三个原因：一是因为她们两个都比自己

_____

① 此为英语，意思是"箭"。

224

胖。和她们在一起，她看起来比较苗条。二是虽然她们两个年纪并不比她大多少，但都喜欢把她当作小姑娘来看待。三是她们俩善解人意，喜欢拿她的追求者来逗她开心。有趣的是，尽管她们两位都对爱情不再抱有幻想（希克森小姐一直对男女之事不感兴趣），却极力怂恿 Arrow 与男人调情。她们一致认定，总有一天，Arrow 还会牵手一个男人的。

"亲爱的，你可不能再长肉了。"里奇曼太太央求她道。

"看在上帝的分上，那个幸运的家伙必须会打桥牌。"希克森小姐也不甘落后。

她们认为，Arrow 的第三任丈夫应该是这个样子：五十岁左右，身材高大，言谈举止彬彬有礼，最好是一位退伍海军上将，会打高尔夫球，而且是一个鳏夫①，不能拖儿带女。当然，最重要的是，收入一定要可观。Arrow 没有插言。其实这根本不是她想要的。是的，她的确再婚的打算。她想嫁给一位皮肤黝黑、身材修长、两眼炯炯有神的意大利人，还要有一个响亮的头衔。当然，嫁给一个血统高贵的西班牙人也可以。至于年龄，绝对不能超过三十岁。她经常对着镜子端详自己，无论怎么看，都觉得那个"他"也应该是这个岁数。

希克森小姐、里奇曼太太和萨克利夫太太三个人是好朋友。肥胖使她们走到了一起，桥牌使她们建立了友谊。她们第一次见面是在卡尔斯巴德②，入住的是同一家酒店，减肥主治大夫也是同一个。这个大夫对待她们的态度也完全一样：残忍冷酷。比阿特丽斯·里奇曼体形硕大，但长相一点儿也不逊色：一双美丽的大眼睛，脸颊涂着胭脂，嘴唇抹着口红。丈夫虽然死了，但给她留下了一大笔钱，所以她

---

① 鳏夫（widower），成年无妻或丧妻的男人。
② 卡尔斯巴德（Carlsbad），位于美国加利福尼亚州，是一座沿海度假城市。

并没有觉得自己很不幸。她是个吃货。面包、黄油、奶油、马铃薯以及牛油布丁，都喜欢。一年中有十一个月，她都在尽情吃，剩下的一个月去卡尔斯巴德减肥。尽管每年都去，雷打不动，但她越来越胖。她非常难过，但大夫根本不同情她，反而说她完全是咎由自取。

"如果连喜欢的食物都不能吃，我活着还有什么意思？"她争辩道。

大夫耸了耸肩，对她完全无语。

她跑去找希克森小姐抱怨说，这个大夫的医术根本不像她们所想象的那么高。倘若继续让他治疗，估计裙子是没法穿了。希克森小姐一听，令人感到莫名其妙地大笑了几声。她就是这种人。她嗓音低沉，肤色黯淡，面颊扁平，一双只有豌豆粒大小的眼睛闪闪发光。她衣着打扮像个男人，走起路来无精打采，喜欢把双手插在口袋里。如果路上没有行人，她就会立即拿出一根大雪茄点上。

"穿裙子？俗！"她一脸的不屑，"你瞧我，这样穿多舒服！"

希克森小姐经常身穿粗花呢制服，脚蹬厚重皮靴，但从来不戴帽子。她力气很大，经常自我吹嘘说，若论高尔夫球打得远，别说女人，连很多男人都不是她的对手。她平时寡言少语，骂起人来却口无遮拦，足以让泼妇感到汗颜。另外，她喜欢别人称呼她"弗兰克"。她们三个之所以相处融洽，与其精明圆滑是分不开的。她们三个朝夕相处：一起玩耍，一起洗浴，一起散步，一起在职业教练的指导下打网球，一起吃减肥餐。除了磅秤显现的数字，世界上没有任何事情能影响她们的心情。如果有一天她们当中有人体重没有降低，三人立刻愁容满面。这时，不管是弗兰克粗俗的笑话，还是比阿特丽丝温和的言辞，还是 Arrow 柔媚的举止，都不能使她们高兴起来。遇到这种情况，她们一定会严惩"出问题"的那个人，责令她一整天都躺在床上。除了大夫配置的那碗蔬菜汤，任何食物都不能吃。这碗蔬菜汤就像洗过几遍卷心菜的温水，少油无盐，寡淡无味。

　　天底下再也找不出比这三个女人更要好的朋友了。要不是桥牌需要四个人才能打，她们绝对不会和第四个女人打交道。她们牌瘾很大，每天减肥治疗一结束，就会立马围坐在桥牌桌旁。Arrow 打得最好。她牌风凌厉，从不放过对手所犯的任何一个错误。比阿特丽丝牌风沉稳，最能让同伴放心。弗兰克牌风洒脱，擅长理论分析。她们常常为了究竟是采用卡伯特森[①]叫牌法，还是采用西姆斯[②]叫牌法而争论不休。毫无疑问，她们每次出牌都有一大堆理由，然而同样毫无疑问，她们每次出完牌，又有一大堆不该这样出牌的理由。只要能够找到一个和她们牌技相当的人，即便那个大夫真的坏透了（比阿特丽丝语）；即便那该死的（弗兰克语）、讨厌的（Arrow 语）磅秤显示，她们两天来连一个盎司的体重都没减掉；即便她们不得不天天喝那碗蔬菜汤，都可以忍受。

　　每次减肥结束，比阿特丽斯都能减掉二十磅。然而，她的体重很快就会反弹回去。弗兰克建议说，这个样子可不行。既然比阿特丽斯缺乏自制力，那就应该找一个意志坚定的人来做她们的厨师，负责她们的饮食。除此之外，她还建议，等离开卡尔斯巴德后，就去昂蒂布[③]租房子。在那里，她们可以游泳（人人皆知，游泳是瘦身效果最佳的运动之一），继续减肥。拥有了自己的厨师，她们至少可以避开那些让人肥胖的食物。这样一来，她们一定还能够再减几磅。这个主意不错。比阿特丽斯显然知道健康饮食

---

① 卡伯特森（Ely Culbertson，1891—1955），生于罗马尼亚，移居美国。美国早期"定约桥牌"（现在通行的桥牌规则）的绝对权威，后来放弃桥牌事业，投身于世界和平工作。

② 西姆斯（Philip Hal Sims，1886—1949），美国女牌手。1931年首创心理叫牌法，并于1932年著文介绍，1931—1934年间风靡美国。

③ 昂蒂布（Antibes），全名"昂蒂布-朱安雷宾"（Antibes Juan-les-Pins），法国著名滨海旅游度假区。

的益处。只要诱惑不在鼻子底下，她还是能够抵制的。而且，她喜欢赌博。对她来说，一周去赌场玩上两三回，日子过得才有滋味。Arrow 本来就很喜欢昂蒂布。而且，在卡尔斯巴德苦练了一个月，身材好了许多。那些在海滩散步的年轻的意大利人、狂热的西班牙人、殷勤的法国人以及身穿泳裤和便装、四肢修长的英国人都会任她挑。计划很顺利，她们在昂蒂布过得很舒服。每周有两天，她们的食物只有煮鸡蛋和生西红柿。每天早上称体重，她们都很开心。Arrow 减到了十一英石^①，感觉自己身体轻盈得像个小姑娘。比阿特丽斯和弗兰克使用了一种特殊站姿，体重不超过十三英石。体重秤显示的是千克，但她们刹那间就能把千克换算成英石和盎司。

体重问题总算是解决了，但打桥牌三缺一依然是个老大难问题：要么不会出牌，要么出牌缓慢，要么老是争辩，要么输不起，要么出老千。她们感到很纳闷：想找个称心的牌友怎么就这么难呢？正是出于这个原因，弗兰克建议邀请莉娜·菲茨来昂蒂布和她们一起住上几个星期。本故事就是在这样的背景下发生的。

一天清晨，她们三人身穿睡衣坐在阳台上，望着水天一色的大海，喝着不加奶和糖的绿茶，吃着胡德波特大夫推荐的脱脂脆饼干。他向她们郑重承诺，这种饼干不会让人发胖。弗兰克读完信，慢慢抬起头来。

"莉娜·菲茨想去里维埃拉^②散心。"她大笑了几声。

"莉娜·菲茨是谁？"Arrow 第一个问道。

---

① 英石（Stone），英国质量单位，亦被英联邦国家普遍采用，1986 年废除。1 英石等于 14 英磅，约等于 6.35 千克。
② 里维埃拉（Riviera），地中海沿岸区域，包括意大利的波嫩泰、勒万特和法国的蓝色海岸地区。该区域全年阳光充足，植物种类繁多，花卉四季均可栽种，海上风光旖旎，吸引着众多游客来此度假避寒。

"她嫁给了我的一个表兄。几个月前，表兄突然因病去世，对她的打击很大。可不可以邀请她来我们这里住上半个月？"

"她会打桥牌吗？"比阿特丽斯问道。

"会。"弗兰克嗓音低沉，"而且水平很高。"

"多大年纪？"Arrow 问道。

"和我同岁。"

"那就叫她来吧！"

事情就这么定了。弗兰克向来做事果断。吃完早餐，她立刻就出门给莉娜·菲茨发了封电报。三天后，莉娜·菲茨来到了昂蒂布。弗兰克去车站接她。她仍然沉浸在丈夫过世的悲痛之中，但言谈举止非常得体。弗兰克已经两年没有见过她了。她吻了吻莉娜的脸颊，上下仔细地打量着她。

"亲爱的，你瘦多了。"她对莉娜说道。

莉娜笑了笑。"最近一段时间，烦心事太多了。"

弗兰克叹了口气，但原因不详。到底是出于对莉娜的同情还是妒忌，就不得而知了。

弗兰克带莉娜回到住处。莉娜简单冲了个凉，便跟随弗兰克来到了伊甸洛克①。弗兰克把莉娜介绍给她的两位朋友。寒暄过后，她们四位要了一个名叫"猴屋"的单间。

"猴屋"四面都是玻璃。客人坐在里面就可以俯瞰大海。它的后面有一个酒吧。酒吧里面坐满了客人——有穿泳衣的，也有穿睡衣的，还有穿便服的。比阿特丽斯一听莉娜是个寡妇，或许是同病相怜的缘故，顿时心生好感。Arrow 看她脸色苍白，相貌平平，而且年近五十，也喜欢上了她。这时，一个服务生走了过来。

---

① 伊甸洛克（Eden Roc），世界闻名的奢华酒店。

"莉娜，你想喝点儿什么？"弗兰克问道。

"哦……跟你们一样好了。一杯干马提尼或者白美人鸡尾酒。"

Arrow 和比阿特丽斯迅速对视了一眼：喝鸡尾酒容易发胖。

"你一路舟车劳顿，肯定是累坏了。那就来杯干马提尼解解乏吧。"弗兰克非常友好。

她为莉娜点了干马提尼，给自己和两位好友要了柠檬橘子汁。

"天太热，不宜饮酒。"弗兰克解释说。

"哦，天气冷热对我没有影响。"莉娜坚持道，"我就喜欢喝鸡尾酒。"

Arrow 涂有胭脂的那张脸略显苍白（每次下海游泳，她和比阿特丽斯一样，从来不会把脸弄湿），但她没有吭声。四位女士天南海北聊了起来。一个平淡无奇的话题，她们也能聊得热火朝天。转眼间，午餐时间就到了。她们站起身来，一边聊，一边朝住处走去。

每张餐盘中都摆放着两小块脱脂脆饼干。莉娜笑了笑，把餐巾和饼干从自己面前的餐盘中拿出来，放在餐桌上。

"能给我来点儿面包吗？"她轻声问道。

这句话着实让三位胖女人吃了一惊。她们已经十年没有吃过面包了。就连最贪吃的比阿特丽斯都不敢越雷池半步。最先反应过来的是弗兰克。

"当然可以，亲爱的。"她让管家拿些面包过来。

"还有黄油。"

屋里寂静无声。那一刻，仿佛空气中满是尴尬。

"不知道家里有没有。"弗兰克回答说，"我帮你问问，也许还有点儿。"

"我最喜欢吃的食物就是黄油面包。你呢？"莉娜问比阿特丽斯道。

比阿特丽斯苦笑了一下，没有吭声。管家拿来一长条松脆的法国面包和一小块黄油。莉娜将面包一分为二，涂上黄油。这时，管家端上来一盘烤鳎鱼①，淡然无味。

"我们吃饭很简单。"弗兰克解释说，"希望你别介意。"

"不会，绝对不会。实话说，我也喜欢吃清淡食品。"莉娜将黄油涂在鳎鱼上，"只要有面包、黄油、土豆和奶油就行。"

三位胖女人对视了一眼。弗兰克的脸色阴沉下来。她看着自己餐盘里的烤鳎鱼，一点儿胃口也没有。比阿特丽斯看在眼里，急在心里。

"这个鬼地方竟然连奶油都买不到，真让人郁闷！"她急忙开口安慰弗兰克道，"但是别忘了，这里是里维埃拉！凑合着过上几个星期，我们就走人了。"

"确实不适合长住！"莉娜随声附和道。

午餐菜肴还有羊排和菠菜。羊排没有一丝肥肉，以免比阿特丽斯得寸进尺。菠菜也只是放在清水里煮一煮。最后上的是甜点——炖梨肉。莉娜尝了一两口，就给了管家一个问询的眼色。管家心领神会，立马递给她一个糖罐，里面既有砂糖也有方糖。天哪，自从三位胖女人来到这里，就没有吃过糖。莉娜往炖梨肉中加了好几勺砂糖，三位胖女人都假装没看见。等咖啡端上来，莉娜又在咖啡杯中加了三块方糖。

"你很喜欢吃甜食啊！"Arrow 极力保持友善的口吻。

"砂糖比方糖甜。"弗兰克将一小勺砂糖放入自己的咖啡杯中。

"还是方糖甜。"莉娜答道。

比阿特丽斯两眼盯着方糖，垂涎欲滴。

---

① 鳎鱼（Sole），一种鱼类，两眼生在身体右侧，左侧向下卧在海底的泥沙上，捕食小鱼。

"比阿特丽斯!"弗兰克冲她大叫了一声。

比阿特丽斯只好把口水咽下,将一小勺砂糖放入自己咖啡杯中。

四位女士终于围坐在桥牌桌旁,弗兰克这才松了口气。她很清楚,莉娜这个样子,比阿特丽斯和 Arrow 是不会喜欢她的。她非常希望莉娜能够和她们俩搞好关系,希望莉娜能够过得愉快。第一轮,Arrow 和莉娜搭档。

"范德比尔特[①]还是卡伯特森?"Arrow 问莉娜道。

"都可以。"莉娜回答得很轻松,"由你决定。"

"那就卡伯特森。"Arrow 没有客气。

简直太狂妄了!今天一定要好好教训她!打起桥牌来,弗兰克绝对是六亲不认。和她的两位好朋友一样,她也打算给莉娜上一课。三位胖女人个个摩拳擦掌。但是,莉娜的"桥牌天赋"却不答应。她天生就是一块玩桥牌的好料儿,而且经验丰富。她凭感觉出牌,大胆果断,信心满满。三位胖女人虽然牌艺精湛,但和莉娜玩,丝毫不占上风。俗话说:英雄相惜,再加上三位胖女人善良、大度,玩着玩着心中的怒气渐渐消散了。啊,太爽了!这样玩桥牌才过瘾!看到 Arrow 和比阿特丽斯对莉娜产生了好感,弗兰克长长地松了一口气。看来她邀请莉娜来,是非常正确的。

接连玩了两个小时她们才散场。然后,弗兰克和比阿特丽斯去打高尔夫,Arrow 刚刚认识了一位年轻帅气的王子——洛卡马尔。她说要和他出去散步。莉娜说,她也累了,想小憩一下。

快到晚餐时,大家又聚在了一起。

"亲爱的莉娜,你不会感到无聊吧。"弗兰克觉得有点儿难为情,

---

① 范德比尔特(Harold Vanderbilt,1884—1970),美国桥牌好手,创立范德比尔特杯桥牌赛。此处是指其发明的桥牌叫牌法。

"很抱歉，把你一个人丢在家里。"

"噢，没关系。我睡了一觉，然后去了趟若昂①，喝了杯鸡尾酒。告诉你，我有一个重大发现，你听了一定很感兴趣：有家小茶馆，卖的奶油浓稠鲜美。我让他们每天送半品脱给我们。这也算是我对大家的一点儿心意。"

莉娜两眼放光，等待着她们欢呼雀跃。

"你太客气了。"弗兰克给她的两位好朋友使了个眼色，回答道，"不好意思，忘了告诉你了，我们不吃奶油。这个季节吃奶油会让人烦躁不安的。"

"那好，我自己吃。"莉娜丝毫没有生气的迹象。

"难道你不怕身体发胖吗？"Arrow 语气冷冷地问了一句。

"医生要我加强营养。"

"医生要你吃面包、黄油、土豆和奶油？"

"你们不是也在吃这些东西吗？"

"这样下去，你会胖得走不动的。"比阿特丽斯嘲笑她道。

莉娜哈哈大笑起来。

"不会！绝对不会！我吃什么都不胖。想吃什么就吃什么。对我来说，这些食物已经再清淡不过了。"

三位胖女人一听这话，都陷入了沉默，直到管家进来。

"女士们，晚饭准备好了。"②管家说道。

那天晚上，等莉娜睡下后，三位胖女人躲在弗兰克的房间里一直聊到深夜。刚才还你打我闹，兴致勃勃，但此时此刻却都像完全变了一个人：比阿特丽斯脸色阴沉，Arrow 话中带刺，弗兰克也没有了往

---

① 若昂（Juan），即若昂雷滨（Juan Les Pins），著名度假胜地，位于昂蒂布以西。
② 原文为法语：Mademoiselle est servie。

日的男子气概。

"让我眼睁睁看她享用那些我特别喜欢的食物，太痛苦了！"比阿特丽斯第一个开口道。

"我也很痛苦。"弗兰克接话道。

"都怨你，就不应该邀请她来！"Arrow 抱怨道。

"我怎么知道她是这样一个人？"弗兰克感到非常无辜，哭了起来。

"如果她真的爱她丈夫，绝对不可能胃口这么好。"比阿特丽斯说道，"她丈夫刚刚入土才两个月。我的意思是说，她应该伤心得什么也吃不下才对。"

"她是客人。"Arrow 看了看弗兰克，接话道，"再说了，是医生让她多吃的。"

"那她应该去疗养院。"比阿特丽斯坚持道，"弗兰克，如果她再这样下去，我实在是忍不住了。"

"既然我能忍，你也能行。"

"她是你的表嫂，好吗？不是我们的，"Arrow 反对道，"我不能眼睁睁看着那个女人大吃大喝的。绝对不能！"

"我觉得，不能把全部心思都放在吃上，这样未免太粗俗了。"弗兰克声音比以往更加低沉了，"我们最好把心思用在提高修养方面。"

"你的意思是我粗俗，弗兰克？"Arrow 两只眼睛似乎要喷出火来。

"她当然不是这个意思。"比阿特丽斯急忙打圆场道。

"等我们都睡着了，自己偷偷跑到厨房猛吃一顿。"Arrow 不依不饶。

弗兰克一听这话，顿时站了起来。

"Arrow，你怎能这样说话？我自己做不到的事，从来不会要求别人去做。你认识我这么多年，居然这么不了解我？"

"那你的体重怎么从来没有下降过？"

弗兰克泪水夺眶而出。

"你越说越不像话了！我的体重已经下降好多了！"

她哭得像个孩子，魁梧的身体不停颤动，泪水滴落在肥硕的前胸上。

"亲爱的，我不是那个意思。"Arrow 一把抱住弗兰克，也哭了起来，睫毛膏顺着脸颊流了下来。

"我一点儿都没瘦吗？"弗兰克哽咽道，"我已经尽了最大努力了。"

"瘦了，亲爱的，你瘦了很多。"Arrow 满脸是泪，"这谁都看得出来。"

比阿特丽斯尽管天生理性，向来不轻易动感情，此时此刻也低声抽泣起来。任何铁石心肠的人，看到弗兰克这样勇猛的女人竟然哭成了泪人，也会心疼的。过了一会儿，她们擦干眼泪，喝了点儿兑水白兰地（据医生说，吃这些食物不会发胖），感觉好多了。她们一致决定允许莉娜遵循医嘱吃些富有营养的食物，并发誓绝对不会因此而改变自己减肥的决心。莉娜是一流桥牌选手，而且只待两周。尽量让她过得开心一些。各自回房间休息之前，她们相互亲吻，心情异常舒畅。什么都不能影响她们的友谊。这份友谊美好、真挚，使她们三人生活快乐，非常值得呵护、值得珍惜。

人性非常脆弱，很难经得起考验，尤其是长期的。莉娜吃奶酪黄油通心粉，他们吃烤鱼片；莉娜吃鹅肝酱，他们吃没有一滴油的烤羊排和水煮菠菜；莉娜吃奶油豌豆和各种美味马铃薯，他们吃白水煮鸡蛋和生西红柿。而且，厨师手艺很好，好不容易逮到这个机会，自然全力以赴为莉娜做菜，一道比一道美味可口，一道比一道别出心裁。

"唉，可怜的吉姆！"莉娜看着面前丰盛的菜肴，长长地叹了一口气。她想起了自己的丈夫。他也非常喜欢法国菜。

尽管厨师能够制作六种鸡尾酒，而且莉娜也告诉她们说，医生建议她午饭喝勃艮第①葡萄酒，晚餐喝香槟，三个胖女人丝毫不为所动。尽管她们天天嬉笑打闹，看上去幸福快乐（女人天生善于伪装），但比阿特丽斯精神变得萎靡不振，Arrow 蓝眼睛变得不再温柔，弗兰克低沉的嗓音变得沙哑刺耳。这些变化在她们玩桥牌时更是暴露无遗。从前，她们都是一边出牌一边讨论，气氛非常友好。但现在呢？讨论变成争论，最后变成争吵，几乎局局都以愤怒的沉默收场。有一次，弗兰克指责 Arrow 故意乱出牌，Arrow 气得扔下牌摔门而出。比阿特丽斯性格软弱，被气哭了两三次。三位胖女人脾气越来越差，莉娜成了和事佬。

"玩牌是为了娱乐，不是为了吵架。"她劝说道，"毕竟是个游戏，何必当真呢！"

这理三位胖女人肯定懂。如果三位胖女人也能像她顿顿吃得好，再喝半瓶香槟，肯定脾气不会变成这样。莉娜不仅吃得好，喝得好，而且牌运很好。局局都是她赢。每局结束，分数都记在一个小本子上。莉娜的得分天天都在增加。这个世界还有公平可言吗？虽然她们心里憎恨莉娜，但每当因为玩牌和好朋友关系闹僵，都跑去找她倾诉。Arrow 说，她之所以心情不好，就是因为天天和这两个老女人在一起。剩下的时间，她真想拿着剩余的房租，跑去威尼斯玩上几天。弗兰克告诉莉娜，Arrow 非常轻浮，比阿特丽斯则愚蠢透顶。

"只有智者才能和我谈得来。"她嗓音非常低沉，"像我这样聪明绝顶的人一般都会找智商高的人为伴。"

---

① 勃艮第（Bourgogne），位于法国东部的享誉世界的葡萄酒产区。

比阿特丽斯再也不想和女人打交道了。

"我讨厌女人。"她说道,"她们个个蛇蝎心肠,根本靠不住。"

等到莉娜快要离开昂蒂布时,三个胖女人的关系已经僵到互相不搭理的地步了。当然,在莉娜面前,她们不得不做做样子。

莉娜要去意大利里维埃拉见几个朋友。弗兰克把她送到火车站。火车还是她来昂蒂布时乘坐的那一班,只不过钱包里装满了三个胖女人玩桥牌输给她的钱。

"我不知道该如何感谢你。"莉娜上车时这样说道,"这次昂蒂布之行,我很快乐!"

最让弗兰克·希克森引以为豪的是她是一位女绅士,换言之,她不仅是一位淑女,而且还是一位绅士。她的回答大方得体,堪称完美。

"你能来,我们很高兴,莉娜。"她说道,"我们相处得很愉快!"

火车驶出站台后,弗兰克长长叹了一口气。叹息声很大,她脚下的站台都摇晃起来。她耸了耸自己宽大的肩膀,大步往回走。"她总算走了!"她边走边说,"她总算走了!"

回到住处,弗兰克立即换上泳衣,穿上拖鞋,披上男士睡袍(这是必须的),直奔伊甸洛克。午餐前还有时间游泳。路过"猴屋"时,她四处看了看,跟熟人一一打招呼。她感觉神清气爽。突然,她一下子愣住了,简直不敢相信自己的眼睛:比阿特丽斯一个人坐在一张餐桌旁边,身上穿着前几天在莫里诺克斯①购买的睡袍,脖子上挂着珍珠项链。弗兰克还注意到,比阿特丽斯刚刚做了头发,脸颊、眼睛和嘴唇都化了妆。是的,比阿特丽斯很胖,但非常迷人。这谁也不能否

---

① 莫里诺克斯(Molyneux's),英国服装设计师爱德华·莫里诺克斯(Edward Molyneux,1891—1974)在巴黎创办的服装店。

认。她在干吗？弗兰克朝比阿特丽斯走去。从她走路的姿势看，活像一个尼安德特人①；从她身上穿的黑色泳衣看，更像一只日本人在托雷斯海峡②捕捉到的海豚，俗称"海中母牛"。

"比阿特丽斯，你一个人坐在这里干什么？"弗兰克冲她大叫道，但嗓音依旧低沉。

这声音犹如远处传来的"隆隆"雷声。比阿特丽斯瞅了她一眼，眼神冷漠。

"吃饭。"她回答道。

"废话，我眼睛不瞎！"

比阿特丽斯面前摆放着一盘羊角面包，一碟黄油，一罐草莓酱，一壶咖啡，还有一罐奶油。她在热热的面包上涂上厚厚的一层黄油，再涂上一层草莓酱，最后倒上很多奶油。

"你想死啊！"弗兰克吃了一惊。

"我愿意！"比阿特丽斯咕哝道。她嘴巴里已经塞满了食物。

"你吃完这一顿，一定会长好几磅。"

"不用你管！"比阿特丽斯大笑道，"天哪，羊角面包太好吃了！"

"没想到你意志这么不坚定。比阿特丽斯，我对你很失望！"

"都怪你！你早就应该把那个可恶的女人打发走了！整整两个星期，天天眼睁睁看着莉娜像头猪一样吃这吃那，不仅我受不了，任何血肉之躯都无法忍受！今天，哪怕长十磅，我也要好好吃一顿！"

弗兰克热泪盈眶。她突然觉得自己像个女人，非常脆弱，非常希望有个强壮的男人把她抱在怀里，一边爱抚她的身体，一边呼唤她

---

① 尼安德特人（*Homo neanderthalensis*），身体较矮，弯着腰走路，跑步时身体略微朝向地面，常作为人类进化中间阶段的代表性居群的通称。因其化石发现于德国尼安德特河谷附近洞穴中而得名。

② 托雷斯海峡（Tones Straits），位于澳大利亚和新几内亚岛之间，是一条重要的国际航道。

的乳名。弗兰克没有说话。她走到比阿特丽斯身边，一屁股坐在椅子上。这时，服务生走了过来。弗兰克用手指了指桌子上的咖啡和面包。

"给我也来一份。"她叹了一口气，有气无力。

看到弗兰克伸手要拿自己的面包，比阿特丽斯急忙把盘子拿走。

"不能动，这是我的!"她语气很坚决，"等着吃你自己的那份吧!"

弗兰克低声骂了她一句。不一会儿，服务生就把羊角面包、黄油和咖啡端来了。

"奶油呢，你个蠢货?"弗兰克像头陷入困境的母狮子，大声吼叫道。

弗兰克吃了起来，真可谓狼吞虎咽。"猴屋"里的人渐渐多了起来，基本都是晒完日光浴、洗完海水澡，来这里喝杯鸡尾酒的。没过多久，Arrow 与洛卡马尔王子一起走了过来。她身上披着一条漂亮的丝绸披肩。为了尽可能让自己看起来更苗条一些，她用一只手紧紧拉着披肩一角；为了不让王子看到她的双下巴，她高高地扬着脑袋。她笑得很开心，感觉自己就是一个妙龄少女。王子刚才对她说了（用意大利语），她的蓝眼睛非常美。和她的蓝眼睛相比，蔚蓝色的地中海就是豌豆汤。王子要去洗手间梳理一下乌黑油亮的头发。他们约定五分钟后一起去喝一杯。Arrow 也朝洗手间走去。她想在脸颊上添些胭脂、在嘴唇上抹些口红。这时，她看到了弗兰克和比阿特丽斯，立即停下了脚步。她简直不敢相信自己的眼睛。

"我的上帝!"她大声叫骂道，"你们这两个畜牲! 你们这两头死肥猪!"

Arrow 快步跑了过去，拉过一把椅子坐下，大声喊叫道："服务生!"

此时此刻，她已把王子抛到了九霄云外。眨眼工夫，服务生就过来了。

"这两位女士正在吃的东西，也给我来一份。"她命令道。

弗兰克把大脑袋从盘子上抬起来。

"给我拿些鹅肝酱来。"她吼叫道。

"弗兰克！"比阿特丽斯白了她一眼。

"闭嘴！"

"好吧。给我也来一点儿。"

咖啡、热腾腾的羊角面包、奶油以及鹅肝酱很快就端了上来。她们把奶油抹在鹅肝酱上往嘴里送，草莓酱大勺大勺地往下吞，面包嚼得"嘎吱嘎吱"直响。此时此刻，对于 Arrow 来说，爱情算什么呢？让王子自个儿待在罗马的宫殿和亚平宁山脉中的城堡里吧。眼下最重要的事情是吃。三个胖女人不再说话。她们吃得津津有味，她们吃得高高兴兴。

"我已经二十五年没吃过土豆了。"弗兰克若有所思，喃喃自语道。

"服务生，"比阿特丽斯高声叫道，"再来三份烤土豆！"

"好的，夫人。"

烤土豆端上来了。即便把所有的阿拉伯香料都拿来，也没有这烤土豆香！三个胖女人干脆用手抓着吃了起来。

"给我来杯干马提尼！"Arrow 说道。

"饭才吃一半，不能喝干马提尼，Arrow。"弗兰克提醒她道。

"我就要喝！"

"好吧。那就来两杯吧！"弗兰克妥协道。

"我也来一杯！"比阿特丽斯急忙说道。

干马提尼端上来了，三个胖女人一饮而尽。她们彼此看了看，长长地叹了口气。过去两个星期的误会消除了,过去的友情重新涌上心头。这份友情使她们感到生活充实、快乐,然而,她们竟然不知道珍惜。在刚刚过去的两周里,她们恶语相向,甚至打算断绝来往。

烤土豆也吃完了。

"不知道他们这里有没有巧克力泡芙。"比阿特丽斯说道。

"肯定有。"

一问服务生果然有。弗兰克用手抓起一个,整个塞进她的大嘴,立马吞了下去。她又抓了一个。在入口之前,她看了看两个好朋友,说道:

"不知道你们怎么想,但事实就是事实,莉娜桥牌真的打得很糟糕!"

"糟糕极了!"Arrow 随声附和道。

比阿特丽斯还想吃蛋白酥皮饼。

(马晓婷 薄振杰 译)

现实生活

亨利·加内特有这样一个习惯：每天下午下了班，总会先去俱乐部打打桥牌，然后再回家吃晚饭。牌友们都愿意和他一起打。概而言之，原因有三：一是他牌技高，打得好；二是他很谦虚，每次打赢时，他都说是自己运气好；三是他非常宽容，每当对家犯了错，他不仅不责备，而且给予安慰。然而，他今天的表现很反常，让人摸不着头脑：他不仅一遍又一遍责备对家把一把好牌打得稀巴烂；而且在自己犯了非常低级的错误时强词夺理，硬说自己绝对正确。好在牌友们都是老相识，对他非常了解，都没有很在意。加内特是一家大公司的合伙人，而且擅长做股票。也许是他买的某只股票跌了。

"今天股市行情如何？"一位牌友问他道。

"大牛市！买哪只都赚钱！"

加内特今天情绪不太对劲，看来绝不是因为买股票赔了。他身体健康，也不缺钱，而且家庭和睦，和妻子、孩子感情很好。每次来俱乐部玩牌，他都兴致勃勃。从头到尾，他都是满脸笑容。然而，今天不知怎么了——他眉头紧皱，面带愁容，一副闷闷不乐的样子。为了缓和气氛，有位牌友开始谈论一个加内特最喜欢聊的话题。

"亨利，你儿子在蒙特卡洛锦标赛上表现很好啊！"

加内特眉头皱得更紧了。

"一般吧。"

"他什么时候从蒙特卡洛回来？"

"已经回来了。昨天晚上回来的。"

"他玩得开心吗？"

"他倒是开心了，但让我丢脸了。这个浑小子！"

"怎么回事？说说看。"三位牌友非常好奇。

"我不想说它。"加内特气鼓鼓地看着铺着绿呢子的牌桌面。

"那就算了。老兄，该你叫牌了。"

四人继续玩牌。大家都沉默不语，气氛非常压抑。加内特完全不在状态，连输三局。下一盘开始了。打到第二局，加内特有种花色没有打出。

"没牌了？"同伴问他道。

加内特心不在焉，没有搭理。直到最后，他才发现自己藏牌①了。因为藏牌，这盘又输了。他的同伴实在难以忍受了。

"见鬼！你到底是怎么了，亨利？"同伴说他道，"你怎么像傻了一样。"

加内特感觉特别难堪。自己输，他倒不怎么介意，害得同伴也跟着输，就不行了！他振作了一下精神。

"我还是不玩了吧。本以为玩上两盘，心情就会平静下来，没想到精力怎么也集中不起来。实话告诉你们，我现在很郁闷。"

牌友们一听，都哈哈大笑起来。

---

① 藏牌（revoke），桥牌术语，是一种犯规行为，指的是能够跟出同一花色的牌却故意不跟，或能够按照判罚规定攻出某一花色的牌却故意不攻，打出另外花色的牌。

"你不说，我们也知道。老兄，我们不是瞎子。"

"我敢打赌，如果这件事发生在你们身上，你们也会和我一样的。"加内特苦笑道，"我现在的处境很尴尬。烦请你们给我出出主意，告诉我这件事该怎么处理，好吗？"

"叫杯酒，咱们边喝边聊。我们三个，一个是王室法律顾问、一个是内政部官员、一个是著名外科医生。假如连我们三个都想不出什么好办法，其他人你就更不用指望了。"

王室法律顾问站起身来，摇了摇铃，服务员进来了。

"唉，都是因为我那不省心的儿子。"加内特长长地叹了一口气。

酒水端上来了。加内特把事情的原委一五一十向牌友们讲述了一遍。

加内特的儿子名叫尼古拉斯，亲戚朋友都叫他尼基，今年刚满十八岁。加内特夫妇还有两个女儿，一个十六岁，一个十二岁。一般来说，父亲疼爱女儿。尽管加内特尽量想表现得不偏心，但大伙儿都能看得出来，他对儿子尼基的爱更多一些。他经常陪女儿们做游戏，每逢生日和圣诞节都送漂亮的礼物给她们，但这一切都无法和他对尼基的溺爱相提并论。加内特非常喜欢儿子，几乎把全部心思和精力都花在了他的身上。当然，他之所以这样做也不无道理。任何做父母的，如果拥有尼基这样优秀的儿子，说不定都会这样做的。尼基身高六英尺二英寸，浓眉大眼，唇红齿白，肩宽腰细，魁梧挺拔。他浅棕色的头发微微卷曲，深蓝色的眼睛晶莹剔透，古铜色的皮肤清爽干净。他言行举止谦虚但不做作，自信但不高傲，果断但不莽撞，积极但不张扬。他父母健康、善良、正派、有教养。他不仅出生于这样一个好家庭，而且念书的学校也很好。毫不客气地说，如此青年才俊凤毛麟角，并不多见。凡是和他打过交道的人，都觉得他诚实、开朗、善良，而且表里如一。他几乎没让父母操过什么心。小时候，他就非常听话，而且很少生病。上学后，他学习成绩优异，获奖无数，而且人缘特别好。毕业时，他是优秀毕业生、校学生会主席，而且是学校足球队队长。值得一提的是，十四岁那年，尼基就展现出了在草地网球方面的天赋。他父亲也非常喜欢并且非常擅长这项运动。加内特发现儿子有此天赋，便开始悉心培养。在学校放假期间，他高薪聘请最好的专业人员为儿子指导。十六岁那年，尼基已经拿到了他这个年龄段好几个赛事的冠军。这时，加内特已经完全不是儿子的对手了。这位老球手每次只能靠父爱来聊以自慰惨败的沮丧。十八岁那年，尼基去剑桥大学深造。加内特暗暗期盼，尼基在大学毕业前能够代表剑桥大学参加网球比赛。一名优秀网球选手所需要的身体条件，尼基全都具备。他身材高大，臂展远超常人，脚步移动迅速，预判能力极强。他判断来球落点，不慌不忙，完全出于直觉，总是提前到位接球。他发球势大力沉，让对手难以抵挡，他的正手击球速度快、落点深，而且准确度高。相比而言，尼基反手打得不够漂亮，截击球也逊色得多。在儿子去剑桥读大学之前的那个夏天，加内特聘请全英国最好的教练指导儿子学习、苦练相关技术。尽管从来没有亲口告诉过尼基，他最大的愿望是，亲眼看到儿子参加温布尔登网球锦标赛[①]！谁知道呢，说不定尼基还会代表英国参加戴维斯杯[②]比赛！他似乎看到自己的儿子将身子探过球网和刚刚被他击败的上届冠军美国选手握手，然后在观众震耳欲聋的欢呼声中离开赛场。想到这里，加内特哽咽了。

亨利·加内特是温布尔登网球锦标赛的忠实观众，每赛必看。在网球界，他有许多要好的朋友。一天晚上，他在市区出席晚宴，碰巧

---

① 温布尔登网球锦标赛（Wimbledon Championships），简称"温网"，是网球运动中最古老和最具声望的赛事，由全英俱乐部和英国草地网球协会于1877年创办。

② 戴维斯杯（Davis Cup），世界上极受瞩目的国家对国家的男子网球团体赛事，由国际网球协会（International Tennis Federation，简称ITF）负责组织。

和布拉巴宗上校坐在一起。没过多长时间，他们便聊到了尼基。加内特问上校，下个赛季尼基是否有可能代表剑桥大学参加网球比赛？

"你为何不让他参加蒙特卡洛春季锦标赛呢？"上校反问他道。

"哦，他去年十月才到剑桥，今年还不满十九岁。蒙特卡洛春季锦标赛好手如云。参加这种比赛，我觉得他不堪一击。"

"如果遇到和奥斯丁[①]、冯·克莱姆[②]水平差不多的高手，尼基肯定不行，但赢上一两局也不是没有可能。如果遇到水平再低一些的对手，那他就有可能赢上一两场。他还从来没有和一流高手较量过。对他来说，这次比赛无疑是一次很好的锻炼。他从中能够学到的东西肯定要比你让他参加的那些海滨度假赛多得多。"

"我同意你的观点。不过，我要求他在求学期间尽可能待在剑桥，不要四处去参加比赛。网球只是业余爱好，绝对不能影响学业。"

布拉巴宗上校问加内特，尼基这学期什么时候放假。

"太好了！尼基提前三天离校应该不成问题。德国和美国都派出了他们最好的球员。我们也打算组织一支超棒的球队。遗憾的是，我们看好的选手有两个临时有事，不能参加这次比赛。我们正在为缺人手犯愁呢！"

"万万不可，老兄！第一，尼基球技还很稚嫩，尚未达到你们的要求。第二，他年纪太小，一个人去蒙特卡洛，我不放心。如果我能陪他去，这事还可以考虑，但我确实太忙，脱不开身。"

"有我呢。我是领队。我会照顾他的。"

"你肯定很忙，我就不给你添麻烦了！长这么大，他还没有出过

[①] 奥斯丁（Bunny Austin，1906—2000），英国网球运动员，2012 年前英国唯一一位进入温网决赛的男选手。

[②] 冯·克莱姆（Gottfried von Cramm，1909—1976），德国业余网球选手，1937 年世界排名第一。

一次国。说实话，即便有你在，我也放心不下。"

加内特尽管没有接受布拉巴宗上校的建议，但心中非常得意。一回到家，他就立即告诉了妻子。

"想不到他对尼基评价这么高。他说，他见过尼基打球，尼基球感很好。多参加高水平比赛，多与高手交手，假以时日，一定能跻身一流选手行列。老婆子，总有一天，我们的尼基会进入温布尔登半决赛的。"

令他感到吃惊的是，加内特太太并没有像他那样反对布拉巴宗上校的建议。

"尼基已经满十八岁了。这孩子从小不淘气，现在就更不会惹事了。"

"我最关心的是他的学业。他现在的主要任务是好好学习，顺利毕业。为了去蒙特卡洛参加网球比赛而提前三天进入假期，对他的学业来讲，我认为绝对不是什么好事。"

"还有三天这个学期就结束了。这三天课不上，尼基就不能顺利毕业了？为了这三天课而剥夺他向一流高手学习的一次好机会，我觉得非常愚蠢。我敢打赌，如果你问问他，他一定很想去。"

"这种事，我是不会征求他的意见的。我送尼基去剑桥，是为了学知识，而不是为了打网球。我的儿子我了解。虽然他很稳重，但毕竟是个孩子，从来没有出过国。再说，蒙特卡洛是世界著名的赌城，诱惑形形色色。明知这种情况，却仍然支持尼基孤身一人去蒙特卡洛，显然不太明智。"

"你说，他同众多优秀球员同场竞技毫无胜算。对此，我也持保留意见。"

加内特轻轻叹了口气。在开车回家的路上，他也作过这样的假设：最近一段时间，奥斯丁深受伤病困扰，冯·克莱姆则完全不在状态。假如尼基能够如此幸运去蒙特卡洛参加比赛，毫无疑问，他回来后肯定能入选剑桥大学网球队。当然了，这纯属异想天开。

"亲爱的，你不用再说了。我决心已定。"

加内特太太没有吭声。第二天，她写信告诉尼基，给他出谋划策说，如果他不想错过这次宝贵的学习机会，应该如何如何做。仅仅过了一两天，加内特便收到了尼基的来信。儿子的急切心情跃然纸上。他说，他先去拜见了他的导师，然后又拜见了他学院的院长。他的导师也喜欢打网球。他学院的院长恰巧认识布拉巴宗上校。他们两人都觉得这个机会不容错过，都不反对他在学期结束前三天就离校。他郑重承诺，如果父亲同意他去蒙特卡洛参加比赛，他保证不会出任何问题，而且下学期会更加努力学习。这封信写得不错，观点明确，有理有据。吃早饭时，加内特边吃边看，眉头紧皱。看完后，他把信扔给太太，一脸的不高兴。

"我已经跟你说过，这件事不要让尼基知道，你怎么就是不听呢？这下可好了，他肯定无法安心学习了。"

"对不起，我只是想让他知道，布拉巴宗上校对他的网球水平评价很高，目的是让他高兴高兴。我这样做，有什么错吗？而且，我和尼基说得清清楚楚，你不同意他去。"

"你总是让我当恶人。你这样做，尼基肯定会埋怨我！"

"哦，我认为他不会。充其量他会觉得你有点儿不近人情，但仍然懂得你这样做出发点是好的——完全是为他好。"

"但愿吧。"加内特耸了耸肩膀。

加内特太太心里美滋滋的。这次她又赢了。看来，妻子想让丈夫改变主意，还是挺容易的！出于面子，加内特又坚持了四十八个小时，最后还是屈服了。两个星期以后，尼基到达伦敦。第二天一早，他就动身去蒙特卡洛。吃完晚饭，加内特太太和两个女儿刚刚出去，加内特趁机给儿子上了一课。

"你年龄还小，独自一人去蒙特卡洛，实话说，我很不放心。"他对儿子说道，"既然你坚持要去，我也不拦你，但有三件事，你必须答应我：一、不能赌博；二、不要借钱给其他人；三、不要和陌生女人交往。"

"我答应你，爸爸。"尼基笑了笑，回答说。

"我就说这些。社会比较复杂。爸妈不在你身边，遇事要多动动脑子。记住爸爸刚才说过的话，绝对对你有好处。"

"我一定照您说的去做，我保证。"

"很好！走，我们上楼和你妈妈聊几句。"

这次比赛，尼基虽然没有打败奥斯丁，也没有战胜冯·克莱姆，但总体表现不错。单打比赛，他不仅战胜了一名西班牙选手，而且和一位奥地利选手打得难解难分。混双比赛，他进入了半决赛。他的风采征服了观众，他的潜质令行家眼前一亮，他本人也非常享受这次比赛。布拉巴宗上校告诉他，等他再长大几岁，多和一流选手打打比赛，他一定会让父亲自豪不已。比赛结束了。按照计划，比赛结束第二天他就乘飞机回伦敦。为了打好比赛，他这几天饮食起居非常谨慎，一滴酒没喝，烟也没抽几支，每天早早上床休息，养精蓄锐。在他离开前的最后一个晚上，他想去见识见识蒙特卡洛的夜生活。那天晚上，比赛主办方宴请所有参赛球员。晚宴结束后，尼基跟着几个球员来到了一家运动俱乐部。这是他第一次来这个地方。蒙特卡洛现在是旅游旺季，人山人海。这家俱乐部自然人满为患。除了在电影里，尼基还从来没有亲眼见过轮盘赌 [①]。他很好奇，站在第一张赌桌旁仔

---

① 轮盘赌（Roulette），一种赌场赌博方式。轮盘赌有一庄主，所有赌注都押给庄家或赌场主。轮盘赌具由转轮和赌注图案两部分组成，式样有两种：一种只有一个赌注图案，轮盘设于一端；另一种是转轮在中间两边各设一图案。

细观看。赌桌上铺着绿呢桌布，上面散布着大小各种筹码。一个掌盘人先是用力转了一下轮盘，然后扬手将一个小白球扔了进去，似乎等待了好长时间，小白球终于停住了。另一个掌盘人用一个小耙子把参赌人输掉的筹码尽收囊中，脸上没有任何表情。

随后，尼基来到了玩"三十与四十"[①]的地方，但他看不明白，不太感兴趣。他看到另一个房间也挤满了人，便走了过去。里面的人在玩"零"[②]游戏，气氛紧张、热烈。为了确保游戏参加者不受影响，将其用铜围栏和观众隔开。围栏里有张长方形桌子，游戏参加者面对面分坐桌子两边，每边九个人。发牌员和庄家分坐桌子的另外两边，也是面对面。输赢数目巨大。发牌员是"希腊辛迪加"[③]的成员。他眼神机警，不管输赢，始终面无表情。看到这个场面，尼基感到非常震惊。尼基家教很严，花钱从不大手大脚。今天，他亲眼看到很多人拿着上千英镑赌一张纸牌点数的大小，输掉后不仅能够笑得出来，而且笑得还非常开心，就像赢了上千英镑一样，感到非常不可思议。当然，这一切确实也很刺激，非常激动人心。这时，和他一起来的一个球员走到他面前，问他：

"赢了还是输了？"

"我只是看了看，没敢玩。"

"聪明！全是骗人的。走，我们去喝一杯！"

"好的。"

尼基告诉这位球员，说他长这么大，还是头一次来这种地方。

"哦，是这样啊！那你应该去小赌一下！来到蒙特卡洛，没有试

---

① 原文为法语：Trente et quarante。一种纸牌赌博游戏，发牌前押注，当点数在三十与四十之间时比大小，小者胜。

② 原文为意大利语：Baccara。一种纸牌赌博游戏，谁的两张牌加起来的总数最接近 9，谁就赢。

③ 希腊辛迪加（the Greek Syndicate），一个闻名世界的赌博团队，主要成员是希腊人。

试运气就走，你会遗憾终生的。再说，即便输上个百儿八十法郎，对你来说根本不算事。"

"钱，我倒是有，但不敢拿去赌。一开始，父亲根本不同意我来这里参加比赛。尽管后来同意了，但他和我约法三章，其中之一就是不能赌博。"

尼基和那位球员分手后，他又回到了轮盘赌桌旁边。他站在那里看了一会儿，看到既有人输钱，也有人赢钱，不免手痒。他的朋友说得对，来到蒙特卡洛不赌一把，确实有点儿可惜。这种机会很难得。而且，他今年已经满十八岁了。到了他这个年龄，只要不违法，就应该尽可能多尝试、多体验、多经历。再说，他只是答应父亲不忘记他的忠告，并没有答应父亲即便遇到这种难得的机会也不去体验体验。这完全是两码事，不是吗？想到这里，他从口袋里掏出一张一百法郎的钞票，怯怯地放在数字十八上。他之所以选择这个数字，是因为他今年正好十八岁。看着轮盘在转动，他的心怦怦直跳。那个白色小球在微微凸起的轮盘面上按顺时针方向快速旋转。转盘转速越来越慢，白色小球的转速也随之越来越慢，最后落在标号十八的两个金属间隔之间。尼基几乎不敢相信自己的眼睛。他双手抚摸着身前那一大堆筹码，激动地浑身发抖。这应该是一大笔钱！还没等他反应过来——他本来打算体验一把就走，无论输赢——白色小球又一次落在标号十八的两个金属间隔之间，而且全桌只有他一个人押注十八。

"你又赢钱了！上帝，你运气真好！"站在他旁边的一位男士羡慕道。

"我？我没下注啊！"

"不是你能是谁？你一旦下注，只要不撤回，就永远有效。你不知道？"

尼基面前的筹码堆成了一座小山。他定了定神，努力让自己镇定下来，仔细数了数，总共七千法郎。对他来说，赚钱并不是一件困难的事情。这种感觉很奇妙。他笑了笑，天真得可爱。他左右看了一眼，发现站在他身旁的一个女人正在冲他微笑。

"你今天运气可真好！"这个女人说的是英文，带有浓浓的外国口音。

"我也感到难以置信。这是我第一次玩这种游戏。"

"听人说，越是新手，运气越好。我的钱全输光了。借我一千法郎用一用，可以吗？半小时后，我一定还你。"

"没问题。"

她从他面前的那一大堆筹码中选了一个又大又红的，道了声"谢谢"就走了。刚才羡慕他运气好的那位男子提醒他道：

"你这钱恐怕是有去无回了。"

尼基顿时清醒了许多：父亲特别叮嘱过他，不要借钱给任何人。即便是熟人也不行！他却把钱借给了一个他根本不认识的女人。蠢货！真是个蠢货！不过话又说回来，在那种情况下，他确实难以拒绝，而且，她拿走的只是一个又大又红的筹码，不是现金。没关系！反正还有六千法郎，他决定再玩几次。如果输了，就立马回酒店。第一次，他押的是十六这个数字。这是他大妹妹的年龄，输了。第二次，他押的是数字十二。这是他小妹妹的年龄，又输了。他又随机选了几个数字，都输了。他的好运气突然没有了！好奇怪啊！他决定再玩最后一次。意想不到的是，他这次竟然赢——不仅把前几次输的钱都赢了回来，而且还多出来一些。他决定继续玩。一个小时下来，他有赢有输，起起落落，就像坐过山车一样，感到非常刺激。更重要的是，他发现自己挣得的筹码越来越多，衣服口袋已经装不下了。他决定不玩了，立刻走人。来到现金兑换处，看到两万法郎纸币摆放在自己面前，他倒吸了一口冷气。他从来没有见过这么多钱！他把钱装进口袋，正准备离开，那个借他一千法郎的女人迎面走了过来。

"我都快急疯了。"她嗔怪道，"我到处找你，生怕你走了。这是一千法郎，你仔细数一数。非常感谢！"

尼基非常惊讶。毫无疑问，他显然是错怪人家了！父亲千叮咛万嘱咐，告诫他千万不要赌钱，但他赌了。结果呢？赚了两万法郎。父亲千叮咛万嘱咐，告诫他千万不要借钱给任何人，但他也借了，而且借给了一个陌生女人。结果呢？人家按时还了。说实话，在借钱给这个女人时，直觉告诉他，应该不会有问题。事实证明，他的直觉是对的。他并没有父亲所想象的那么傻。看到尼基一脸惊愕的样子，女人忍不住扑哧笑了。

"你怎么啦？"她低声问道。

"你竟然把钱给我送回来了。这太出乎我预料了！"

"你把我当成什么人了？骗子还是妓女？"

尼基顿时涨红了脸。

"没有没有，绝对没有！"

"我看起来很像吗？"

"一点儿也不像。"

尼基一边回答，一边仔细看她。她黑色衣裙，白色项链，身材纤细，头发整齐，脸蛋小巧，五官精致，妆容简单，优雅端庄，绝对女神风范。她看上去年纪很轻，比尼基大三四岁，面带微笑，非常友善。

"我丈夫在摩洛哥政府部门工作。我想出来散散心，便一个人来到了蒙特卡洛，玩上几个礼拜就回去。"女人轻声自我介绍道。

"我马上就要回去了。"尼基胡乱回答道。

"你不想再待几天？"

"我明天坐早班飞机回伦敦。"

"哦。球赛已经结束了。你比赛的时候，我去看了。看过两三次呢。"

"真的？你怎么会注意到我？"

"你球打得很好，而且穿比赛服的样子很帅！"

尼基非常清楚自己的网球水平，心想，她之所以这样恭维他，完全是因为他借钱给她了。

"你去尼克博克夜总会玩过吗？"她问道。

"没有，没去过。"

"哦，来到蒙特卡洛，应该去那里看一看。这个时间去那里跳舞最好。而且，他们做的培根鸡蛋特别好吃。说实话，我现在有点儿饿了，很想来一份。"

尼基记得很清楚，父亲告诫他要"不要和陌生女人交往"，但这个女人绝对是位良家妇女，应该除外。她说她丈夫在政府部门工作，应该是位公务员。父亲的几位好朋友也是公务员。他们经常携夫人来家里吃饭。他们的夫人尽管没有眼前这位女人年轻、漂亮，但和眼前这位女人一样优雅端庄。再说自己赢了一大笔钱，花上几个也无妨。他摸了摸口袋里的两万法郎，决定和她一起去尼克博克夜总会玩上一小会儿。

"好吧，我很愿意陪你一起去。"他回答说，"但我不能待太久，希望你不要介意。我已经和酒店前台打过招呼了，让他们早晨七点钟准时叫我。"

"不介意。你说玩到什么时候，就什么时候。"

尼基在尼克博克夜总会玩得很开心。他也吃了份培根鸡蛋，还喝了香槟，然后和刚刚认识的这位女士翩翩起舞。她夸赞尼基说，他的舞姿很迷人。尼基自己也这样认为。当然，她跳得也很好，身体紧贴尼基，脚步就像羽毛一样轻盈。两人目光相遇时，她笑意盈盈，尼基却心怦怦直跳，嗓子发干。舞池灯光昏暗，人满为患。一个黑人女子低声歌唱，嗓音沙哑，如泣如诉。

"是否有人夸你长得一表人才？"她问道。

"没有。"他笑了笑，满脸羞涩。"天哪，她一定是爱上我了。"尼基能够感觉到，这个女人非常喜欢他。他把她紧紧搂在怀里。她双眸微闭，娇颜若花，吐气如兰。

"我想吻你！"他在她耳边低语道。

"当着这么多人的面，千万别这样！"

这时，夜已深了。尼基说他该回酒店了。

"我也该走了。"她回答说，"你能送我到酒店门口吗？"

尼基付了账。消费数额之大完全出乎他的预料，但和他玩赌博游戏赢来的钱相比，显然是小菜一碟。他们叫了一辆出租车。那个女人紧紧偎依在尼基怀里。尼基亲吻了她。她看起来非常享受。

"天哪，"他想，"她真的爱上我了！"

这个女人说她已经结婚了，丈夫在摩洛哥政府部门工作。没想到这位有夫之妇竟然爱上了自己。这时，父亲的嘱托再次在耳边响起：不要和陌生女人交往。是的，尼基至今没有忘记。然而，他转念一想：自己只是保证记得父亲的忠告，并没有保证就那样去做。凡事不能一概而论。具体问题应该具体分析。这位有夫之妇是个良家妇女，而且美丽、可爱。如此美好的一个邂逅，绝对不能错过。到了她入住的酒店门口，尼基也下了车，付了车费。

"我打算步行回去。"他告诉她道，"走一走，透透气。"

"你进来坐一会儿吧。"她邀请他道，"看看我儿子的照片。"

"哇，你有孩子了？"尼基声音有些沮丧。

"是啊，一个男孩，很可爱。"

尼基根本不想看她儿子的照片，但出于礼貌，还是表示同意跟她上了楼。他突然觉得自己想多了。他记得自己跟她说过，他才十八岁。她带他上楼看儿子的照片，就是在暗示他不要自作多情，想入非非。

"在她眼里，我还只是个孩子。"

想到这里，他感到很懊悔：刚才在夜总会玩时花钱太多了，香槟太贵了！

她根本没有给尼基看她儿子的照片。一进房间，她立马转过身，紧紧抱住尼基，疯狂地亲吻他。尼基还从来没有被女人这样热烈地吻过。

"我爱你！"她喃喃低语道。

父亲的忠告再次浮现在尼基的脑海里，不过只是一闪而过，就像流星一样。

尼基睡眠特别浅，很容易醒，一点儿声音就能把他吵醒。也就是睡了两三个小时，他就醒了，一时间竟然没有想起来这是什么地方。浴室的灯还亮着，门半开半闭。房间里有人在走动。他定睛一看，原来是他的新女友。尼基想起来了。他正想和她搭话，可话到嘴边又咽了下去。她的举止非常奇怪——走路蹑手蹑脚，走走停停，而且频频向他这边张望，鬼鬼祟祟。尼基心中纳闷，不知道她在搞什么名堂。不一会儿，他就明白了。女人走到尼基放衣服的那把椅子跟前，回过头来，再次看了看尼基。她犹豫了一小会儿，但在尼基看来却非常漫长。此时此刻非常安静，尼基甚至能够清楚地听到自己的心跳声。突然，女人慢慢拎起尼基的外套，把手伸进口袋，把尼基赢的钱全都掏了出来。然后，她把外套放回原地，并在上面压了件衣服，确保看上去没人动过它。女人手里拿着钞票，站在那里愣了一会儿。尼基大吃一惊，本想立即跳下床，把她逮住，但考虑到自己身在异国他乡，如果和一个刚刚和自己发生过不正当关系的有夫之妇在她入住的酒店里吵闹起来，不知道该如何收场。于是，他忍住了。女人看着尼基。尼基故意发出轻微的鼾声，让她认为自己已经睡熟。她仔细倾听了一会儿，确信尼基没有发现自己的所作所为，便悄悄走到靠窗摆放的一张茶几跟前。茶几上有盆富贵菊[①]，枝叶繁茂。尼基睁大眼睛，仔细看着她的一举一动。女人一只手抓住花茎，向上一提，整株富贵菊便离开了花盆。她把另一手中的钞票放在花盆底部，然后把整株富贵菊放了回去。这真是一个藏钱的好地方！想必没有人能够想到盛开的富贵菊下面竟然藏有这么多现金。女人用手指把花盆里的泥土压实，然后小心翼翼溜回床上，没有发出一丝声响。

"亲爱的[②]！"她在他耳边低声呼唤道，声音亲切、甜美。

尼基呼吸平稳，轻微鼾声依旧。女人见他还在熟睡，于是翻了个身，安心睡了。尼基躺在床上，身子一动未动，但脑子却在转个不停。他非常气愤，心中嘀咕道：

"我真是瞎了眼！这个该死的贱货，原来是个小偷！说什么有个可爱的儿子，丈夫在摩洛哥政府部门工作，十有八九也是一派胡言！"

自己辛辛苦苦赢来的这笔钱，尼基早已经想好了用场。他做梦都想拥有一辆属于自己的车子。像他这个年纪的大小伙子都不愿意和家人共享一部车子，然而父亲就是不给他买。也好，用自己挣来的钱买一辆，给父亲点颜色看看。两万法郎差不多相当于两百英镑，完全能够买一辆不错的二手车。所以，他必须把这笔钱追回来，但一时不知道该怎么做才好。他不敢大吵大闹，这个贱女人很可能有同伙，而自己人生地不熟。如果只是徒手打一架，他倒是不害怕他们；如果他们

---

① 富贵菊 (Cineraria)，学名瓜叶菊，属多年生草本植物，叶片大，形如瓜叶，花色丰富，花期为1—4月。

② 原文为法语：Cheri。

有枪，那就麻烦了。再说，他也拿不出任何证据来证明那笔钱就是他的。如果这个贱女人一口咬定钱是她的，他就很有可能被带到警察局。唉，怎么办呢？他眉头紧锁，一筹莫展。这时，耳边传来了女人均匀的呼吸声，尼基知道她已经睡着了。不费吹灰之力搞到这么多钱，她一定很开心！尼基非常恼火：自己心急如焚，难以入睡，而她却悠哉游哉，睡得如此香甜。突然，他心生一计：既然她能够趁他"熟睡"之时把钱偷走，他也能趁她熟睡之际再把钱"偷"回来。这就叫"以其人之道，还治其人之身"，绝对是个好办法。想到这里，他差点儿立即跳下床付诸实施。

"再等等，等这个贱女人彻底睡熟后再动手不迟！"尼基心里暗暗告诫自己，不要轻举妄动。他耐心等待着，直到这个贱女人呼吸平稳、均匀，就像小孩子一样。

"亲爱的。"他也在她耳边低声呼唤道，声音同样亲切、甜美。

贱女人睡得像死人一样，没有任何反应。于是，尼基悄悄从床上溜下来，先是站在床边停了一会儿，确信没有惊扰到她，然后仔细观察家具摆放的位置，以确保走动时不会因撞到椅子或桌子而发出声响。他走几步，停一停，再向前走几步，小心翼翼，用了整整五分钟才走到窗前。突然，尼基听到床发出一丝"咯吱"声，顿时惊出了一身冷汗。原来是那贱女人在床上翻了个身。为了放松紧张情绪，他在心里数数，一直数到一百。见她仍在熟睡，尼基一只手抓住富贵菊的花茎，将其从花盆中拎出来，另一只手慢慢伸进花盆。尼基的手指触碰到了钞票，心跳开始加速。他缓缓把钞票全都取出来，把富贵菊放回盆中，用手把花盆里的泥土摁结实，蹑手蹑脚走到他放衣服的椅子跟前，把钞票塞进衣服口袋，穿上衣服。非常顺利！在整个"偷钱"过程中，他始终用一只眼睛紧紧盯着睡在床上的那个贱女人。尼基暗自庆幸自己今天穿了件柔软的运动衬衫。如果是浆过的衬衫，穿衣时难免会发出一些声响。没有穿衣镜，他在系领带时遇到了一些麻烦，但他脑瓜灵，转得快：这时领带系好系不好无关紧要。尽管穿衣足足花了一刻钟，但一切正常！现在，除了鞋子，尼基已经穿戴完毕。他把鞋子拎在手里，打算到了走廊后再穿。尼基高兴极了，觉得这段经历非常有趣。他屏住呼吸，缓缓走到门口，即便睡觉很浅的人都不会被吵醒。尼基要开门了。这是最后一关。他轻轻扭动锁具，只听"咔嗒"一声，锁舌缩了进去。

"谁？"

贱女人猛地从床上坐了起来。尼基的心一下子提到了嗓子眼，他竭尽全力让自己保持镇静，低声说道：

"是我。六点了。我该走了。很抱歉，吵醒你了。我不是故意的。"

"哦，我都忘了。"她一头又倒在枕头上。

"既然把你吵醒了，那我干脆把鞋子也穿上吧。"他坐在床边，穿好鞋子。

"你出门时动静小一点儿。现在客人们都在睡觉。唉，我真的好困啊！"

"那你继续睡吧。"

"过来，亲亲我再走！"

他弯下腰，亲了她一口。

"真乖！亲爱的，一路顺风！①"

等到出了酒店，尼基才完全放下心来。这时，天已经放亮了，天空中没有一丝云彩，大街小巷空无一人。海湾风平浪静，停满了游艇和渔船。码头上，渔民们忙忙碌碌，正在为出海做准备。早晨的空气格外清新，尼基深深吸了一大口，顿时感觉神清气爽、心旷神怡。他

---

① 原文为法语：Bon voyage。

昂首阔步，向他入住的酒店走去，一路上基本都是上坡路。值得一提的是，他赢钱的那个俱乐部门前有个花园。花园里百花盛开，争奇斗艳。尼基回到酒店时，发现大厅里的服务人员正在打扫卫生。他们脖子上系着围巾，脑袋上卡着贝雷帽。尼基一进房间便冲进了浴室。他躺在浴缸里，回想着自己和那个贱女人斗智斗勇的全过程，非常得意：看来，我还是比较聪明的。洗完澡，穿上衣服，收拾好行李，他便下楼去吃早餐。尼基今天胃口大开。他既点了葡萄柚①、麦片粥、刚出炉的面包、果酱，也要了培根和鸡蛋，而且接连喝了三杯咖啡。去他的欧式早餐②！填饱肚子后，尼基自我感觉更好了。他点上烟斗（刚刚学会不久），结清账单，坐上出租车直奔机场。机场在戛纳另一边。从蒙特卡洛到尼斯③，山路起伏。山路一侧是蔚蓝色的大海。清晨中的尼斯宁静、美丽。出了尼斯城，便是一条笔直的滨海大道，出租车一路飞驰。到了机场，尼基付了出租车钱。这笔钱连同住宿费，还有请那个贱女人吃喝玩乐的费用都是父亲给他的。所以，他现在口袋里仍有两万法郎。他很想看看那些钱。为了安全起见，在酒店洗完澡、穿衣服时，他把钱从西服口袋转移到了裤子口袋。尼基把钱从裤子口袋里掏出来，一张一张仔细数了起来。奇怪的事情发生了：本来应该是二十张，现在却变成了二十六张。尼基百思不得其解。他又数了两次，还是两万六千法郎！他问自己道，是不是那天晚上在那家运动俱乐部就赢了这么多钱？绝对不可能！他自言自语道。他记得非常清楚，钱放在桌子上排成四排，一排五张。他自己反复仔细数过。突

---

① 葡萄柚（Grapefruit），又叫西柚，因挂果时果实密集，呈簇生状，似葡萄成串垂吊，故称葡萄柚。

② 欧式早餐（Continental breakfast），主要是咖啡和面包，没有培根、鸡蛋等，比较清淡，和英式早餐相对。

③ 尼斯（Nice），位于法国东南部地中海沿岸，属于典型的地中海气候带，终年温暖，是欧洲乃至全世界最具魅力的海滨度假胜地之一。

然，尼基想起来了，他把手伸进花盆，拎出富贵菊，把那个贱女人藏在花盆底部的钱全都取出来了。也就是说，这个花盆就是那个贱女人的存钱罐。他不但拿回了自己的钱，而且把她的积蓄也一起拿来了。哈哈！尼基想到这里，禁不住放声大笑起来。这事太滑稽了！他从来没有听说过！一想到那个贱女人今天早上醒来后，去花盆那里一看，发现不仅偷来的钱不见了，就连自己的积蓄也没了，他更是笑得停不下来。毋庸置疑，尼基既不知道那个贱女人的名字，也不知道她入住的酒店的名字。即便他想把她的积蓄还给她，也找不到人。

"她完全是咎由自取！"他自言自语道。

这就是亨利·加内特在桥牌桌上说给他的朋友们听的那个故事。他则是前一天晚上妻子和女儿吃过晚饭，离开餐厅上楼后，听尼基亲口说的。

"最让我生气的是，这小子对自己的所作所为非常满意，说话的口气活像一只吞了金丝雀的老猫。你们猜一猜，他对我说什么来着？他两只眼睛盯着我，一脸的得意：'爸爸，您的三条忠告好像都不对：一、您叮嘱我说不要赌博，我没听，结果赚了一大笔；二、您叮嘱我说不要借钱给别人，我没听，结果人家按照约定把钱还回来了；三、您叮嘱我说不要和陌生女人交往，我也没听，结果赚了六千法郎。'"

加内特的三个牌友一听都笑了。

"你们听了只是感觉好笑，而我呢？感觉非常尴尬。尼基一直仰慕我，尊敬我。从前我说的每一句话，他都当作真理，但现在呢？他的眼神告诉我，我只是一个胡言乱语的老傻瓜罢了。我再对他说'一燕不成夏'①之类的话，一定不起作用了。他认为，这次之所以能够

---

① 西方谚语，意思是仅凭个别现象而草率下判断是不明智的。常用来劝告别人，不要对某事过于乐观；不要因为做某件事一次得手，就可以次次得手。

得手，完全是因为他聪明机智，绝对不是出于侥幸。他这样想，迟早会吃大亏的。"

"不过，亲身经历过这件事，尼基这样想也情有可原。"一个牌友说道，"这一点你不能否认，对吗？"

"我不否认。恰恰就是因为这一点，我才感到郁闷。这让我到哪里去说理？老天不应该这样捉弄我。不管怎么说，我的那三条忠告绝对没有错。这你同意吗？"

"当然同意。"

"俗话说，玩火者，必自焚。这个熊孩子这一次毫发无损，下一次就难说了。你们见多识广，赶快给我出个主意，我现在应该怎么办？"

大伙儿绞尽脑汁，始终无计可施。

"这样吧，亨利，如果我是你，我一点儿都不担心。"最后，律师牌友发话道，"也许尼基这孩子天生命好，这比生来聪明或者富贵强多啦。"

（薄振杰　李婧　杨贝贝　译）

酒吧人满为患，摩肩接踵。桑迪·韦斯科特看了看手表，眼看快十点了。他已经喝了两杯鸡尾酒，感觉肚子有点儿饿了。唉，伊娃·巴雷特这个人老是不守时。说得好好的，九点半准时到，可至今连她的人影都没看到！看来今晚能在十点半之前开饭就不错了。于是，他准备再向酒吧服务员要了杯鸡尾酒，刚一转身，正好看见一个熟人朝吧台走来。

"你好，科特曼！"他问候道，"快过来，我们一起喝一杯？"

"谢谢，先生！"

科特曼三十来岁，五官端正，虽然个子不高，但身材很好。他身穿双排扣晚礼服，腰身稍紧，领结偏大，黑色卷发浓密、油亮、柔顺，从前额梳到脑后，一双大眼睛炯炯有神。他讲话一口伦敦腔，很好听。

"斯特拉好吗？"他问科特曼道。

"哦，她很好。她喜欢演出前自己一个人静一静，定定神儿，平复一下紧张的心情。"

"我真为她捏把汗，太惊险了！就算给我一千英镑，我也不干！"

"从那么高的地方跳下来，地上的水只有五英尺深。这事也只有她能干得了。"

"我从来没见过如此惊险的表演！"

科特曼笑了笑。斯特拉是他妻子。他把这话看作是对斯特拉的称赞。这个表演主要道具有三个：一、一架六十英尺高的梯子；二、一只装有五英尺深水的水池；三、一些汽油。表演程序大致是这样的：斯特拉登上舞台，爬上梯子，站在梯子顶端纵身跳进水池里。在她跳下来之前，科特曼在水池里倒上汽油，把汽油点燃，让汽油熊熊燃烧。毫无疑问，这口饭不容易吃，要冒生命危险。值得一提的是，在水面上点火是科特曼出的主意。正是这一点大大增加了表演的观赏性，吸引住了观众的眼球。

"我听帕科·埃斯皮埃尔说，这是本赌场开业以来最吸引顾客的表演。"桑迪继续说道。

"是的。我听他说，今年七月份顾客数量都赶上往年八月份了。他还说，这主要归功于我们的表演。"

"恭喜恭喜！看来你发大财了。"

"没有没有。我们当初和赌场老板签合同时，根本没想到我们的表演会这么火。埃斯皮埃尔先生说，赌场老板打算和我们续约一个月。不瞒您说，如果不给我们加薪，我们就走人。今天早上我收到了一位经纪人的来信，他邀请我们去多维尔①表演。"

"约我的人到了。"桑迪向科特曼点了点头，走开了。

伊娃·巴雷特率领几个客人鱼贯而入。大伙儿在一楼集合，总共八位。

"我就知道你一定早来了。"她对桑迪说道，"我没有迟到，对吗？"

"仅仅晚来了半个小时。"

---

① 多维尔（Deauville），法国著名海滨度假小城，被誉为"诺曼底的海上珍珠"。

"问问他们想要哪种鸡尾酒，我们就开始吃饭。"

这时，顾客们都去露台用餐了，偌大的酒吧只剩下他们八位。帕科·埃斯皮埃尔碰巧从此经过。他停下脚步，和伊娃·巴雷特握了握手。帕科·埃斯皮埃尔非常年轻，花钱大手大脚，目前靠为赌场安排一些吸引顾客的表演谋生。出于工作考虑，他也必须对有钱有势的人彬彬有礼。查伦纳·巴雷特夫人是美国人，丈夫已经去世，给她留下了一大笔钱。她为人慷慨大方，挥金如土，而且特别喜欢赌博。赌场为顾客提供好吃的、好喝的以及精彩的娱乐表演，还不是为了让他们多输钱吗？

"帕科，我的餐桌安排好了？"伊娃·巴雷特问道。

"当然，最佳位置。"

帕科·埃斯皮埃尔是个阿根廷人，眼睛乌黑深邃。他望着巴雷特夫人，两眼充满了敬仰之情。这当然也是工作需要。

"您是否看过斯特拉的表演？"帕科问道。

"当然。看过三次了。太吓人了！"

"桑迪每晚都来。"

"早晚有一天，她会摔成肉酱的。我想亲眼看看她摔成肉酱时的样子。"桑迪笑着说道。

"顾客都喜欢看她的演出。我们还想跟她续签一个月的合同呢。但愿她八月底前不要摔死。八月过后，死活就由她了！"

"哦，天哪，看来我要每晚鳟鱼、烤鸡，一直吃到八月底了？"桑迪尖声叫道。

"桑迪，别闹了！"巴雷特夫人笑道，"走，去吃晚餐！我饿了。"

帕科·埃斯皮埃尔问酒吧服务生看见科特曼没有。酒吧服务生回答说，刚才还看见他和韦斯科特先生在这里喝酒呢。

"好吧。如果你再看见他，告诉他，我有事找他。"

巴雷特夫人看到一位女记者正手拿笔记本向她走来，便在通向露台的台阶顶端停住了脚步。这位女记者个子不高，头发蓬乱，面容憔悴。桑迪将巴雷特夫人今晚邀请来的所有客人一一介绍给她。其中，有对英国勋爵夫妇，两人又高又瘦。无论谁请吃饭，他们都会欣然前往，只要不让他们自己掏腰包就行。今晚他们一定会吃得撑破肚皮。有个苏格兰女人，瘦得皮包骨头，一张脸就像一副经过若干世纪风吹雨打的秘鲁面具。她的英国丈夫，一名销售经理，看上去非常诚实、正直。当他把一件貌似贵重的东西以非常优惠的价格推销给你，尽管你后来发现它一钱不值，你也不会埋怨他。有位意大利伯爵夫人，桥牌打得很好。事实上，她既不是意大利人，更不是什么伯爵夫人。还有位俄罗斯王子，天天嚷着让巴雷特夫人成为他的王妃。他目前靠倒卖香槟、汽车和古董赚钱。这是一个典型的里维埃拉聚会。

　　露台的一边，有的人在吃饭，有的人在跳舞。露台的另一边，大海一望无垠，波澜不惊。巴雷特夫人扫了那些跳舞的人一眼，短而厚的上嘴唇一歪，一副鄙夷的神情。音乐停了，领班满脸堆笑，走过来把巴雷特夫人带向餐桌。她跟在后面，不紧不慢，款款而行。

　　"这里是看跳水表演的最佳位置。"她一边坐，一边说道。

　　"我想坐紧靠水池的那桌。"桑迪说，"坐在那里能够看见她的脸。"

　　"她很漂亮？"那位意大利伯爵夫人问道。

　　"那倒不是。我想看看她的表情。每次表演，她肯定吓得要死。"

　　"不，不会。"那位销售经理不太同意。人们都喊他古德哈特上校，但没人关心这个称呼的由来。"我的意思是说，这个表演只不过是个骗人的鬼把戏。根本没有生命危险。"

　　"你胡说什么？从那么高的梯子顶端跳进这么浅的水池，在触水的一霎那，她必须迅速调整身体。稍有不慎，出现失误，轻则摔断脊梁骨，重则把脑袋摔进肚子里。”

“老兄，你上当了。”上校坚持道，“这完全是骗人的鬼把戏。明眼人一看就知道。”

“好了好了，你们不要争论了！”伊娃·巴雷特打断他们说，“依我看，这个表演仅仅一分钟。如果表演者没有生命危险，这个表演也就没有什么可看的了。这个表演就是我所见过的最大骗局。我们看了一遍又一遍，岂不个个都成冤大头了？”

“就像魔术一样，是一个骗局。相信我没错！”

“好吧。在这方面，你比我们在行。”桑迪回答说。

古德哈特上校显然听得出来桑迪是在讽刺他，但他很有涵养，假装没有听懂。

“在这方面，我确实比一般人要强。”他不动声色，继续说道，“我的意思是说，我这个人连睡觉都会睁着眼睛。在我面前做手脚，没门儿。”

水池设在露台左边，后面竖着一架高的吓人的梯子。梯子顶端是一个很小的平台。两三支舞结束后，伊娃·巴雷特和朋友们正在吃芦笋，乐声停止了，灯光也暗了下来。聚光灯打在水池上。科特曼出现在聚光灯下。他健步走上台阶，站在与水池顶部齐平的位置。

“女士们，先生们！”他声音清晰、洪亮，“接下来，请欣赏本世纪最为惊险的跳水表演。表演者斯特拉女士将从六十英尺的高空纵身跳入五英尺深的火海。该表演前无古人、后无来者。如果有人愿意上台一试身手，斯特拉女士愿出一百英镑。女士们，先生们，让我们用最热烈的掌声，欢迎斯特拉女士闪亮登场！”

一个身材瘦小的女人出现在通向露台的台阶底端。她快步跑到水池跟前，向鼓掌的观众鞠躬致意。她身穿男式丝绸长袍，头戴泳帽，瘦削的脸蛋儿显然化了妆。那位意大利伯爵夫人拿起长柄眼镜^① 看了看她。

"长得不漂亮。"她说道。

"身材挺好。"伊娃·巴雷特回答说,"等一会儿,你就知道了。"

科特曼走下台阶。斯特拉女士脱下长袍,递给科特曼。她身穿泳衣,看着身在暗处的观众,但只能看到观众白色的脸庞和白色的衬衫。斯特拉女士双腿修长,臀部瘦小,长得小巧玲珑,非常惹人疼。

"你说得很对,伊娃,她身材很不错。"古德哈特上校抢先说道,"但不够丰满。我明白,你们女人都喜欢这样。"

斯特拉女士开始爬梯子,聚光灯跟着她移动。梯子高得吓人。一个服务生把一大桶汽油倒在水池里。科特曼接过一支点燃的火把。这时,斯特拉女士已经爬到梯子顶端,站在了平台上面。

"准备好了吗?"他大声问她道。

"好了。"

"跳!"他大喊一声。

科特曼边喊边把火把扔进水池。汽油开始熊熊燃烧,火焰冲天,看上去很吓人。斯特拉纵身跳下,身影就像一道闪电,穿过熊熊燃烧的火焰。转眼间,火焰熄灭,斯特拉女士浮出水面,在雷鸣般的喝彩声中爬出水池。科特曼把长袍裹在她身上。她接连向观众鞠躬。观众的掌声非常热烈,经久不息。音乐再次响起。斯特拉女士向观众挥了挥手,从餐桌中间跑了出去。这时,灯光恢复到了之前的亮度,服务生们又开始忙碌起来。

桑迪·韦斯科特叹了口气。是失望还是松了口气?他自己也说不

---

① 长柄眼镜(face-a-main),19 世纪在欧洲非常流行,曾为贵族参加化装舞会或观看歌剧时必备的配饰。

清楚。

"非常精彩!"那位英国勋爵赞叹道。

"这纯粹是骗人的。"古德哈特上校非常顽固,"我敢打赌,赌什么都行。"

"表演时间太短。"他的苏格兰夫人也抱怨道,"我们这钱花得不太值!"

当然,这钱不用她出。她也不会出。那位意大利伯爵夫人向前探了探身子。她英语讲得很流利,但意大利口音太重。

"亲爱的伊娃,坐在露台门口的那两个怪人是谁? 你认识他们吗?"

"他们两位确实与众不同。"桑迪附和道,"我都看了他们大半天了。"

伊娃·巴雷特夫人抬眼朝露台门口望去。俄罗斯王子原本是背对着那张桌子坐着的,一听这话也急忙转过身去看。

"嗯,不认识!"伊娃惊叫道,"等我问问安吉洛。"

欧洲各大餐厅的服务生领班,巴雷特夫人全都认识。她让正在给她斟酒的服务生去把安吉洛找来。

这是一对老年夫妇。他们坐在露台门口的一张小桌子旁边。老爷子身材高大魁梧,须发厚重花白,神色威严非凡,很像已故意大利国王亨伯特[①],甚至比亨伯特看上去更像一个国王。他身穿晚礼服,系白色领带,衣领的款式至少要过时三十年。老太太满脸皱纹,皮肤松弛,一双大眼睛炯炯有神。她身穿黑色丝绸舞会礼服,领口开得不能再低,腰部收得不能再紧。她头戴假发。假发做工非常精美,乌黑油亮,但大小并不适合她。她浓妆艳抹,脸颊粉红,嘴唇鲜红,眉毛浓

---

① 意大利王国国王亨伯特(King Humbert),1878—1900 年在位,被无政府主义者刺杀身亡。

黑，眼睑湛蓝。她两只眼睛像探照灯一样扫视着每一张餐桌，每当有什么"重大发现"，急忙指给老爷子看。在这群男士穿常礼服、女士穿浅色长裙的时髦人群中间，他们的打扮显得非常另类，引来了众人异样的目光。在众目睽睽下，老太太并没有感到局促不安。一旦感觉到有人在看他们，她就挑起眉毛，转动一下眼珠，然后笑一笑，似乎是在答谢观众们的喝彩声。

听说伊娃·巴雷特有事找他，安吉洛急忙跑了过来。

"夫人，您找我？"

"哦，安吉洛，坐在露台门口小桌子旁边的那两位老妖怪到底是什么人？"

安吉洛看了露台门口一眼，面部表情立刻变成了一副不屑一顾的样子。他的神情、动作以及说话语气都带有深深的歉意。

"别理他们，尊贵的夫人。"他显然知道，巴雷特夫人根本不配这个称呼，就像他知道那位意大利伯爵夫人既不是意大利人，更不是伯爵夫人；那位英国勋爵永远只是等着别人买单，自己从来不舍得掏一分钱；但他也知道，巴雷特夫人是他们的大客户。这个称呼能够哄她高兴。"他们很想看斯特拉女士跳水，请求我给他们找个没人坐的座位。他们退休前也干这一行。我知道他们不配在这里用餐，只是他们苦苦哀求，我不忍心拒绝。"

"嗯，很有趣。我喜欢他们。"

"我跟他们是老相识了。老爷子是我的同乡。"领班笑了笑，似乎有点儿得意，"我警告过他们，只能老实坐着看，不能跑去跳舞。夫人，您知道，即便是这样，我也冒了很大的风险。"

"是的。不过，我倒很想看一看他们的舞姿。"

"不能让他们得寸进尺，夫人。"安吉洛给巴雷特夫人鞠了一躬，走开了。

"瞧，"桑迪叫道，"他们要走了。"

那对年老的夫妇正在埋单。老爷子站起身来，给夫人披上白色毛绒披肩。遗憾的是，披肩不太干净。老太太也站起身来。老爷子腰身笔挺，抬起手臂，老太太小巧玲珑，挽着丈夫手臂走了出去，黑色丝绸长裙拖着长长的裙裾。

伊娃·巴雷特（已经年过半百）尖声大笑道："快看，我上小学时，我妈妈穿的裙子就是这个样子。"

他们手挽手，穿过赌场的一个个房间，径直来到门口。

"请问，去演员更衣室怎么走？"老爷子问守门人道，"我们想向斯特拉女士表达心中的敬意。"

守门人上下打量了他们一眼，摆出一副爱答不理的样子。

"她不在更衣室。"

"她走了？她两点钟不是还要表演一次吗？"

"对的。也许是去酒吧了。"

"我们去酒吧碰碰运气，卡洛。"老太太说道。

"好的，亲爱的。"老爷子卷舌音很重。

酒吧门前的台阶宽大、气派。他们缓缓走进酒吧。酒吧里空荡荡的，只有三个人：斯特拉女士、科特曼和酒吧服务生。斯特拉女士和科特曼坐在酒吧一角的两只扶手椅上。

老太太一见斯特拉女士，立刻松开丈夫，张开双臂跑了过去。

"你好，亲爱的。我们是专程赶来为你祝贺。我们是同行，而且都是英国人。你的表演太精彩了！非常成功！可喜可贺！"

她看了科特曼一眼，问道："这是你丈夫？"

斯特拉从扶手椅里站起身来，脸上露出了羞涩的微笑。

"是的。他叫希德。"

"认识您，很高兴！"科特曼非常绅士。

"这是我丈夫。"老太太用胳膊肘指了指那个高个子白头发老人，"佩尼齐伯爵。我是佩尼齐伯爵夫人。自从退休后，我们就不再用这个头衔了。"

"你们想喝点儿什么？"科特曼问道。

"谢谢！这次我们请客。"佩尼齐太太坐在一张扶手椅上，"卡洛，你去要酒。"

酒吧服务生走过来。经过一番讨论，点了三瓶啤酒。斯特拉女士坚决不喝。

"在第二场演出前，她既不吃也不喝。一直都是这样。"科特曼解释道。

斯特拉女士二十六岁左右年纪，身材瘦小，皮肤白皙，眼睛灰色，头发浅棕色，虽然说不上漂亮，但五官端正，看上去很顺眼。她身穿一件白色丝绸长裙，嘴唇涂了点儿口红，脸上抹了点儿胭脂，齐耳短发显然已经烫过，处处恰到好处。啤酒端上来了。佩尼齐先生不怎么说话，不停地喝酒。

"您以前表演什么节目？"希德·科特曼问道。

佩尼齐太太先看了科特曼一眼，然后转向她的丈夫。

"告诉他们我是谁，卡洛。"她两眼熠熠生辉。

"美人炮弹。"老爷子大声宣布道。

佩尼齐太太顿时满脸笑容，两只眼睛就像小鸟一样迅速扫视着斯特拉女士和科特曼先生的面部表情。

"美人炮弹——弗洛拉。"看到斯特拉女士神色茫然，她赶紧补充了一句。

很明显，佩尼齐太太期望看到斯特拉女士激动万分的样子。斯特拉瞅了希德一眼。希德急忙解围道：

"那个时候，我们都还没有出生呢。"

"你们当然没有出生。我们是在维多利亚女王去世那一年退休的。这在当时还引起了很大的轰动呢。我想,你们一定听说过我。"看到大家面无表情,她语气稍稍有所改变,"当时,全伦敦就数我的表演最受欢迎,全都安排在老水族馆①。许多大人物都来看我表演,比如威尔士王子等等。全伦敦的人都在谈论我。我说得对不对,卡洛?"

"因为她,老水族馆整整一年座无虚席。"

"他们从未看过如此美妙的表演。前几年,我遇到了德·巴斯夫人,就是大名鼎鼎的莉莉·兰特里②。你们知道她吗?她以前就住在这附近。她告诉我,她非常喜欢我的表演,足足看了十次。"

"您是怎么表演的?"斯特拉女士问她道。

"就像炮弹一样,用大炮把我射出去。相信我,这个节目在当时非常轰动。伦敦所有的海报栏都张贴着我的画像。在伦敦一炮打响后,我到世界各地巡回表演。是的,亲爱的,我现在老了,这我不否认。佩尼齐先生七十八岁了,我也七十多了。德·巴斯夫人对我说:'亲爱的,那时你的名气绝对不比我的小。'你也知道,观众就是这样,只要你的表演好看,他们就会像发疯一样追捧你。但时间不长,他们就要换口味。这时,即便节目再好,他们也会感到厌倦。发生在我身上的这一切,你同样会遭受到。亲爱的,人人如此。幸运的是,佩尼齐先生头脑灵活。你知道吗?他从小就吃马戏团这碗饭。我们俩就是在马戏团里认识的。当时,我表演空中飞人,他是领班。很可惜,那时候你没有见过他。他脚蹬俄国长靴,身穿马裤和紧身上衣,胸前满是饰扣,挥舞着长长的马鞭,骑马绕场飞奔。他可是我这辈子见过的最帅的男人。当然,他现在仍然很帅。"

---

① 老水族馆(The old Aquarium),位于威斯敏斯特,1876 年首次开放。
② 莉莉·兰特里(Lily Langtry,1853—1929),英国名媛,演员、制片人。

佩尼齐先生一声不吭，若有所思，轻轻捻动着下巴上的白色胡须。

"哎，我告诉你，佩尼奇先生从不乱花钱。经纪人不再和我们续约时，他就对我说，我们退休吧。他说得很对，我们不能再回马戏团工作了。毕竟，我们曾在伦敦红极一时。我的意思是说，佩尼奇先生是位伯爵。我们做事应该考虑他的尊严。佩尼奇先生一直想开办一家膳宿公寓。于是，我们退休后来到这里，买下一幢房子，经营出租业务。我们在这里一干就是三十五年。最近几年生意不太好，经济下滑，顾客要求变高，除了电灯和自来水，还要求一些连我都叫不上名称的东西。卡洛，拿张我们的名片给他们。佩尼奇先生很会烧菜。你们出门在外，如果想住得跟自己家一样，就去找我们。我喜欢和同行聊天，有共同语言。要我说，一日是同行，终身是同行。"

这时，赌场的服务生领班过来了。他刚刚吃完晚餐。

"科特曼先生，埃斯皮埃尔先生正在到处找你。他想和你单独谈谈。"他告诉希德。

"好的，他在哪里？"

"就在附近某个地方。你自己找找看吧。"

"我们也该走了。"佩尼奇太太站起身来，"改天我们一起共进午餐好吗？我给你们看一看我的那些老照片和剪报。你们竟然没有听说过'美人炮弹'？太不可思议了！我那时和伦敦塔①一样有名。"

佩尼奇太太并没有生气，只是觉得现在的年轻人孤陋寡闻。

他们互相道别，斯特拉女士又坐回扶手椅上。

"我去看看帕科找我干吗？"希德一口把啤酒喝完，问斯特拉，

---

① 伦敦塔（Tower of London），英国伦敦历史性建筑，位于泰晤士河边，1988 年被列为世界文化遗产。

"亲爱的，你是继续待在这里，还是回更衣室？"

斯特拉双手十指交叉，抱在胸前，没有回答。希德看了看她，马上把目光移开了。

"老太太真有意思！"他低声说道，"也许她说的都是真的。可是话又说回来，四十年前，她红遍整个伦敦，这的确令人难以置信。最逗的是，在她看来，我们都没听说过她，简直是不可理喻。"

希德用眼睛余光瞥了斯特拉一眼，发现她脸色苍白，眼泪就像断了线的珠子，正在不断地往下落。她在哭泣！

"亲爱的，你怎么了？"希德急忙问她道。

"希德，今晚第二场表演，我不想去了。"斯特拉哽咽道。

"为什么？"

"我害怕。"

他拿起她的手，握在自己手里。

"亲爱的，不要害怕。我知道，你能行。"他安慰她道，"你是这个世界上最勇敢的女人。喝点儿白兰地，振作一下精神！"

"不喝。喝了会更糟。"

"你不能让观众失望。"

"观众？一群只知吃喝的笨猪，一群胡说乱叫的傻鸟，根本不在乎我的死活。为了不让这些人失望，我甘愿摔死自己？"

"他们来看你的表演，一定是为了寻求刺激，这一点我不否认。"科特曼先生继续安慰她道，"只要你保持镇静，这个表演绝对没什么危险，这一点你我比谁都清楚。"

"我害怕，希德，我会摔死的。"

斯特拉嗓门突然提高了好几度。科特曼快速看了服务生一眼，并环顾了一下四周。那人正在看《尼斯观察报》，而且看得津津有味，根本没有听到。

"你根本不知道站在梯子顶端看下面的水池是一种什么感觉。我发誓，今天晚上再表演一次，我一定会晕倒在梯子顶端的。希德，你得帮帮我！"

"你今天晚上退缩，明天只会更糟。"

"不，不会的。我一个晚上只能表演一次。如果表演两次，中间等待时间太长，我会崩溃的。你现在就去和埃斯皮埃尔先生说，我一个晚上只能表演一次。"

"他不会同意的。今晚赌场的生意全靠你了。观众之所以愿意来这里，全都是为了看你的表演。"

"我再说一遍：我一个晚上只能表演一次。我实在承受不了了。"

眼泪一直顺着斯特拉苍白的脸颊往下流。科特曼沉默了一会儿。他心里很明白，斯特拉这种心态去表演，肯定会出大事。这几天，他一直心神不宁，老是觉得斯特拉有什么话要对他说，但下意识告诉他，最好不要让她说出来。所以，他一直避免给斯特拉说话的机会。尽管如此，他一直在为斯特拉感到担心。他爱她。

"正好埃斯皮埃尔想见我。"科特曼咕哝了一句。

"见你干吗？"

"不知道。我去告诉他，你一个晚上不能完成两场表演，看他怎么说。你在这里等我？"

"不，我回更衣室。"

十分钟过后，科特曼回来了。他兴高采烈，脚步轻快，推门而入。

"亲爱的，好消息！他们决定和我们续约到下个月，报酬翻倍！"

科特曼大步走到斯特拉跟前，一把抱住她，开始亲吻她。斯特拉把头一歪，将他推开。

"今晚还要再演一场吗？"

"要的。我和他说了，你一个晚上只能表演一场，但他死活不同意。他反复说，晚餐那场绝对不能取消。毕竟报酬多了一倍，我觉得，可以答应。"

斯特拉一听，顿时瘫倒在地上，放声号啕大哭起来。

"希德，绝对不行。我会摔死的。"

科特曼急忙坐在地上，把她抱在怀里，安慰道："亲爱的，你一定要振作起来。这一大笔钱，我们实在难以拒绝。有了这笔钱，我们今年冬天就可以什么也不用做了。况且，再有四天，七月份就干完了。再干八月份一个月，就行了。"

"不，我害怕，我不想死，希德，我爱你。"

"我知道，亲爱的，我也爱你。自从结婚后，我就再也没有正眼瞧过其他女人。一个月挣这么多，这种好机会，我们还从来没有碰到过，估计今后也很难遇到了。你心里应该比我清楚。是的，我们现在如日中天，但不会永远这样下去，所以，必须抓住这个机会，多挣一点儿。"

"你想让我死吗，希德？"

"别说傻话。你死了，我怎么办？现在，全世界都知道你的大名，你绝对不能退缩。"

"就像'美人炮弹'？"她非常愤怒，狂笑道。

"该死的老女人！"他心里大骂道。

科特曼知道这是压垮斯特拉的最后一根稻草。这两个老家伙早不来、晚不来，偏偏在这个节骨眼上来！

"'美人炮弹'的下场让我如梦方醒。"斯特拉继续说道，"我今天算是明白了：他们一次次跑来看我表演，只是为了让我早一天摔死。我死后不到一周，他们就会把我忘得一干二净。那个浓妆艳抹老女人的今天就是我的明天。噢，希德，他们太无耻了！"

斯特拉双手搂住希德的脖子，把脸贴在他的脸上。"希德，干这一行没有好下场，我们不干了！"

"你的意思是把今晚第二场表演取消，对吗？如果你确实不想去，我现在就去告诉埃斯皮埃尔，说你头晕得厉害。我觉得，就这一次应该不成问题。"

"不是今晚，而是永远！"

斯特拉感觉丈夫的身子一下子变得僵硬了。

"亲爱的，你不要认为我在犯傻。我绝对不是一时冲动，我早就有这个想法了。我一想起这件事，我就睡不着。好歹睡着了，我也会梦见自己站在梯子顶端向下看。今天晚上第一场表演，我双腿直发抖，勉强爬到梯子顶端。当你点燃汽油、要我往下跳时，我感觉似乎有什么东西在阻止我。说实话，我都不知道自己是怎么跳下去的。直到站在台上接受观众鼓掌时，我的大脑还是一团乱麻。希德，如果你真的爱我，就不要再让我受这种折磨了。"

科特曼眼睛也湿润了。他是真心爱她的。

"你应该知道，这样做意味着什么。"科特曼长叹了一口气，"我们又要过以前的苦日子，又要去跳'马拉松'等等。"

"干什么都比干这个好。"

以前的苦日子，他们记忆犹新。希德从十八岁起就开始做职业舞男。他浓眉大眼，活力四射，中老年妇女都乐意花钱和他跳舞。他根本不愁没活干。他从英国来到欧洲大陆后，冬天待在里维埃拉，夏天就跑到法国的海滨度假胜地，天天奔波于各大酒店。希德和两三个男同事结伴共住一套廉租房，早晨不用早起，只须穿戴整齐、十二点之前赶到酒店即可，陪那些想减肥的中老年妇女跳舞。跳完后，他们能够一直休息到下午五点钟再去酒店，睁大眼睛，寻找客户。他们都有自己的老客户。到了晚上，他们就去餐馆。餐馆老板免费提供他们一份挺像样的晚餐。上菜间隙，他们也有舞跳。一个顾客收费最低五十法郎，最高可达一百法郎。有时，某位中年妇女还会邀请他共度良宵，一个晚上可以挣到两百五十法郎。遇到富婆，而且哄得她开心，接连跳上两三个晚上，可以挣到一千法郎。如果足够幸运，富婆昏了头，还会收到铂金蓝宝石戒指、烟盒、衣服和手表。希德的一个同事就娶了这样一个老女人，当他妈也绰绰有余。然而，老女人送给他一辆豪车和一些赌资。他还因此住进了比亚里茨①的一幢豪华别墅。是啊，那些日子人人花钱大手大脚，钱很好赚！然而，经济大萧条一来，舞男们的日子就不好过了。酒店客人大幅减少。即便很想减肥，而且舞男很帅气，顾客们也大都舍不得为此掏钱了。不止一次，一位肥胖的老女人只给他十法郎。这点儿钱连买杯酒都不够。值得一提的是，他的必要支出一点儿也没减少。首先，他必须穿着得体，否则酒店经理就会给他甩脸子。第二，洗衣服价格高昂，而他需要经常换洗衣服。第三，经常买鞋子。跳舞特别费鞋，但做舞男要求鞋子看上去必须崭新才行。当然，他还要付房租和餐费。

就是在这个时候，科特曼在埃维昂②遇到了斯特拉。斯特拉来自澳大利亚，是名游泳教练，跳水姿势优美。她白天教人游泳，晚上去酒店做舞女。乐队一开始演奏，他们俩就翩翩起舞，吸引客人进入舞池。如果客人不愿意跳，他们就只好自己跳。一个社交季下来，他们几乎没有碰到几个愿意付钱跳舞的客人。唯一的收获是他们两人相爱了。社交季一结束，他们就结婚了。

他们结婚后，日子过得很艰苦。只靠希德一个人挣钱，即便租住最便宜的膳宿公寓也不能维持基本生活。而且，尽管他们隐藏已婚这

---

① 比亚里茨（Biarriitz），法国海滨城市，位于法国西南比斯开湾畔。
② 埃维昂（Evian），法国小镇，位于法国东南部，日内瓦湖南岸。

一事实（年龄大的女士大多不喜欢和妻子在场的已婚舞男跳舞），也很难在同一家酒店从事伴舞工作。这就是说，舞男舞女这一行是不能再干了。他们来到巴黎，学习新的舞蹈。无奈竞争太激烈，很难接到歌舞表演的邀请。作为舞女，斯特拉非常优秀，但当时流行杂技表演。阿帕切舞①人们已经看腻了。有一次，他们竟然一连几周没有找到工作。希德把手表、金烟盒、铂金戒指都拿去典当了。希德的晚礼服——他们最后一件值钱物品——是在尼斯当掉的。说起来令人心痛！别无选择，他们只好去跳"马拉松"。被迫参加一位企业管理员发起的舞蹈马拉松。跳上一个小时休息十五分钟，连续跳二十四个小时。一场"马拉松"跳下来，先是感觉腿疼，后来双脚发麻，大部分时间都在跟随音乐的节拍，机械地做动作，尽量节省体力。跳一场，收入一两百法郎。为了吸引观众，他们有时也会强打精神，跳几曲表演性质的舞蹈。如果观众看得开心，出手大方，收入也会比较可观。不过，确实蛮累人的。跳到第十一天，斯特拉累得晕倒了，只好放弃。希德一个人继续跳。没有舞伴，一个人跳个不停，显得滑稽可笑。那是他们最困难的时候。

有一天，希德独自一个人在大厅里跳舞。突然，他灵机一动：斯特拉经常说，她跳水技术很高。如果在水面上摆放一只碟子，她从高处跳下来，可以准确地跳在碟子上——这不就是一个很有创意的杂技表演吗？

"这个想法来得很突然。"科特曼后来回忆道，"就像一道闪电。"

希德曾经亲眼看到一个小男孩点燃洒在路上的汽油，顿时窜起一米多高的熊熊烈焰。如果把汽油洒在水面，然后点燃，人从高处跳下来，跳进水里，会不会吸引人的眼球？想到这里，他愣住了，激动得

① 阿帕切舞（Apache），一种舞蹈，男女共舞，男舞者化妆成海盗、女舞者化妆成海盗情妇。

280

都忘了跳舞。

希德把这个想法告诉了斯特拉，她听了非常兴奋。他写信给一个经纪人朋友。希德为人善良，人缘很好，大家都愿意帮他。那个经纪人朋友帮助希德夫妇和巴黎一家马戏团签了合作合同，还自己掏腰包给他们买了道具。他们的表演很成功，演出邀请接连不断。希德给自己买了一整套新的行头。签下滨海夏季赌场的演出合同，可以视作他们事业的顶峰。希德说全世界都知道斯特拉的大名，并非夸大其词。

"亲爱的，我们现在有钱了。"他两眼看着妻子说道，"我们每天存上一些，以备不时之需。等观众看腻了，我再想别的办法。"

然而，希德做梦也没想到，就在他们当红之际，斯特拉想要结束这一切。他真的不知道该对她说些什么。无论如何，看到她这么痛苦，他心都碎了。比起刚刚结婚那会儿，他现在更加爱她。他爱她，是因为他们是患难夫妻。有一次，连续五天，他们每天只能靠一块面包和一杯牛奶充饥度日。他爱她，是因为她让他过上了好日子：不仅三餐有了保障，而且还有新衣服穿。现在，他不敢正视她的眼睛。她痛苦的眼神令他无法承受。斯特拉怯生生地抓住他的手。希德长长叹了一口气。

"亲爱的，你应该知道我们这样做的后果。酒店陪舞，因为挣不到钱，我们不干了。当然，那一行现在依然不景气。再说，即便能够挣到钱，我们也没机会了。那些老女人喜欢小伙子。除了不再年轻，我个头也不够高。小伙子个头高一点儿或低一点儿，关系不大。千万不要说我看上去还很年轻，我有自知之明。"

"或许我们可以去演电影。"

希德耸了耸肩。此路不通。他们在穷困潦倒的时候就已经尝试过了。

"我干什么都可以。去商店卖东西也行。"

"你觉得工作这么好找吗？"

斯特拉又哭了起来。

"亲爱的，不哭！你一哭，我心都碎了。"

"好歹我们还有些积蓄。"

"是的。足够我们六个月用的。用完以后呢？我们就又要饿肚子了。首先去把贵重物品当掉，再去把衣服当掉，就跟以前一样，然后就得去低档餐馆跳舞，一晚挣上五十法郎，外加一顿晚饭。如果几个礼拜找不到活干，就得去跳'马拉松'。"

"我知道，你认为我不可理喻，希德。"

斯特拉眼含热泪，泪水盈盈。

这时，希德转过身来，两眼看着斯特拉，冲她笑了笑，柔声说道："亲爱的，我真的没有这样想。我只想让你开心、快乐。你才是我的一切。我爱你！"

希德把妻子搂在怀里，能够感受到她的心在怦怦直跳。如果斯特拉确实这样想，他就得这样做。万一她遭遇不测呢？不能再让她去表演跳水了，让钱见鬼去吧！这时，他感觉斯特拉身子动了动。

"亲爱的，怎么啦？"

斯特拉挣脱了他的拥抱，站起身来，向梳妆台走去。

"快要上场了。我准备一下。"她回答道。

希德一听，猛然站起身来。"你今天晚上还要去表演？"

"不只今晚，以后每天晚上我都会表演，直到摔死为止。你说得对，希德，我们不能再过以前那种苦日子了，不能再整天吃不饱穿不暖，不能再租住廉价的膳宿公寓，不能再去跳那个'马拉松'。那可不是人干的活！即便身体是铁打的，也撑不住。但愿我能够再坚持一个月，多挣几个钱，同时你也能有足够的时间再想个新的主意。"

"不，亲爱的，我坚决不同意。我们不干了。我们再想别的办法。

再说，既然我们已经过过一次苦日子了，再过一次也没关系。"

斯特拉脱下衣服，只剩下长筒丝袜。她从镜子里看着自己，勉强挤出一丝微笑。

"我不能让喜欢我的观众们失望。"

（薄振杰　施梦　张晓宇　译）

后　记

　　以《月亮和六便士》《人生的枷锁》等长篇小说闻名于世的英国作家毛姆在短篇小说创作上也是一流的。一九五一年，他亲自甄选九十一篇精品佳作，汇集为三大卷本《短篇小说全集》。一九六三年，英国企鹅出版公司将其作为四大卷本重新刊印。三年前的一天，著名翻译家吴建国教授告诉我，九久读书人有意将该《短篇小说全集》翻译出版，问我有无兴趣和勇气牵头，尽快组织人员做成这件事。我二话没说，非常爽快地答应下来，根本没有充分考虑可能会遇到的各种困难。

　　众所周知，毛姆的短篇小说大体可分为三种类型：以欧美为背景的"西方故事"，以南太平洋、东南亚和中国、印度等为背景的"东方故事"以及"阿申登间谍故事"。这些故事：1）内容源于生活又高于生活。既能满足读者的猎奇心理，激发其心灵共鸣，也能帮助读者认识历史原貌，感悟人生；2）语言谐谑风趣，寓庄于谐，就连讥诮、讽刺也不乏幽默感，意味深长；3）半数以上采用了第一人称讲述，亲切自然，仿佛在和家人以及朋友们闲聊社会各个阶层的世情风貌和生活姿态；4）具有一种愤世嫉俗、悲天悯人的基调，人情味浓郁，道德意义深刻，而且结局出人意料，非常契合普通读者的心理诉求和审美品位。掩卷之余，令人难以忘怀。迄今为止，不仅在欧美各国一版再版，而且被翻译成多种文字，在世界各地广为流传。

我们本次翻译任务所恪守的一个总原则可以用四个字来概括：达信兼备。所谓"达"，意思是译文语言须符合汉语的"语文习惯"。用钱钟书先生的话来讲就是，译文语言"不因（英汉[①]）语文习惯的差异而露出生硬牵强的痕迹"。所谓"信"：一是译文语义"不倍原文"；二是译文语效与原文相同或相似。用钱钟书先生的话来讲就是，尽量"完全保存原作风味"。实话说，译文语义"不倍原文"，做到这一点不是太难；难就难在使得"译文语效与原文相同或相似"，其前提自然是译文语言须符合汉语的"语文习惯"。众所周知，毛姆的短篇小说语言清新流畅、简洁朴实、诙谐幽默、通俗易懂，鲜有诘屈聱牙的辞藻堆砌以及艰涩难懂的句法结构，可读性极强。这也是他能够拥有众多读者的重要原因。这就是说，若要译好毛姆的短篇小说，就必须全力保存其语言风格，即要在译文语义"不倍原文"、译文语言须符合汉语"语文习惯"的同时，尽最大努力实现"译文语效与原文相同或相似"。

值得一提的是，我们经过反复讨论，最后决定将英国企鹅四卷本《毛姆短篇小说全集》拆分成7册，其中第一卷拆分成第1—2册；第二卷拆分成第3—4册；第三卷不作拆分，为第5册；第四卷拆分成第6—7册。而且，我们将每一册都加以命名。我本人主译第1册《雨》，邀请哈尔滨工业大学齐桂芹副教授主译第2册《狮子的外衣》，山东大学赵巍教授主译第3册《带伤疤的男人》，上海海事大学青年教师李佳韵和才女董明志女士主译第4册《丛林里的脚印》，上海交通大学王越西教授主译第5册《英国特工》，上海电机学院李和庆教授主译第6册《贪食忘忧果的人》，上海海事大学吴建国教授主译第

---

① 作者加。

7 册《一位绅士的画像》。

最后，请允许我借此机会表示我由衷的谢意。首先，感谢九久读书人和人民文学出版社，感谢他们"为人作嫁衣"的奉献精神，感谢他们"吹毛求疵"的敬业精神。第二，感谢各位译者，感谢他们不畏艰难的笔耕，以及他们的家人所给予的莫大支持。最后，衷心感谢作为读者的您，如蒙批评指正，我和各位译者将倍感荣幸！

薄振杰

2020 年 3 月